GOLDMANN

Buch

Niemand kann sich erklären, warum der zwölfjährige Ernesto Cata mit einer Machete umgebracht worden ist, und auch Lieutenant Joe Leaphorn von der Navajo Tribal Police steht vor einem Rätsel. Das einzig Negative, was Leaphorn über den Jungen in Erfahrung bringen kann, ist, daß Ernesto und sein Freund George Bowlegs kürzlich aus dem Camp der Archäologen Reynolds und Isaacs gejagt worden sind, weil sie in deren Ausgrabungsfunden herumgestöbert haben. Leaphorn hat gute Gründe, George Bowlegs sprechen zu wollen. Aber der Junge hat sich mit einem Pferd aus dem Stall seines Vaters davongemacht. Als Navajo versteht es Leaphorn, eine Fährte zu lesen, aber nur zu bald bemerkt er, daß er nicht der einzige Verfolger des Jungen ist. Er weiß nicht, wer der Unbekannte ist, obwohl ihm langsam dämmert, worauf die Hatz durch die Wildnis hinauslaufen soll – auf einen weiteren kaltblütigen Mord.

Für *Schüsse aus der Steinzeit* wurde Hillerman mit dem Edgar-Allan-Poe-Award der Mystery Writers of America ausgezeichnet.

Autor

Krimi-Großmeister Tony Hillerman, Jahrgang 1925, wuchs im ländlichen Oklahoma unter Pottawatomi-Indianern und Seminolen auf. »Ich war ein Ein-Mann-Minderheiten-Problem und weiß seitdem, was es heißt, eine Minderheit zu sein.« Seit 1970 hat er zehn erfolgreiche ethnische Kriminalromane geschrieben, in denen er nicht zuletzt die Konflikte zwischen roter und weißer amerikanischer Kultur in einen scharfen Brennpunkt stellt und für die er unter anderem mit dem Edgar-Allan-Poe-Award und dem Special Friend Award der Navajos ausgezeichnet wurde. »Der Thriller ist nur ein Vehikel«, hat Hillerman unmißverständlich angemerkt, »es kommt mir darauf an, Menschen als Fremde zu zeigen und Verständnis für ihre Fremdheit zu schaffen.«

Tony Hillerman im Goldmann Verlag:

Der Kojote wartet. Roman (Goldmann Hardcover 30421)
Das Tabu der Totengeister. Roman (41391)

Tony Hillerman

SCHÜSSE AUS DER STEINZEIT

Roman

Aus dem Amerikanischen
von Helmut Eilers

GOLDMANN VERLAG

Die Originalausgabe erschien 1973 unter dem Titel
»Dance Hall of the Dead«
bei Harper & Row Publishers, New York

Umwelthinweis:
Alle bedruckten Materialien dieses Taschenbuches
sind chlorfrei und umweltschonend.
Das Papier enthält Recycling-Anteile.

Der Goldmann Verlag
ist ein Unternehmen der Verlagsgruppe Bertelsmann

Umschlaggestaltung: Design Team München
Umschlagfoto: Bavaria/Viesti, Gauting
Druck: Elsnerdruck, Berlin
Verlagsnummer: 41445
Lektorat: Sky Nonhoff
Herstellung: Sebastian Strohmaier
Made in Germany
ISBN 3-442-41445-8

1 3 5 7 9 10 8 6 4 2

Der Hintergrund, vor dem die Handlung dieses Buches abläuft, entspricht der Wirklichkeit. Das Dorf Zuñi und die Landschaft des Zuñi-Reservats, wie auch das angrenzende Ramah-Reservat der Navajo-Indianer, habe ich so genau zu schildern versucht, wie es mir möglich war. Und was über die Shalako-Religion gesagt wird, könnten etwa die Ansichten eines interessierten Navajo sein und erhebt keinen Anspruch auf ethnologische Vollständigkeit.

1
Sonntag, den 30. November, 17 Uhr 18

Shulawitsi, der Kleine Feuergott, Mitglied des Göttlichen Rates und Gehilfe der Sonne, hatte die Rennschuhe an seinen Füßen verschnürt, und zwar so, wie es ihn sein Trainer gelehrt hatte: straff über den Rist. Und jetzt, als die Spikes in die feste Erde des Schaftrails drangen, war es, als seien sie zu einem Bestandteil seines Körpers geworden. Er lief mit vollkommener Grazie, wie eine in Gang gesetzte Maschine, während sich sein Verstand mit anderen Dingen beschäftigte. Dort vorne, wo sich der Trail von der Mesa hinabwand, würde er wie immer anhalten, die Zeit messen, die er für den Lauf benötigt hatte, und eine Verschnaufpause von vier Minuten einlegen. Er war bereit, das wußte er jetzt mit großer Gewißheit. Seine Lungenflügel waren weiter, seine Beinmuskeln fester geworden. Wenn er in zwei Tagan Longhorn und den großen Rat vom Dorf der Vorväter nach Zuñi führte, war er nicht zu ermattet, um den Text des großen Gesanges im Kopf zu behalten oder die richtigen Schritte beim Ritualtanz zu machen. Und er konnte die ganze Nacht fehlerlos durchtanzen, wenn Shalako kam. Dann brauchte ihn der Salamobia nicht zu bestrafen. Damals – er war neun gewesen und konnte sich gut daran erinnern – war Hu-tu-tu auf der Straße nach Zuñi gestolpert, und der Salamobia hatte ihn mit seiner Yucca-Rute geschlagen, und alle hatten gelacht. Selbst die Navajos, und die lachten sonst sehr selten über Shalako. Ihn, Shulawitsi, sollten sie nicht auslachen.

Fast wäre der Feuergott über die Gesteinsbrocken gefallen, auf denen er sich sonst immer ausruhte. Er sah schnell auf seine Uhr. Elf Minuten und vierzehn Sekunden hatte er diesmal für die Strecke gebraucht – das waren elf Sekunden weniger als gestern. Aber das Gefühl der Selbstzufriedenheit hielt nicht lange vor. Ein schlanker

Junge mit schwarzem Haar, das über seine schweißnasse Stirn fiel – so saß er da auf dem Geröll und massierte seine Beine durch die Baumwolle seiner Hosen hindurch. Weil er sich der lachenden Navajos erinnert hatte, mußte er jetzt an George Bowlegs denken. Ganz behutsam beschäftigte er sich mit diesem Gedanken, um nur keinen Zorn aufkommen zu lassen. Das sollte man immer vermeiden, aber im Augenblick war es völlig tabu. Der Koyemshi war vor zwei Tagen im Dorf erschienen und hatte auf jedem der vier Plazas von Zuñi verkündet, daß in acht Tagen der Shalako die Tanzhalle des Todes verlassen würde, um sein Volk zu besuchen und ihm seinen Segen zu erteilen. Darum war jetzt keine Zeit für zornige Gedanken. Bowlegs war sein Freund, aber Bowlegs war verrückt. Und wenn es nicht so unzeitgemäß wäre, hätte er allen Grund, auf Bowlegs wütend zu sein. George hatte zu viele Fragen gestellt, und da George sein Freund war, hatte er ihm mehr Antworten gegeben, als eigentlich zulässig war. Sosehr sich George auch wünschen mochte, ein Zuñi zu sein und des Feuergottes eigenem Dachs-Stamm beizutreten, er war und blieb ein Navajo. Er war nicht eingeweiht worden, hatte nicht die Finsternis der Maske empfunden, als sie über seinen Kopf gestülpt wurde, und hatte nicht durch die Augen des Kachina-Geistes geblickt. Und darum gab es Dinge, die George nicht wissen durfte. Und einiges davon hatte der Feuergott wohl an George weitergegeben. Father Ingles glaubte das zwar nicht, aber Father Ingles war schließlich ein weißer Mann.

Hinter ihm, über der roten Sandsteinwand der Mesa, erstreckte sich eine Himmelssäule von gefiederten Zirruswolken südwärts auf Mexiko zu. Westwärts, über der Painted Desert, waren sie gerötet von der Nachglut des Sonnenuntergangs. Im Norden überzog der Widerschein dieses Lichts die Gipfel der Zuñi-Buttes mit zartem Rosa. Tief unter ihm im Schatten der Mesa glomm ein Licht auf im Lager neben der Schürfstelle der Anthropologen. Ted Isaacs bereitet das Abendessen zu, dachte der Feuergott. Und das war noch etwas, woran man nicht denken durfte, wenn man nicht in Wut über George geraten wollte. Denn George war auf die Idee gekommen, in des Doktors Kiste mit den Tonscherben, den bunten Perlen und den Pfeilspitzen nachzusehen, ob sich dort nicht einiges von den alten Sachen fände, die die Urahnen hergestellt hatten. Das ließe sich gut für einen Jagdfetisch verwenden, hatte George gesagt.

Vielleicht könnte man daraus einen für alle beide machen. Und der Doktor war fuchsteufelswild geworden, und jetzt erlaubte Isaacs niemandem mehr, ihm bei der Arbeit zuzusehen. Dieser verrückte George.

Der Feuergott rieb seine Beine mit den Händen, denn er spürte, wie sich die Muskeln in seinen Oberschenkeln verhärteten, weil der Wind den Schweiß getrocknet hatte. In genau siebzehn Sekunden würde er wieder losrennen, um die letzte Meile den Hang der Mesa hinunter zurückzulegen. Dort unten wartete George mit seinem Fahrrad auf ihn. Dann wollte er nach Hause gehen und seine Schularbeiten zu Ende machen.

Er lief wieder los, zunächst in gemächlichem Trott, dann schneller, als die Steifheit aus seinen Beinen schwand. Wieder tränkte Schweiß den Hemdrücken und ließ die Buchstaben, die die Worte «Eigentum der Gemeinschaftsschulen von Zuñi» darstellten, dunkler erscheinen. Unter dem zornigen roten Himmel rannte er hinein in die aufziehende Dunkelheit und dachte dabei an den verrückten George, seinen ältesten und besten Freund. Er dachte daran, wie George Kaktusfrüchte gesammelt hatte für die Fixer von der Hippie-Kommune, und wie er sie dann selbst gegessen hatte, um herauszufinden, wie das ist, wenn man Visionen hat. Und er dachte an George, wie er zu dem alten Mann an der Grenze des Zuñi-Landes gegangen war, um von ihm zu lernen, wie man ein Zauberer wird, und wie böse der alte Mann geworden war, weil George aufhören wollte, ein Navajo zu sein, damit er ein Zuñi werden konnte. George war ganz gewiß verrückt, aber er war sein Freund, und hier war jetzt sein Fahrrad, und George würde auf ihn warten.

Die Gestalt, die hinter den Felsen aus der dunkelroten Finsternis hervortrat, war nicht George. Das war Salamobia, der ihn mit seinen gelbumrandeten Augen anstarrte. Der Feuergott hielt inne, öffnete seinen Mund und brachte keinen Laut hervor. Das war der Salamobia von den Maulwurf-Kiwas, denn seine Maske war bemalt mit den Farben der Finsternis. Und doch war er es nicht. Der Kleine Feuergott starrte die Gestalt an, den muskulösen Körper unter dem dunklen Hemd, die abstehende Halskrause aus Truthahnfedern, die dunklen und leeren Augen, den grimmigen Schnabel, den gefiederten Haarschopf. Schwarz war die Farbe des Maulwurf-Salamobia, aber das hier war nicht die Maske, denn die kannte er. Der

Onkel seiner Mutter hatte den Maulwurf-Salamobia verkörpert, und die Maske befand sich in einem Schrein im Haus des Onkels seiner Mutter. Aber wenn das hier nicht die Maske war...

Der Feuergott sah jetzt, daß die Rute in der Hand dieses Salamobia nicht aus geflochtener Yucca war. Sie glitzerte im rötlichen Zwielicht. Und ihm fiel ein, daß der Salamobia, wie alle Geister der Urahnen, die sich hinter der Zuñi-Maske verbargen, nur den Mitgliedern der Bruderschaft der Zauberer erschienen oder aber jenen, die sterben mußten.

2

Montag, den 1. Dezember, 12 Uhr 20

Lieutenant Joe Leaphorn beobachtete die Fliege. Eigentlich hätte er Ed Pasquaanti aufmerksam zuhören sollen, der auf einem Drehstuhl hinter einem Schreibtisch mit dem Schild «Chief of Police, Zuñi» saß und mit klarer, präziser Stimme auf ihn einredete. Pasquaanti jedoch erörterte das Problem der juristischen Zuständigkeit, und Leaphorn wußte das alles schon und auch, warum Pasquaanti sich darüber ausließ. Pasquaanti wollte ganz sichergehen, daß Leaphorn und der Deputy Sheriff von McKinley County, Cipriano («Orange») Naranjo, sowie State Policeman J. D. Highsmith begriffen, daß innerhalb der Zuñi-Reservation die Zuñi-Polizei für die Ermittlungen zuständig war. Und das konnte Leaphorn nur recht sein. Je früher er hier weg kam, desto besser. Die Fliege hatte kurz zuvor seine Aufmerksamkeit auf sich gelenkt, als sie auf seinem Notizbuch landete. Nun krabbelte sie am Rande des Blocks entlang auf seinen Finger zu. Sollte eine Zuñi-Fliege es etwa wagen, über die Haut eines Navajos zu spazieren? Leaphorn bereute diesen Gedankengang sofort. Das war ein glatter Rückfall in die völlig unlogische Animosität, gegen die er schon den ganzen Vormittag angekämpft hatte – genauer gesagt von dem Augenblick an, als ihn im Klubhaus von Ramah die Nachricht erreichte, die ihn hierher brachte.

Die Nachricht war ein bißchen zu karg bemessen; Leaphorn sollte nach Zuñi hinüberfahren und bei der Suche nach George

Bowlegs, einem vierzehnjährigen Navajo-Jungen, helfen. Weitere Einzelheiten würde er von der Zuñi-Polizei erfahren, mit der er zusammenzuarbeiten hatte.

So ein Mist, dachte Leaphorn. Er ahnte schon, wie die Geschichte laufen würde. Dreißig Meilen fuhr er nach Zuñi, nur um festzustellen, daß der Bengel irgend etwas geklaut und sich dann aus dem Staub gemacht hatte. «Wissen Sie irgendwas über diesen George Bowlegs?» fragte er.

Der Funker wußte auch nicht viel. Vielleicht – er war nicht sicher – war der Junge der Sohn von einem Mann namens Shorty Bowlegs. Shorty war aus der Großen Reservation fortgezogen, nachdem irgend etwas schiefgelaufen war mit einer Frau, die er in der Gegend von Coyote Canyon geheiratet hatte. Dieser Shorty Bowlegs gehörte zum High Standing House-Stamm und war einer der Jungs von Old Woman Running. Und irgendwann nach seiner Rückkehr vom Coyote Canyon hatte er eine Landzuteilung bei der hiesigen Weidekommission beantragt. Aber dann war er irgendwo anders hingezogen. Vielleicht war es ja sowieso der falsche Mann.

«Also gut», sagte Leaphorn. «Falls jemand was von mir will, ich bin auf der Polizeistation von Zuñi.»

«Nun machen Sie nicht so ein saures Gesicht», sagte der Funker und grinste wieder. «Ich glaube, bei den Zuñis gab es in letzter Zeit keine Anwärter für die Bow Society.»

Darüber mußte Leaphorn lachen. Früher einmal, das glaubten die Navajos jedenfalls, mußten die Anwärter für die Priesterwürde der Zuñi Bow den Skalp eines Navajo herbeischaffen. Er lachte, aber seine Stimmung blieb trübe. Er fuhr auf der Nationalstraße 53 etwas schneller als zulässig nach Zuñi. Seine schlechte Laune irritierte ihn, denn es gab keinen plausiblen Grund dafür. Warum sträubte er sich gegen diesen Auftrag? Der Job, der ihn nach Ramah gebracht hatte, war unangenehm genug gewesen, um eine Abwechslung willkommen erscheinen zu lassen. Ein alter Mann hatte darüber Beschwerde geführt, daß er einer Nachbarsfrau 800 Dollar anvertraut habe. Mit diesem Geld sollte sie nach Gallup gehen und eine Anzahlung für einen Kleinlastwagen leisten, aber die Frau hatte das Geld anderweitig ausgegeben. Leaphorn hatte innerhalb kurzer Zeit zumindest teilweise herausgefunden, wie es dazu gekommen war. Die Frau hatte an dem fraglichen Tag in einem Laden in Gallup eine Schuld von fast 800 Dollar beglichen, dem Autohändler hingegen hatte sie kein Geld gegeben. Alles schien recht einfach zu sein, aber dann war es das doch nicht. Die Frau behauptete, der alte Mann habe ihr das Geld geschuldet, und überhaupt sei er ein Hexenmeister, ein Navajo-Wolf. Und dann war da noch das Problem, auf welcher Seite des Grenzzauns sie gestanden hatten, als das Geld übergeben wurde. Wenn sie sich wirklich in diesem Augenblick dort befunden hatte, wo sie behauptete gestanden zu haben, dann waren sie auf dem Gebiet der Navajo-Reservation und unterstanden der Gerichtsbarkeit des Indianerstammes. Nach Auffassung des alten Mannes jedoch hatten sie sich im Moment der Geldübergabe außerhalb des Reservationsgeländes befunden, wodurch der Fall vermutlich in den Zuständigkeitsbereich des Gerichts für Betrugsfälle in New Mexico gehörte. Leaphorn hatte keine Ahnung, wie er dieses Problem lösen sollte, und darum hätte ihm jede Ablenkung von der verwickelten Geschichte höchst willkommen sein müssen. Doch dieser Auftrag war ihm zuwider – einen Stammesbruder von den Navajos auf Betreiben der Zuñis jagen zu müssen.

Pasquaanti redete immer noch. Die Fliege machte einen behutsamen Schritt vorwärts, verharrte dann jedoch, bevor sie die braune Haut von Leaphorns Hand betrat. Plötzlich wußte Leaphorn, warum er schlechte Laune hatte. Es war, weil sich die Zuñis seiner Meinung nach gegenüber den Navajos überlegen fühlten. Und diese Ansicht hatte sich bei ihm festgesetzt, seit er vor langer Zeit während des ersten Jahres auf der Universität von Arizona sein Zimmer mit einem Zuñi geteilt hatte. Das Zusammenleben mit diesem Zuñi hatte bei ihm, Joe Leaphorn, einen Minderwertigkeitskomplex erzeugt. Deshalb gab es für seine augenblickliche Stimmung ganz und gar keine logische Erklärung. Und mangelnde Logik mißfiel ihm bei anderen, bei sich selber jedoch verabscheute er sie geradezu.

«Soviel wissen wir bisher», sagte Pasquaanti in diesem Moment und schob jedem von ihnen die Fotokopie eines Schriftstückes zu. «Zwei junge Burschen werden vermißt, und es sieht ganz danach aus, als ob einer von ihnen ins Gras gebissen hat.»

Zwei junge Burschen? Leaphorn überflog den Text der Fotokopie. Dann, plötzlich interessiert, las er das Ganze noch einmal Zeile für Zeile. Zwei Jungen wurden vermißt. Bowlegs sowie ein Zuñi, der Ernesto Cata hieß, außerdem das Fahrrad von Ernesto. Und an der Stelle, wo das Fahrrad gestanden hatte, war «eine beträchtliche Menge» Blut im Boden versickert.

«Hier steht, die beiden waren Klassenkameraden», sagte Leaphorn. «Aber Bowlegs ist vierzehn und Cata erst zwölf. Und die waren in einer Klasse?» Leaphorn verwünschte sich augenblicklich, weil er diese Frage gestellt hatte. Pasquaanti brauchte sie jetzt nur daran zu erinnern, daß Bowlegs ein Navajo war – was den Unterschied im akademischen Bildungsgrad hinlänglich erklären würde.

«Beide gingen in die siebte Klasse», sagte Pasquaanti. «Der kleine Cata war fast dreizehn. Sie waren seit zwei oder drei Jahren eng befreundet. Sehr gute Freunde. Das sagen alle.»

«Keine Spur von einer Waffe?» fragte Naranjo.

«Nichts», sagte Pasquaanti. «Nur Blut. Soviel Blut haben Sie noch nie gesehen. Aber ich glaube nicht, daß es eine Schußwaffe war. Niemand kann sich daran erinnern, einen Schuß gehört zu haben, und es war so nahe am Dorf, daß irgend jemand etwas gehört haben müßte.» Pasquaanti schwieg einen Augenblick. «Vermutlich war es etwas zum Hacken, ein Beil vielleicht. Überall auf den Nadeln der Pinien ringsum war Blut, abgesehen von dem, was im Boden versikkert ist. Daher ist anzunehmen, daß die Waffe eine Hauptschlagader getroffen hat, während der Junge dort stand. Wer immer der Täter auch war, die Waffe hat er auf alle Fälle mitgenommen.»

«Wer immer?» fragte Leaphorn. «Dann sind Sie also nicht davon überzeugt, daß es Bowlegs war?»

Pasquaanti sah ihn nachdenklich an. «Alles, was wir wissen, steht hier auf diesem Blatt Papier. Der junge Cata ist letzte Nacht nicht nach Hause gekommen. Bei Tagesanbruch haben sie nach ihm gesucht und das Blut gefunden, wo er sein Fahrrad abgestellt hatte. George Bowlegs hatte sich das Fahrrad ausgeliehen, und er sollte es zu dem ständigen Treffpunkt zurückbringen, den sie hatten. Alles klar? Bowlegs ist heute morgen wie immer in die Schule gegangen, aber nachdem wir die Sache mit dem Fahrrad und das andere herausgefunden hatten und einen Mann rüberschickten, der ihn befragen sollte, war er nicht mehr da. Wie es sich herausstellte, war er mitten während des Sozialkundeunterrichts aufgestanden, hatte zum Lehrer etwas von einem verdorbenen Magen gesagt und war verschwunden.»

«Wenn er den Mord begangen hat», sagte Naranjo, «warum ist er dann nicht gleich nach der Tat abgehauen?»

«Natürlich wissen wir bisher noch gar nicht, ob es sich um Mord handelt», sagte Pasquaanti. «Das Blut kann ja auch von einem Tier sein. Im Augenblick wird 'ne Menge geschlachtet. Die Leute sorgen vor für das Shalako-Fest.»

«Vielleicht war dieser Bowlegs gerissen genug, um sich zu sagen, daß kein Verdacht auf ihn fällt, solange er nicht davonläuft», meinte Naranjo. «Also ging er erst mal zur Schule, und dann hat er die Nerven verloren und ist doch getürmt.»

«Hier in dem Bericht steht wohl nichts davon», sagte Pasquaanti. «Aber die anderen Kinder haben ausgesagt, daß Bowlegs nach Cata gesucht hat, als er in die Schule kam. Er hat gefragt, was denn los sei mit Cata und wo er steckt.»

«Das kann Absicht gewesen sein», sagte Leaphorn. Er empfand Genugtuung darüber, daß sein Denkapparat wieder mit der Logik eines Polizisten funktionierte.

«Möglich», sagte Pasquaanti. «Aber der Junge ist erst vierzehn, vergeßt das bitte nicht.»

Leaphorn zeigte auf den Bericht. «Hier steht, Cata ist aus dem Haus gegangen, um zu laufen. Was soll das heißen? Hat er Geländelauf trainiert oder so was?»

Drei Sekunden dauerte das Schweigen – lange genug, um Leaphorn zu verstehen zu geben, daß es sich nicht etwa um Geländelauf oder ähnliches handelte. Pasquaanti hatte sich inzwischen entschieden, wieviel er ihnen darüber zu sagen gedachte.

«Der junge Cata war auserwählt worden, bei den religiösen Zeremonien in diesem Jahr eine bestimmte Rolle zu übernehmen», sagte Pasquaanti. «Einige dieser Kulthandlungen ziehen sich über Stunden hin, die Tanzerei ist anstrengend, und man muß schon Kondition haben dafür. Cata ist jeden Abend gelaufen, um sich in Form zu bringen.»

Leaphorn wußte noch, wie das gewesen war damals, als er seinem Zimmergenossen vom Stamm der Zuñi zuliebe einem Shalako-Fest beigewohnt hatte.« War Cata derjenige, den sie den Feuergott nennen?» fragte er. «Der schwarz angemalt ist, die gefleckte Maske trägt und das Feuer bringt?»

«So ist es», sagte Pasquaanti. «Cata war Shulawitsi.» Man sah ihm an, wie unangenehm ihm das Thema war. «Aber das hat sicher nichts mit dem Fall zu tun. Das kann ich mir nicht vorstellen.»

Leaphorn verfolgte den Gedanken noch etwas weiter. Vermutlich nicht, dachte er. Wenn er doch nur mehr über den Glauben der Zuñis wüßte! Aber das war letzten Endes nicht sein Bier. Er mußte George Bowlegs aufspüren, sonst nichts.

Pasquaanti blätterte in einer Akte. «Das einzige Foto, das wir bisher von dem Jungen haben, stammt aus dem Jahrbuch der Schule.» Er reichte jedem von ihnen eine Seite mit Fotos. Zwei der Köpfe auf den Bildern waren mit roter Tinte umrandet. «Wenn wir sie nicht sofort finden, lassen wir uns im Fotolabor Vergrößerungen von den Negativen machen. Dann schicken wir Abzüge rüber ins Sheriffbüro und an die State Police, außerdem an die State Police in Arizona. Und wenn wir irgendwas ermitteln, lassen wir es Sie gleich wissen, damit Sie nicht Ihre Zeit vertrödeln.» Pasquaanti erhob sich. «An Lieutenant Leaphorn möchte ich die Bitte richten, sich auf die Suche nach George Bowlegs zu konzentrieren. Wir versuchen, Ernesto und das Fahrrad zu finden und natürlich auch, sonst noch was herauszubekommen.»

Leaphorn fand, daß Pasquaanti nicht gerade viel dazu beigetragen hatte, ihm die Suche nach George Bowlegs zu erleichtern, nachdem er zuvor soviel Zeit darauf verwendet hatte, die rechtlichen Zuständigkeiten zu erläutern. Er setzte offensichtlich voraus, daß Naranjo, Highsmith und Leaphorn schon wußten, wie sie vorzugehen hatten.

«Ich muß wissen, wo Bowlegs gewohnt hat, und ob es jemanden gibt, der gesehen hat, wie er nach Hause gekommen ist.»

«Shorty Bowlegs hat seinen Hogan etwa vier Meilen von hier», sagte Pasquaanti. «Ich glaube, es ist besser, wenn ich Ihnen das aufzeichne. Wir sind dagewesen, aber herausgefunden haben wir nichts.»

Leaphorns Gesichtsausdruck verriet, was er fragen wollte.

Pasquaanti schien ein wenig irritiert zu sein. «Shorty war zu Hause, aber er war zu betrunken, um uns etwas zu sagen.»

«Na fein», sagte Leaphorn. «Haben Sie Spuren gefunden rings um die Blutlache?»

«Sehr viel Fahrradspuren. Schließlich ist er seit Monaten zum Trainieren dorthin gefahren. Und dann war da noch eine Stelle, wo jemand mit Mokassins oder flachen Schuhen herumgestanden hat. Sieht so aus, als hätte er dort eine ganze Weile gewartet. Wir haben auch die Stelle gefunden, wo er sich unter die Pinie gesetzt hat. Da waren Gräser umgeknickt. Und natürlich die Spuren von Ernestos Rennschuhen. Aber in der Gegend gibt es fast nur Felsboden. Da erkennt man so leicht nichts.»

Leaphorn dachte daran, daß er selbst dorthin gehen sollte und daß er vielleicht Spuren finden würde, die ein Zuñi gar nicht sehen konnte. Pasquaanti sah ihn an und es schien, als könnte er Leaphorns Gedanken lesen. «Demnach haben Sie also nicht gerade viel gefunden, mit dem sich etwas anfangen ließe, nicht wahr?» fragte Leaphorn.

«Nicht viel, das stimmt», sagte Pasquaanti böse. «Nur so viel, daß unser kleiner Ernesto eine Menge Blut in seinen Adern gehabt hat.»

3
Montag, den 1. Dezember, 15 Uhr 50

Der Reifen platzte auf dem Rückweg von Shorty Bowlegs' Hogan etwa auf der Hälfte der Strecke, wodurch Leaphorn sich in seiner Auffassung bestätigt sah, daß Tage, die schlecht begannen, auch schlecht endeten. Die Straße wand sich durch das unwegsame Gelände auf der Rückseite des Corn Mountains – sie war nicht viel mehr als ein selten benutzter Karrenpfad, den man im Sommer, wenn Unkraut und Büffelgras in die Höhe geschossen waren, nur mit größter Vorsicht benutzen konnte. Leaphorn hatte nicht aufgepaßt. Statt sich auf den Weg zu konzentrieren, hatte er versucht, die paar Informationen zu sondieren, die Shorty Bowlegs ihm geben konnte. So war er mit dem linken Vorderrad in ein von Unkraut überwuchertes Schlagloch geraten, und dabei war der Reifen an der Seite aufgeplatzt.

Er setzte den Wagenheber unter der vorderen Stoßstange an. Bowlegs war zu betrunken gewesen, um sich halbwegs klar auszudrücken. Offenbar hatte er George noch am Morgen gesehen, als sich der Junge mit seinem kleineren Bruder auf den langen Weg zur Haltestelle des Schulbusses machte. Der alte Bowlegs schien keine Ahnung zu haben, wann George in der Nacht von Sonntag auf Montag nach Hause gekommen war. Das konnte zweierlei bedeuten: Entweder hatte Shorty um diese Zeit schon geschlafen oder er war zu betrunken gewesen, um etwas zu bemerken.

Leaphorn kurbelte den Wagenheber hoch. Er war vergrätzt, und er tat sich selbst ein bißchen leid. Bestimmt hatte Highsmith längst die Personenbeschreibungen von George Bowlegs und Ernesto Cata durchgegeben und gondelte jetzt in aller Gemütsruhe auf dem Highway 40 herum, während sämtliche Streifenwagen nach zwei Indianerjungen Ausschau hielten, die versuchten, von Autos mitgenommen zu werden. Und Orange Naranjo war schon wieder nach Gallup zurückgekehrt, hatte seinen Bericht geschrieben und an die zuständigen Stellen weitergeleitet. Pasquaanti hatte inzwischen sicherlich die Spurensuche aufgegeben und harrte nun der Dinge, die auf ihn zukamen. Viel mehr ließ sich jetzt in Zuñi nicht tun. Innerhalb von einer Stunde wußte jedermann in den roten Steinhäusern des Bienenstockdorfes und auf der anderen Seite des Reservates, daß einer der Söhne der Zuñis vermißt wurde, daß er vielleicht tot war und daß der Navajo-Junge, der sich immer hier herumtrieb, von der Polizei gesucht wurde. Sollte irgendein Zuñi George Bowlegs zu Gesicht bekommen, würde Pasquaanti das sehr schnell erfahren.

Der Wagenheber rutschte ab an der Kante des Schlaglochs. Leaphorn fluchte ausdauernd und wortreich, kurbelte den Wagenheber wieder herunter und kratzte mit dem Metallgriff eine kleine Vertiefung in den Felsenboden, so daß der Heber besseren Halt fand. Mit der Flucherei hatte er sich Luft gemacht, und nun fühlte er sich schon besser. Schließlich war das, was der Sergeant, der Deputy und der Zuñi-Polizist taten, das einzig Sinnvolle, was sie tun konnten. Falls Bowlegs auf dem Weg nach Albuquerque, Phoenix oder Gallup war, oder falls er sich hier irgendwo im Zuñi-Gebiet herumtrieb, würde er schnell und ohne viel Federlesens aufgegriffen werden. Sollte er sich irgendwo im Navajo-Gebiet verkrochen haben, war das einzig und allein Leaphorns Problem – und niemand konnte etwas dafür, daß es ein sehr viel schwierigeres Problem war, das sich nur durch beharrliche Schwerstarbeit lösen ließ. Leaphorn setzte den Wagenheber an, schüttelte sich kräftig, um seine verkrampften Muskeln zu lockern, und ließ seinen Blick der Wagenspur folgen bis hinüber zu den waldbedeckten Mesas und dem zerklüfteten Canyon Country, das sich bis hin zum südlichen Horizont erstreckte. Er sah die Schönheit dieses Landes, die dunklen Tupfen der Schatten, die von den Wolken geworfen wurden, das Rot der Klippen, und überall die Farben Gold, Grau und Blau, mit denen der Herbst das trockene Land tönte. Bald schon würde der Nordwind die letzten Blätter davonfegen, und in einer einzigen Nacht würde eine feste weiße Schicht diese Landschaft überziehen. Und dann wurde es kritisch für George Bowlegs, falls er sich hier irgendwo versteckt hielt. Bis zum ersten Schnee konnte er sich leicht am Leben erhalten. Da gab es trockene Beeren und eßbare Wurzeln und Kaninchen, und ein Navajo-Junge wußte, wo er danach zu suchen hatte. Aber eines Tages ging es zu Ende mit der nimmermüden Herbstsonne über den Bergen. Dann trieb ein arktisches Sturmtief vom westlichen Kanada herüber, immer entlang der Westseite der Rocky Mountains. Das Gelände hier lag gut und gerne dreitausend Meter über dem Meeresspiegel, und frühmorgens gab es schon jetzt empfindliche Kälte. Mit dem ersten Sturm kam der Frost, und wenn erst der Schneewind blies, fand sich nichts Eßbares mehr. Am ersten Tag würde George Bowlegs den Hunger spüren. Und dann würden seine Kräfte nachlassen. Und dann würde es nicht mehr lange dauern, bis er erfroren war.

Leaphorn verzog das Gesicht und machte sich wieder am Wagenheber zu schaffen. In diesem Augenblick sah er den Jungen, wie er dort, keine zwanzig Meter entfernt, verschüchtert stand und darauf wartete, bemerkt zu werden. Leaphorn erkannte ihn sofort vom Klassenfoto her. Die gleiche runde Stirn, der gleiche große Mund. Leaphorn betätigte die Kurbel seines Wagenhebers. «*Ya-ta-hey*», sagte er.

«*Ya-ta-hey*, Onkel», antwortete der Junge. Er trug ein in braunes Fettpapier eingeschlagenes Buch in der Hand.

«Willst du mir helfen? Ein bißchen Hilfe könnte ich gebrauchen.»

«Mach ich», sagte der Junge. «Gib mir den Schlüssel für den Kofferraum, dann hole ich das Reserverad.»

Leaphorn fingerte den Schlüssel aus der Tasche. George Bowlegs konnte das nicht sein – George war älter. Also vermutlich Cecil, der jüngere Bruder.

Cecil brachte das Reserverad, während Leaphorn die letzte Mutter löste. Leaphorn dachte angestrengt nach. Er mußte vorsichtig sein.

«Du bist ja ein Navajo-Polizist», sagte der Junge. «Erst habe ich gedacht, das ist ein Streifenwagen von der Zuñi-Polizei.»

«Der Wagen gehört dem Dinee», sagte Leaphorn. Dinee, das hieß soviel wie ‹das Volk›. «Genauso wie du und ich zum Dinee gehören.» Leaphorn unterbrach seine Arbeit und sah Cecil an. «Und genauso wie dein Bruder George.» Sekundenlang spiegelte sich Überraschung im Gesicht des Jungen; dann wurde es völlig ausdruckslos.

«Wir alle gehören zum Volk», sagte Leaphorn.

Der Junge sah ihn schweigend an.

«Es wäre gut, wenn George sich mit einem Polizisten des Dinee aussprechen würde», sagte Leaphorn.

«Du bist hinter ihm her», sagte der Junge anklagend. «Du denkst das, was die Zuñis in der Schule gesagt haben – daß er weggelaufen ist, weil er Ernesto getötet hat.»

«Bisher weiß ich ja noch nicht mal, ob der Zuñi-Junge tot ist. Ich weiß nur, was der Zuñi-Polizist mir erzählt hat. Und jetzt interessiert mich, was dein Bruder dazu zu sagen hat.»

Cecil erwiderte nichts. Aufmerksam beobachtete er das Mienenspiel des Polizisten.

«Ich glaube nicht, daß George abgehauen ist, weil er Ernesto Cata umgebracht hat», sagte Leaphorn. «Wenn er fortgelaufen ist, dann vielleicht, weil er fürchtete, der Zuñi-Polizist würde ihn ins Gefängnis stecken.» Leaphorn hob das linke Vorderrad herunter und setzte behutsam das Reserverad auf die Schrauben. Cecil sah er nicht an dabei. «Vielleicht war es ganz vernünftig von ihm wegzulaufen. Vielleicht aber auch nicht. Hat er Ernesto nicht getötet, war es jedenfalls unvernünftig. Denn das brachte die Zuñis auf den Gedanken, er könnte es gewesen sein. Hat er es aber getan, dann war es sicher auch nicht sehr gescheit, einfach zu verschwinden. Denn fangen werden sie ihn auf alle Fälle, und dann wird alles nur noch schlimmer für ihn. Und wenn sie ihn nicht kriegen, dann muß er sein ganzes Leben lang davonlaufen.» Leaphorn griff nach dem Schraubenschlüssel und sah Cecil voll an. «Ewig auf der Flucht, das ist eine verdammt miese Sache. Dann ist es schon besser, ein paar

Jahre im Gefängnis zu sitzen und die Angelegenheit hinter sich zu bringen. Vielleicht stecken sie ihn ja auch für eine Weile ins Krankenhaus. Wenn der Junge tot ist, und wenn George derjenige ist, der ihn getötet hat, dann ist irgend etwas nicht ganz richtig in seinem Kopf. Dann muß er geheilt werden. Die dafür zuständigen Leute würden ihn in ein Krankenhaus stecken und nicht ins Gefängnis.»

Leaphorn schwieg, und man hörte deutlich das Rascheln des Büffelgrases, über das der Wind strich. Es war kühl geworden.

Cecil benetzte seine Lippen. «George ist nicht aus Angst vor der Zuñi-Polizei weggelaufen», sagte er. «Das war nicht der Grund.»

«Warum dann, Neffe?» fragte Leaphorn.

«Wegen der Kachina.» Der Junge sprach so leise, daß Leaphorn nicht sicher war, richtig gehört zu haben. «Er ist vor der Kachina weggelaufen.»

«Kachina? Was für eine Kachina?» Ein eigenartiges Gefühl beschlich Leaphorn, und das kam nicht nur von dem abrupten Themawechsel, vielmehr von dem plötzlichen Sprung von der Wirklichkeit in die Unwirklichkeit. Leaphorn starrte Cecil an. Das Wort Kachina konnte dreierlei bedeuten. Einmal waren damit die Geister der Vorväter der Zuñis gemeint. Dann konnten es aber auch die Masken sein, die getragen wurden, um diese Geister zu personifizieren. Oder die kleinen Holzpuppen, die die Zuñis schnitzten, um die Geister immer gegenwärtig sein zu lassen. Der Junge wollte offenbar nicht mehr sagen. Von der Kachina hatte er nur geredet, um von dem abzulenken, was er wirklich wußte.

«Ich kenne den richtigen Namen nicht», meinte Cecil schließlich. «Es ist ein Wort aus der Zuñi-Sprache. Aber ich glaube, es ist dieselbe Kachina, die Ernesto erwischt hat.»

«Aha», sagte Leaphorn. Er prüfte, ob die Muttern festsaßen, ließ den Wagenheber herunter und verschaffte sich so eine Denkpause. Er lehnte sich gegen den Kotflügel und sah Cecil Bowlegs an. In der zerknitterten Tüte, die aus der Jackentasche des Jungen herausragte, war sicher sein Frühstück gewesen. Jetzt war sie leer. Was wohl mochte Cecil im Hogan seines ständig betrunkenen Vaters finden, das er zum Frühstück mit in die Schule nehmen konnte?

«War es tatsächlich eine Kachina, die Ernesto Cata erwischt hat? Wie hast du das herausgefunden?»

Cecil war unbehaglich zumute, und man sah es ihm an.

Der Junge log. Das war offensichtlich. Und kein Junge dieses Alters war gut im Lügen. Leaphorn hatte die Erfahrung gemacht, daß es oft genügte, einem Lügner aufmerksam zuzuhören, um ihm auf die Schliche zu kommen. «Warum war die Kachina denn hinter Ernesto her? Weißt du den Grund?»

Cecil dachte angestrengt nach. Den Polizisten sah er dabei nicht an.

«Weißt du denn, warum George vor dieser Kachina davonläuft?»

«Naja, sicher aus demselben Grund», sagte Cecil.

«Du weißt also nicht warum. Aber was es auch ist, die Kachina ist hinter allen beiden her, nicht wahr?»

«Ja», sagte Cecil. «Das glaube ich.»

Nun war Leaphorn nicht mehr so überzeugt davon, daß Cecil log. Was immer er auch wußte, er hatte es von George erfahren.

«Dann ist wohl anzunehmen», sagte Leaphorn, «daß Ernesto und George etwas getan haben, was die Kachina böse gemacht hat.»

«Ernesto hat das getan. George hat es nur von ihm erfahren. Wenn man was darüber erzählt, bricht man das Tabu, und das hat Ernesto gemacht. George hat ihm nur zugehört.» Cecil sprach sehr ernst, so als sei ihm viel daran gelegen, klarzustellen, daß es nicht sein Bruder gewesen war, der ein Tabu der Zuñis durchbrochen hatte.

«Was hat er ihm denn erzählt?»

«Das weiß ich nicht. George meinte, es sei besser, wenn er mir das nicht sagte. Aber mit den Kachinas hatte es was zu tun.»

Leaphorn setzte sich ein Stück vom Wagen entfernt in das dürre Gras und kreuzte die Beine. Was er herausfinden mußte, lag klar auf der Hand. Hatte George gewußt, daß der junge Cata tot war, als er heute mit Cecil zusammen zur Schule aufbrach? Wenn er es wußte, dann ließ sich mit ziemlicher Sicherheit daraus schließen, daß George seinen Freund Ernesto entweder selbst getötet oder aber zumindest beobachtet hatte, wie er getötet wurde. Vielleicht hatte er auch gesehen, wie die Mörder die Leiche beiseitegeschafft haben. Aber wenn er Cecil geradeheraus fragte und die Antwort negativ ausfiel, wußte Leaphorn, daß er nichts damit anfangen konnte. Cecil würde lügen, um seinen Bruder zu schützen. Leaphorn holte seine Zigaretten hervor. Ihm war nicht sehr wohl bei dem, was er jetzt vor hatte. Mein Job ist es, George Bowlegs zu finden, sagte er zu sich selbst. Ihn aufzuspüren, ist unerhört wichtig. «Rauchst du hin und wieder mal eine Zigarette?» fragte er Cecil. Er hielt ihm die Packung hin. Cecil nahm eine.

«Manchmal ist das ganz gut», sagte er.

«Also, gut ist es nie; für die Lunge ist es sogar schädlich. Aber manchmal ist es notwendig, und dann raucht man eben eine.»

Cecil saß auf einem Stein, sog den Rauch tief in sich hinein und ließ ihn durch die Nase wieder entweichen. Offensichtlich war es nicht seine erste Zigarette.

«Du glaubst also, Cata hat ein Tabu gebrochen, und die Kachina hat Cata dafür bestraft und ist nun hinter George her.» Leaphorn wählte seine Worte sorgfältig. «Weißt du, wann George gestern abend nach Hause gekommen ist?»

«Da habe ich schon geschlafen», sagte Cecil. «Als ich heute morgen aufgewacht bin, da zog er sich gerade an für die Schule.»

«Ihr Burschen scheint die Schule lieber zu mögen als ich damals», sagte Leaphorn. «Als ich noch ein Junge war, würde ich meinem Daddy vermutlich erzählt haben, daß die Schule heute ausfällt, weil einer von den Schülern umgebracht wurde. Vielleicht hätte er dann erlaubt, daß ich zu Hause bleibe.» Er sagte das leichthin, so als handelte es sich nur um eine Nebensache. Aber er spürte, daß er auf dem richtigen Weg war. Vielleicht würde dem Jungen jetzt eine unbedachte Bemerkung entschlüpfen. Falls nicht, mußte er es noch einmal versuchen. Leaphorn hatte viel Geduld.

«Davon wußte ich ja noch gar nichts», sagte Cecil. «Das habe ich erst in der Schule erfahren.» Er starrte Leaphorn an. «Das Blut haben sie erst heute morgen gefunden.» Cecils Gesichtsausdruck verriet, wie sehr er sich darüber wunderte, daß der Polizist eine so wichtige Sache vergessen haben konnte. Aber dann wurde ihm klar, daß Leaphorn nichts vergessen hatte. Seine Verärgerung darüber zeigte sich nur kurz, dann machte er wieder sein ausdrucksloses Gesicht.

«Zum Teufel damit», sagte Leaphorn. «Sieh mal, Cecil. Ich habe versucht, dich aufs Kreuz zu legen. Ich wollte dich dazu bringen, daß du mir mehr erzählst als das, was du gesagt hast. Das war bestimmt nicht richtig von mir. Schließlich ist er dein Bruder. Denk mal darüber nach, und dann erzählst du mir genau das, was du glaubst, einem Polizisten sagen zu können. Und denk daran, daß du es nicht nur mir erzählst. Ich muß alles an die Zuñi-Polizei weitergeben. Fast alles jedenfalls. Also sei vorsichtig und sag mir nichts, von dem du glaubst, daß es deinem Bruder schaden könnte.»

«Was willst du denn wissen? Wo George ist? Das weiß ich nicht.»

«Oh, eine ganze Menge möchte ich wissen. Vor allem, wie ich George finden kann, denn wenn ich mich mit ihm unterhalten kann, wird uns das ein ganzes Stück weiterbringen. Zum Beispiel, ob er gesehen hat, was mit Cata passiert ist. War er dabei? Oder hat er es getan? Hat es jemand anders getan? Aber ich kann mich nicht mit George unterhalten, solange ich nicht weiß, wo er steckt. Du hast gesagt, daß er dir heute morgen nichts davon erzählt hat, daß irgendwas mit Cata passiert ist. Aber immerhin hast du durch ihn den Eindruck gewonnen, daß die Kachina hinter allen beiden her ist. Was hat er denn gesagt?»

«Das war so wirres Zeug», sagte Cecil. «Er war aufgeregt. Ich glaube, er hat sich nach der Schule Ernestos Fahrrad geliehen und hat es dann dahin gebracht, wo Ernesto immer läuft, und hat da auf ihn gewartet.» Cecil hielt inne, um sein Gedächtnis aufzufrischen. «Es wurde schon dunkel, und ich glaube, da war es, als er die Kachina kommen sah. Er ist weggerannt und nach Hause gegangen. Genauso hat er es nicht erzählt, aber ich glaube, so ist es gewesen. Als wir heute in die Schule gekommen sind, hat er versucht, etwas über die Kachina herauszubekommen.»

«Und du hast George nicht gesehen, nachdem er aus dem Bus gestiegen war?»

«Nein. Er ist gleich losgegangen und hat nach Ernesto gesucht.»

«Wenn du an meiner Stelle wärst, wo würdest du nach George suchen?»

Cecil erwiderte nichts. Er betrachtete seine Schuhe. Leaphorn sah, daß sich die linke Schuhsohle gelöst hatte. Jemand hatte versucht, sie mit grauem Kleister wieder anzukleben, aber es hatte nicht gehalten.

«Na gut», sagte Leaphorn. «Hat er denn noch andere Freunde in der Schule, mit denen ich mich unterhalten könnte?»

«Nein», sagte Cecil. «In der Schule hat er keine Freunde. Das sind alles Zuñis.» Er warf Leaphorn einen prüfenden Blick zu, um zu sehen, ob der Polizist ihn verstanden hatte. «Die können keine Navajos leiden», fügte er hinzu.

«Und was war mit Ernesto? Alle sagen, er und George waren dicke Freunde.»

«Alle sagen, George hat 'ne Meise», sagte Cecil. «Na ja, das kommt daher, weil er...» Cecil suchte angestrengt nach Worten. Dann fuhr er fort: «Weißt du, er will immer bestimmte Sachen machen. Er will immer alles mögliche ausprobieren. Einmal wollte er ein Hexenmeister sein, und da hat er versucht, alles über die Zauberei der Zuñis herauszubekommen. Und einmal hat er Kaktusfrüchte gegessen, wegen der Träume. Und Ernesto fand das alles ganz prima und hat George sogar noch angefeuert bei all dem Quatsch. Ich glaube, Ernesto war kein richtiger Freund. Nein, das war er bestimmt nicht.» Cecils Mienenspiel verriet seinen Zorn. «Er war eben ein verdammter Zuñi», schloß er.

«Und sonst gibt es niemanden, der irgend etwas weiß?»

«Vielleicht diese weißen Männer, die in der Erde rumwühlen und nach Pfeilspitzen suchen. George ist da immer hingegangen und hat bei dem einen Mann zugeguckt. Fast den ganzen Sommer über hat er sich da rumgetrieben. Auch noch, nachdem die Schule wieder angefangen hatte. Er und dieser Zuñi. Aber Ernesto hat irgendwas geklaut, glaube ich, und da haben die Männer sie weggejagt.»

Leaphorn war die Fundstelle der Anthropologen aufgefallen, und er hatte Pasquaanti danach gefragt. Es war weniger als eine Meile von der Stelle entfernt, wo das Blut entdeckt worden war.

«Was hat er denn geklaut? Und wann war das?»

«Das war vorgestern», sagte Cecil. «Soviel ich weiß, hat Ernesto ein paar von den Feuersteinen genommen, die sie ausgegraben haben. Na ja, Pfeilspitzen und so'n Zeug.»

Leaphorn wollte fragen, warum die Jungs ausgerechnet Fundstücke aus Feuerstein gestohlen hatten, aber verkniff sich die Frage. Warum klauten Kinder schon? Meistens doch nur, weil sie mal sehen wollten, ob sie damit durchkamen.

«Und dann sind da noch diese Belacanis, die in dem alten Hogan hinter der Hoski Butte wohnen», sagte Cecil. «George hatte was übrig für das blonde Mädchen da, und sie hat versucht, ihm das Gitarrespielen beizubringen, glaube ich.»

«Sind das Weiße? Wer sind denn die Belacanis?»

«Hippies», sagte Cecil. «Da drüben hausen ein paar von denen. Sie züchten Schafe.»

«Mit denen werde ich mich unterhalten», sagte Leaphorn. «Sonst noch jemand?»

«Nein», sagte Cecil. Er zögerte, bevor er weitersprach. «Du bist doch gerade bei uns gewesen. Mein Vater. War er...» Seine Verlegenheit schien größer zu sein als sein Wissensdurst.

«Ja», sagte Leaphorn. «Er hat was getrunken. Aber ich glaube, inzwischen ist er wieder in Ordnung. Bis du nach Hause kommst, schläft er längst.» Leaphorn mußte wegsehen, als er das sagte. Er konnte den Anblick des Schmerzes und der Scham im Gesicht des Jungen nicht ertragen.

4
Montag, den 1. Dezember 16 Uhr 18

Ted Isaacs stieß das Spatenblatt vorsichtig in die trockene Erde. Der Druck auf seinen Handballen verriet ihm, daß der Spaten auf leichten Widerstand gestoßen war und daß – soviel wußte er inzwischen mit absoluter Sicherheit – es sich bei dieser kalkhaltigen Schicht um den Folsom-Flur handelte. Er zog den Spaten heraus und stach ein zweites Mal zu, diesmal etwa einen Fingerbreit tiefer. Jetzt spürte er ganz deutlich, wie der Stahl auf dem festen Untergrund entlangglitt.

«Zwanzig», sagte er und warf die Erde auf das Sieb. Er lehnte den Spaten gegen die Schubkarre und begann mit einer abgenutzten Kelle durch das Sieb zu rühren. Er arbeitete mit Geschick und großer Geschwindigkeit. Gelegentlich sortierte er ein paar Grashalme und Wurzeln von Tumbleweed aus. Innerhalb von drei Minuten war nichts übriggeblieben auf dem Sieb außer einigen Kieselsteinen, kleinen Zweigen, getrocknetem Kaninchendreck und einem riesigen Skorpion, der in ohnmächtigem Zorn mit seinem stachelbewehrtem Schwanz hin und her schlug. Isaacs fischte den Skorpion mit einem Stock vom Sieb herunter und warf ihn zu der Haubenlerche hinüber. Die Lerche – ein Weibchen – war während der vergangenen zwei Tage seine einzige Gefährtin gewesen. Ständig war sie herumgeschwirrt um die von ihm aufgeschaufelte Erde und hatte auf Leckerbissen dieser Art gelauert. Isaacs wischte sich mit dem Hemdsärmel den Schweiß von der Stirn und begann sorgfältig die Kieselsteine auszusortieren. Er war ein großgewachsener, hagerer junger Mann. Jetzt, nachdem die Sonne sich hinter den Corn Mountain zurückgezogen hatte, arbeitete er ohne Hut, wodurch sich der weiße Streifen auf seiner Stirn oberhalb des sonnengebräunten Gesichts deutlich abhob. Mit hurtigen Fingern sortierte er die meisten Kiesel aus, warf sie achtlos beiseite und hielt erst inne, als er auf einen kleinen Steinsplitter von der Größe eines Zehennagels stieß. Diesen Splitter untersuchte er sorgfältig. Er nahm ihn in den Mund, reinigte ihn mit der Zunge, spie ihn aus und betrachtete ihn erneut. Es handelte sich um einen Achatsplitter – bereits der dritte, den er an diesem Tag gefunden hatte. Er holte eine Lupe aus seiner Hemdtasche. Durch die Vergrößerung mit der Doppellinse wirkte der Stein riesig, wie er so auf seiner Daumenspitze lag. An der einen Ecke war tatsächlich die Markierung zu sehen, die zu finden er gehofft hatte – jene Einkerbung, die vor Hunderten von Jahren entstand, als ein Folsom-Jäger irgendein Werkzeug herstellte. Der Gedanke daran erregte Isaacs. Das war schon immer so gewesen, seit er als Mitglied einer Studentengruppe zum erstenmal an einer Ausgrabung teilgenommen hatte. Der gelungene Sprung zurück in die Vergangenheit war es, der das beglückende Gefühl bei ihm hervorrief.

Isaacs steckte die Lupe wieder in die Tasche und zog einen Briefumschlag heraus. Darauf schrieb er mit gut lesbarer Schrift: *Vier Grad nördlich, sieben westlich* und legte den Achatsplitter hinein. In diesem Augenblick bemerkte er den weißen Kombi, der vom Hügelrücken herunter auf ihn zuholperte.

«Mist», sagte Isaacs. Unwillig beobachtete er den Wagen. Doch seine Hoffnung, das Vehikel würde umkehren, erfüllte sich nicht. Unverdrossen rumpelte der Kombi auf ihn zu, immer auf der Wagenspur, die Isaacs eigener Geländewagen durch das Büffelgras gezogen hatte. Endlich hielt er knapp unterhalb des Geländes, das Isaacs mit weißer Schnur abgegrenzt hatte, an. Der Fahrer ließ dabei größere Rücksicht walten als Dr. Reynolds, der seinen Wagen immer sehr abrupt zum Stehen brachte und dabei eine riesige Staubwolke verursachte.

An der Seitentür des Kombi sah Isaacs eine runde Markette mit dem Profil eines Büffels, und der Mann, der ausstieg und jetzt auf ihn zuging, trug die gleiche Markette auf dem Ärmel seines Khakihemdes. Der Mann hatte das Gesicht eines Indianers. Allerdings war er erstaunlich groß für einen Zuñi, und er war gertenschlank, fast hager. Vermutlich ein Angestellter vom Bureau of Indian Affairs, und als solcher konnte er genausogut ein Eskimo sein wie ein Irokese. Wie dem auch sei, genau einen Schritt vor der weißen Schnur, die die Fundstelle kennzeichnete, blieb er stehen.

«Was kann ich für Sie tun?» fragte Isaacs.

«Ich bin dabei, ein paar Erkundungen einzuziehen», sagte der Indianer. «Haben Sie etwas Zeit, damit ich mich mit Ihnen unterhalten kann?»

«Die Zeit muß ich mir eben nehmen», erwiderte Isaacs. «Treten Sie näher.»

Der Indianer stieg behutsam über das Netzwerk von straffgespannten Schnüren hinweg. Dabei gab er acht, daß er keine der bereits freigelegten Erdschichten betrat. «Mein Name ist Leaphorn», sagte er. «Ich bin bei der Navajo-Polizei.»

«Ted Isaacs.» Sie gaben sich die Hand.

«Wir sind auf der Suche nach zwei Jungen», sagte Leaphorn. «Es handelt sich um einen Navajo von ungefähr vierzehn Jahren und einen zwölfjährigen Zuñi namens Ernesto Cata. Der Navajo heißt George Bowlegs. Wie ich gehört habe, sind die beiden oft hier gewesen.»

«Das stimmt», sagte Isaacs. «Allerdings nicht in letzter Zeit. Ich hab sie seit einer Weile nicht mehr gesehen, und zwar seit...» Er stockte, als er sich der Szene erinnerte, wie Reynolds voller Wut losbrüllte und Ernesto vom Kombi des Anthropologen heruntersprang und davonrannte, als sei der Leibhaftige hinter ihm her. Einerseits fand er die Angelegenheit rückblickend ganz lustig, auf der anderen Seite tat es ihm jedoch auch ein wenig leid. Es war zwar seltsam, aber ihm fehlten die beiden Burschen irgendwie. Doch Reynolds hatte ihm sehr deutlich zu verstehen gegeben, daß er wenig von der Großzügigkeit seines Assistenten hielt, der die Jungen in seiner Nähe geduldet hatte. «... nicht mehr seit vergangenem Donnerstag», vollendete Isaacs den begonnenen Satz. «Meistens sind sie nach der Schule hergekommen und bis zum Anbruch der Dunkelheit geblieben. Aber während der letzten Tage...»

«Können Sie sich denken, warum sie nicht mehr gekommen sind?»

«Wir haben sie verscheucht.»

«Warum?»

«Nun», sagte Isaacs, «wie Sie sehen, sind wir hier bei Forschungsarbeiten. Das ist nicht unbedingt der geeignete Ort für Dummejungenstreiche.»

Leaphorn erwiderte nichts. Sein Schweigen irritierte Isaacs, aber der Indianer schien das nicht zu bemerken. Er wartete geduldig darauf, daß Isaacs weitere Einzelheiten von sich gab.

«Reynolds hat sie dabei erwischt, wie sie in seinem Kombi herumgeschnüffelt haben», sagte Isaacs, der den Indianer im stillen verwünschte, weil er ihn dazu gebracht hatte, sein Wissen preiszugeben.

«Was haben sie denn mitgehen lassen?»

«Mitgehen lassen? Nichts, soviel ich weiß. Die haben nichts geklaut. Einer von ihnen hat auf dem Wagen von Dr. Reynolds herumgeturnt, und Reynolds hat ihn angebrüllt, er soll die Finger von seinen Sachen lassen. Daraufhin sind die beiden getürmt.»

«Und es hat nichts gefehlt?»

«Nein. Warum suchen Sie denn nach ihnen?»

«Weil sie vermißt werden», sagte Leaphorn. Und nachdenklich fügte er hinzu: «Soweit ich informiert bin, sind Sie hier mit Ausgrabungen beschäftigt. Kann es sein, daß die Jungs ein paar von Ihren Fundstücken stibitzt haben?»

Isaacs lachte. «Nur über meine Leiche», sagte er. «Außerdem würde ich sofort bemerkt haben, wenn was fehlt.» Allein der Gedanke daran erfüllte ihn mit Unruhe. Es drängte ihn, den Umschlag hervorzuholen und nachzusehen, ob der Achatsplitter noch da war.

«Und Sie sind sich Ihrer Sache ganz sicher?» fragte Leaphorn. «Kann es nicht doch sein, daß die beiden irgend etwas gestohlen haben?»

«Reynolds dachte, sie hätten vielleicht etwas aus seinem Werkzeugkasten genommen. Jedenfalls hat er sofort nachgesehen, aber es hat nichts gefehlt.»

«Auch keine Fundstücke? Nicht einmal ein paar von diesen Steinsplittern?»

«Keinesfalls», erwiderte Isaacs. «Was ich finde, bewahre ich immer hier in meiner Hemdtasche auf.» Wie zur Bestätigung klopfte er auf die Brusttasche. «Und nach Feierabend verschließe ich die Sachen im Wohnwagen. Warum glauben Sie denn, daß die Jungs etwas gestohlen haben?»

Der Indianer schien die Frage überhört zu haben. Er blickte zum Corn Mountain. Dann zuckte er die Achseln. «Ich habe so was gehört», sagte er. «Wonach suchen Sie hier eigentlich? Irgendwelche Sachen aus grauer Vorzeit?»

Die Frage überraschte Isaacs. «Sicher. Hier war ein Jagdlager der Folsom-Menschen. Wissen Sie etwas über die Kultur der Folsom-Menschen?»

«Ein wenig», sagte Leaphorn. «Ich hab mich auf der Uni in Arizona auch ein bißchen mit Anthropologie beschäftigt. Damals wußte man noch nicht viel über die Folsom-Menschen. Weder woher sie gekommen noch wohin sie gegangen sind.»

«Wann haben Sie denn studiert?»

«Ach, das ist schon viel zu lange her», sagte Leaphorn. «Das meiste habe ich sowieso schon vergessen.»

«Haben Sie mal von Chester Reynolds gehört?»

«Ich glaube, der hat eines meiner Lehrbücher geschrieben.»

«Das war vermutlich *Paleo-Indian Cultures in North America*. Immer noch ein Standardwerk. Jedenfalls hat Reynolds von dieser Gegend hier ein paar Karten ausgearbeitet, die zeigen, wie es hier am Ende der letzten Eiszeit ausgesehen hat – damals, als es soviel geregnet hat. Reynolds hat versucht, die Wege nachzuvollziehen, die das Wild bei seiner großen Wanderung am Ende der damaligen Periode eingeschlagen hat. Sie wissen doch, die Mammuts, die Erdfaultiere, die Säbelzahnkatzen und die langhörnigen Bisons. Die sind damals, als das Land hier auszutrocknen begann, wegen des Wassers und des Klimas alle abgewandert. Und nach deren Wanderwegen versucht Reynolds zu rekonstruieren, wo die Folsom-Menschen ihre Jagdlager gehabt haben könnten. Darum geht es hier.»

Isaacs wies auf die vielen weißen Schnüre, mit denen das Gelände ringsum durchzogen war. «Diese flache Stelle dort war früher mal ein See. Die Folsom-Menschen haben hier oben gesessen und all die Viecher beobachtet, die in die Nähe des Wassers gekommen sind. Entweder hier oder weiter nördlich am Zuñi-Wash.»

Isaacs akzeptierte eine Zigarette von Leaphorn. Der junge Forscher saß auf dem Rand seines Siebes. Er wirkte abgespannt und zugleich erregt. Und er redete. Er redete mit der Leidenschaft eines Menschenfreundes, der zu tagelangem Schweigen verurteilt war und unverhofft einen geduldigen Zuhörer gefunden hatte. Er sprach davon, wie Reynolds diese und noch ein Dutzend andere Fundstätten entdeckt und wie er die Ausgrabungsstätten dann an sorgfältig ausgewählte Doktoranden verteilt hatte, nachdem er die Finanzierung durch mehrere große Stiftungen sicherstellen konnte. Isaacs erzählte auch von Reynolds' Modifizierungstheorie, die dazu beitragen würde, eines von Amerikas ganz großen anthropologischen Geheimnissen zu lüften.

Leaphorn, den das Unerklärliche, das Geheimnisvolle, schon immer in seinen Bann gezogen hatte, erinnerte sich des Mysteriums, das in seinem anthropologischen Lehrbuch Nr. 127 beschrieben wurde. Jagdlager der Folsom-Menschen waren über alle zentral- und südwestamerikanischen Staaten verstreut entdeckt worden. Benutzt wurden diese Jagdlager irgendwann vor neun- bis zwölftausend Jahren. Während dieser Periode gegen Ende der Eiszeit schienen sie dieses immense Jagdgebiet ganz für sich alleine gehabt zu haben. Sie folgten den abwandernden Bisonherden und lebten in kleinen Jagdlagern, in denen sie ihre Lanzenspitzen, Messer, Werkzeuge zum Gerben der Felle und anderes Gerät herstellten. Diese Lanzenspitzen waren sozusagen ihr Warenzeichen. Sie haben die Form eines Blattes, klein und erstaunlich dünn. Obenauf sind sie kanneliert wie Bajonette, und ihre Spitzen und Schneiden wurden mit einer Methode geschliffen, die abschiefern genannt wird. Es war äußerst schwierig und zeitraubend, auf diese Weise Speer- und Pfeilspitzen herzustellen. Doch die Folsom-Menschen blieben über Jahrhunderte hinweg bei ihrer komplizierten Methode, mit der sie allerdings auch besonders formschönes Gerät herstellen konnten. Vielleicht handelte es sich um eine Art religiöses Ritual. Vielleicht sollten die Tiere, deren Fleisch die Folsom-Menschen am Leben erhielt, durch die ganz spezielle Form der Speerspitzen quasi hypnotisiert und so in den Tod gelockt werden. Als die Gletscher aufhörten zu schmelzen und als der große Regen zu Ende ging, als das Land austrocknete und die Viehherden verschwanden, als das Ernährungsproblem immer gravierender wurde, da nahte auch das Ende der Folsom-Menschen und ihrer Jagdlager. Möglich, daß sie nur ausgestorben waren, weil sie es versäumt hatten, sich der veränderten Situation anzupassen und neue Jagdmethoden anzuwenden. Aus welchem Grund auch immer, die Folsom-Menschen waren jedenfalls von der Erdoberfläche verschwunden. Für einen langen Zeitraum danach waren die riesigen Ebenen des mittleren Teils von Nordamerika wie leergefegt von Menschen, und erst viel später ließ sich wieder die Existenz diverser Jagdkulturen nachweisen. Doch die neuen Jäger verwendeten andere Waffen, so etwa extrem lange, schwere Lanzenspitzen und anderes, aus Feuerstein hergestelltes Jagdgerät.

«Ja, ja», sagte Isaacs. «So ungefähr steht es in den Büchern. Aber unserem Dr. Reynolds ist es zu verdanken, daß alle diese Bücher jetzt umgeschrieben werden müssen.»

«Wollen Sie damit sagen, daß Sie einen Gegenbeweis für die überlieferte Theorie gefunden haben?»

«Das steht fest», sagte Isaacs. Er steckte sich eine neue Zigarette an. «Vor zwei Jahren, als Reynolds dieses Projekt in Angriff nahm, hielt er auf einem Anthropologenkongreß einen Vortrag über seine neue Theorie. Und was passiert? Seine sogenannten Kollegen haben aus Protest den Saal verlassen!» Isaacs schnaubte verächtlich. «Sind einfach aufgestanden und rausmarschiert.» Er lachte. «Das hat es zum letztenmal 1931 gegeben, als die Anthropologen den Saal verließen, weil ein Schriftstück verlesen worden war, mit dem die Entdeckung des Folsom-Menschen verkündet wurde.»

«Das war für Reynolds sicher ein schwerer Affront», sagte Leaphorn.

«Schlimmer hätte es nicht kommen können. Ich war nicht dabei, aber ich habe gehört, daß Reynolds drauf und dran war, einem Kontrahenten an die Gurgel zu springen. Solche Behandlung ist er nicht gewohnt, er ist sowieso nicht der Typ, der sich etwas gefallen läßt. Zu einigen von seinen Freunden soll er gesagt haben, daß er diese Leute dazu bringen wird, seine Theorie anzuerkennen, selbst wenn er den Rest seines Lebens darauf verwenden muß!»

«Was ist das denn für eine neue Theorie?»

«Das läßt sich mit wenigen Worten erklären. Der Folsom-Mensch ist gar nicht ausgestorben. Er hat sich angepaßt. Er ist dazu übergegangen, neuartige Speerspitzen herzustellen. Darunter befinden sich auch einige von denen, die ganz anderen Kulturen zugeschrieben werden. Und hier, an dieser Stelle, hier werden wir den

Beweis dafür erbringen!» Isaacs Stimme zitterte vor innerer Erregung.

Leaphorn dachte bei sich, daß es vermutlich nicht ganz einfach sein dürfte, diesen Beweis zu führen. «Kann man sich denn mal mit Reynolds unterhalten? Wird er zurückkehren?»

«Heute abend», sagte Isaacs. «Kommen Sie zum Campingwagen. Dort können Sie auf ihn warten. Und bei der Gelegenheit kann ich Ihnen auch gleich zeigen, was wir hier so finden.»

Der Wohnwagen war auf einem von Wacholderbüschen umgebenen Platz abgestellt. Wohnwagen war vielleicht nicht ganz die richtige Bezeichnung für die Behausung, die Leaphorn im Gebüsch versteckt vorfand. Man hatte einen quadratförmigen Kasten aus Sperrholz gezimmert und ihn einfach auf die Ladefläche eines alten Lasters montiert. Die Einrichtung bestand aus einer schmalen Koje, einem mit Linoleum bespannten Arbeitstisch, einer Waschgelegenheit und einem Aktenschrank aus Metall, auf dem ein Butankocher stand. Isaacs schloß den Aktenschrank auf, nahm eine Schachtel mit nicht ganz sauberen Briefumschlägen heraus, zählte die Umschläge sorgfältig durch und legte alle bis auf einen wieder zurück. Er schob Leaphorn den einzigen Stuhl zu, öffnete den Umschlag, schüttete dessen Inhalt vorsichtig auf seine Handfläche und zeigte ihn Leaphorn. Der Polizist sah vier Feuersteinsplitter und einen flachen rosafarbenen Stein in der Form eines Rechtecks. Er war etwa acht Zentimeter lang, drei Zentimeter breit und anderthalb Zentimeter dick.

«Das ist das stumpfe Ende einer Lanzenspitze», sagte Isaacs. «Von der Sorte, die wir parallelgeschiefert nennen. Wir dachten immer, sie seien das Produkt einer viel späteren Kultur.» Er wies mit dem Finger auf den rosafarbenen Stein. «Wenn Sie genau hinsehen, werden Sie feststellen, daß es sich um versteinertes Holz handelt – genauer gesagt, um Bambus-Silikat. Und auch diese Splitter hier sind aus dem gleichen Material.» Mit dem Fingernagel schob er den rosafarbenen Stein ein Stück vor. «Und achten Sie bitte darauf, daß es sich hierbei um ein nur halbfertiges Exemplar handelt. Die Lanzenspitze wurde auf dieser Seite noch geglättet, als das vordere Ende abbrach.»

«Soso», sagte Leaphorn bedächtig. «Dann hat also derjenige, der damit auf die Jagd gehen wollte, da drüben in dem Lager, das Sie entdeckt haben, daran herumgebastelt und es nicht nur zufällig dort verloren. Trotzdem kann sich das Ganze ja auch ein paar tausend Jahre später abgespielt haben, als es schon längst keine Folsom-Menschen mehr gab.»

«Wir fanden es in der gleichen Gesteinsschicht», sagte Isaacs. «Das ist zwar interessant, aber es beweist nicht allzu viel. Interessanter ist folgendes: Dieses Bambus-Silikat findet sich überhaupt nicht hier in dieser Gegend. Die einzige Fundstelle, die uns bekannt ist, liegt in der Galisteo-Mulde südlich von Santa Fe, das sind immerhin ein paar hundert Meilen von hier aus. In unserer Gegend gibt es zahlreiche gute Fundstücke aus Feuerstein, meistens in Schiefer- und Kalkablagerungen, keine halbe Meile von hier entfernt. Aber die sind nicht sehr schön. Die anderen Kulturen haben hergestellt, was ihnen nützlich erschien. Auf Schönheit haben sie keinen Wert gelegt.» Isaacs zog einen anderen Umschlag aus der Schachtel. «Noch etwas», sagte er und schüttete ein rundes Dutzend rosafarbene Steinschnipsel in seine Handfläche und zeigte sie Leaphorn. «Das hier ist geschiefertes Zeug. Zweifellos handelt es sich um Abfälle aus der Werkstatt eines Jagdlagers der Folsom-Menschen, denn es ist auch aus Bambus-Silikat.»

Leaphorn nickte nachdenklich.

«Na also», sagte Isaacs. «Das kann ja wohl kein Zufall sein. Oder glauben Sie, daß zwei durch einen Zeitraum von zweitausend Jahren voneinander getrennte Jagdtrupps zufällig den gleichen Rohstoff mit sich herumschleppen und zufällig daraus mit derselben Methode die gleichen Jagdwaffen herstellen?»

«Ich würde das eine typische Beweisführung aufgrund von Indizien nennen», sagte Leaphorn.

«Und wir werden davon so viel finden, daß sie es glauben müssen», sagte Isaacs. «Hier ist der richtige Ort, da bin ich ganz sicher. Das Zeitalter stimmt. Unser Geologe versichert uns, daß diese Kalkschicht vor nur neuntausend Jahren entstanden ist. Also muß es sich um die letzten Folsom-Menschen gehandelt haben. Viele waren nicht übriggeblieben. Sie litten Hunger. Die Gletscher waren längst geschmolzen, der Regen hatte aufgehört und die großen Herden waren fortgezogen. Es wurde immer heißer, die Wüste dehnte sich aus. Mindestens alle vier bis fünf Tage mußten sie ein großes Wild erlegen. Falls das nicht gelang, waren sie zu geschwächt für die Jagd und mußten sterben. Sie hatten einfach nicht mehr genügend Zeit, um diese hübschen Lanzenspitzen zu machen, die so leicht abbrachen.» Isaacs warf Leaphorn einen Blick zu. «Möchten Sie etwas Kaffee?»

«Gerne.»

Isaacs füllte Wasser in einen Topf. Leaphorn überlegte, wie alt der Wissenschaftler sein mochte. Ende Zwanzig vielleicht, dachte er. Außerdem hatte Isaacs Komplexe wegen seiner Zähne. Sie waren uneben und standen etwas vor. Dadurch, daß Isaacs beim Sprechen oft unbewußt die Hand vor den Mund hielt, machte er sein Gegenüber erst auf die Mißbildung aufmerksam. Jetzt hatte er den Topf auf die Gasflamme gestellt und sah zu Leaphorn hinüber. «Immer wurde als selbstverständlich angenommen, daß sie nicht in der Lage waren, sich anzupassen und deshalb aussterben mußten. So steht es in allen Lehrbüchern. Aber das ist falsch. Sie waren Menschen, und sie waren gewitzt; sie waren intelligent genug, um die Schönheit zu schätzen, aber auch, um sich anzupassen.»

Durch das kleine Fenster über dem Kocher sah Leaphorn den rötlichen Schimmer der untergehenden Sonne. Rot wie Blut. Und war das Blut unter der Pinie das Blut von Ernesto Cata? Falls ja, was war dann mit der Leiche geschehen? Und wo unter diesem grellfarbenen Himmel mochte George Bowlegs stecken?

«Aber glauben Sie denn», sagte Leaphorn, «daß eine mit anderen Methoden hergestellte Lanzenspitze so viel ausmacht?»

«Das allein vielleicht nicht», meinte Isaacs. «Aber es spielt doch eine entscheidende Rolle. Dr. Reynolds' Theorie basiert darauf, daß der Folsom-Mensch seine Anpassungsfähigkeit unter Beweis gestellt hat, indem er zu neuen Methoden der Anfertigung von Jagdwaffen übergegangen ist. Die Folsom-Menschen konnten nicht anders, denn sonst wären sie erbärmlich verhungert.»

«Sie konnten sich die Schönheit nicht mehr leisten.» Leaphorn lachte. «Ich hab eine Oberschule der Indianerbehörde besucht. In dieser Schule hing über dem Eingang eine Tafel mit der Aufschrift: ‹Der Feind des Fortschritts ist die Tradition.› Man kann das auch so ausdrücken: Gib das Überlieferte auf oder stirb!» Leaphorn hatte das gar nicht so bitter gemeint, aber Isaacs sah ihn verwundert an.

«Übrigens», sagte Isaacs, «haben Sie die Leute da drüben am Jason's Fleece nach den Jungs gefragt?»

«Jason's Fleece? Ist das die Hippie-Kommune?»

«Da lungern sie auch manchmal herum», sagte Isaacs. «Ein Mädchen von denen ist gut befreundet mit den Jungs. Ein nettes Mädchen. Es heißt Susanne. Die Jungs mochten sie gern.»

«Ich werde mit dem Mädchen reden», sagte Leaphorn.

«Dieser junge Bowlegs ist ein komischer Kerl», sagte Isaacs. «Er hat so einen Hang zum Mystischen. Hexenkraft und Zauberei und all dieser Unsinn. Einmal hat er so schlecht ausgesehen, und ich habe ihn gefragt, was er hat. Wissen Sie, was es war? Er hat gehungert, damit sein Totem zu ihm spricht. Ich glaube, er wollte Visionen haben. Und dann haben sie mich mal gefragt, ob ich ihnen LSD besorgen könne, und ob ich auch schon auf einem Säure-Trip gewesen sei.»

«Und? Haben Sie's besorgt?»

«Wo denken Sie hin», sagte Isaacs. «Aber da ist noch was, das Ihnen vielleicht weiterhilft.» Isaacs lachte. «George wollte unbedingt ein Zuñi werden, und deshalb hat er eifrig Sitten und Gebräuche der Zuñis studiert.» Er lachte wieder und schüttelte den Kopf. «Ich glaube, der ist ganz schön übergeschnappt.»

«Sie meinen, er hat den Glaubenskult der Zuñis studiert?»

«Er sagt, Ernesto wolle ihm den Zutritt zum Badger-Clan verschaffen.»

«Ist denn das überhaupt möglich?»

«Das weiß ich nicht», sagte Isaacs. «Ich habe da meine Zweifel. Das ist so wie mit einem Fisch, der plötzlich den Wunsch äußert, ein Vogel zu werden. Soviel ich weiß, ist das nur ein einziges Mal geschehen. Das war Ende des 19. Jahrhunderts, als die Zuñis einen Anthropologen namens Frank Cushing in den Stamm aufnahmen.»

Draußen hörte man das Aufheulen eines Motors. Jemand fuhr mit seinem Wagen im zweiten Gang – viel zu schnell für die holperige Strecke.

«Reynolds?»

Isaacs lachte. «So fährt nur dieser verrückte Kerl.»

Reynolds entsprach in keiner Weise dem Bild, das Leaphorn sich von ihm gemacht hatte: Dem eines typischen Professors mit schlohweißen Haaren, der ständig in Gedanken versunken leicht vornübergeneigt daherkommt. Reynolds war von mittlerer Größe und mittlerem Alter, fünfzig vielleicht. In seinem dunkelblonden

Haar fanden sich Spuren von Grau. Er hatte ein rundes, fröhliches, wettergebräuntes Gesicht, in dem nur die Augen besonders auffielen. Es waren bemerkenswerte Augen, überdacht von buschigen Brauen und seitlich abgeschirmt durch starke Jochbeine. Der Professor musterte Leaphorn mit diesen hellblauen, wachen Augen, während er ihm die Hand schüttelte, und Leaphorn hatte das Gefühl, fotografiert zu werden, damit sich jede Einzelheit seines Gesichts unauslöschlich in das Gedächtnis des Professors einprägte. Sekunden später nur betrachteten diese Augen die Steinsplitter, die Isaacs gerade gefunden hatte, mit der gleichen Aufmerksamkeit wie zuvor Leaphorn. Joe Leaphorn, Navajo-Polizist, war taxiert und ins Gedächtnis des Wissenschaftlers einsortiert worden.

«Welcher Fundort?» fragte Reynolds.

Isaacs wies auf eine Stelle der Geländekarte. «Hier.»

«Die sind herausgespült worden. Alte Erosion. Haben Sie auch ein paar davon im Boden gesehen?»

«Ich hab sie aus dem Sieb gefischt», sagte Isaacs.

«Die sind so, wie die parallel Geschieferten, nicht wahr?»

«Richtig.»

«Kein Irrtum?»

«Ausgeschlossen.»

«Ich weiß, Sie irren sich nie.» Anerkennung und herzliche Zuneigung sprachen aus dem Blick, mit dem der Professor seinen Assistenten bedachte. Ein Lächeln breitete sich auf seinem verwitterten Gesicht aus, und dann lachte er mit rückhaltloser, echter Freude. «Bei Gott!» rief er. «Bei Gott, das sieht gut aus. Stimmt es?»

«Sehr gut, finde ich», sagte Isaacs. «Ich glaube, jetzt haben wir's geschafft.»

«In der Tat», sagte Reynolds. «Das glaube ich auch.» Er starrte Isaacs durchdringend an. «Mit dieser Ausgrabung darf nichts schiefgehen, verstehen Sie? Alles muß ganz exakt durchgeführt werden.» Reynolds betonte jedes Wort einzeln, er spie die Silben förmlich aus.

Ein Mann, der hassen kann, dachte Leaphorn. Vielleicht ist er ein bißchen verrückt, vielleicht aber auch nur genial.

«Mr. Isaacs ist einer der drei oder vier besten Spezialisten für Außenarbeit in den Vereinigten Staaten», erklärte Reynolds. «Was

Mr. Isaacs hier vollbracht hat, wird ein paar sturen Besserwissern die Augen öffnen.»

«Ich wünsche Ihnen jedenfalls viel Glück dabei», sagte Leaphorn.

Mit Isaacs war eine Wandlung vor sich gegangen, die Leaphorn mit Erstaunen registrierte. Das Gesicht des jungen Forschers war trotz der Sonnenbräune rot angelaufen vor lauter verlegener Freude. Er sah aus wie ein Schuljunge, der ein dickes Lob von seinem Lehrer erhalten hatte.

«Mr. Leaphorn ist auf der Suche nach zwei jungen Burschen», sagte er. «Darum ist er hier. Er wollte mich fragen, ob ich sie gesehen habe.»

«Ist einer davon der Zuñi-Junge, der in meinem Wagen herumgeschnüffelt hat?» fragte Reynolds. «Ich meine den, der weggerannt ist, nachdem ich ihn angebrüllt hatte?»

«Das ist er», sagte Leaphorn. «Die beiden sollen was gestohlen haben?»

Reynolds sah Isaacs an. «Waren es denn zwei? Ich hab immer nur einen in Ihrer Nähe gesehen.»

«Der Zuñi-Junge, und dann noch ein Navajo, der George Bowlegs heißt», sagte Leaphorn. «Sie sind befreundet, und sie werden beide vermißt. Haben sie Ihnen etwas gestohlen, Dr. Reynolds?»

«Der Zuñi-Junge war auf meinem Lieferwagen zugange. Aber es hat nichts gefehlt. Ich glaube nicht, daß er etwas mitgenommen hat. Unser Unternehmen hier wurde für uns sehr bedeutungsvoll, und deshalb habe ich den Jungen davongejagt.» Er streifte Isaacs mit einem vorwurfsvollen Blick. «Daß dies hier nicht der richtige Ort für ungebetene Gäste ist, daran besteht ja wohl kein Zweifel. Und dann noch Kinder!»

«Befand sich auf dem Lieferwagen irgend etwas, das sie zum Diebstahl gereizt haben könnte? Irgendwas Wertvolles?»

Reynolds dachte darüber nach. «Ist es denn so wichtig?» fragte er, und etwas Ungeduld schwang in seiner Stimme mit.

«Diese Jungs werden vermißt. Wir haben Grund zu der Annahme, daß einer von ihnen verletzt wurde. Wir müssen in Erfahrung bringen, warum sie verschwunden sind. Daraus können wir vielleicht auf ihren Aufenthaltsort schließen.»

«Dann wollen wir mal nachsehen», sagte Reynolds.

Sie gingen hinaus. Der rote Himmel war inzwischen dunkel geworden. Die ersten Sterne blitzten auf. Reynolds holte eine Taschenlampe aus dem Handschuhfach seines GMC-Lieferwagens. Er überprüfte den übrigen Inhalt – eine Kartentasche, etwas Werkzeug, Notizbücher. «Hier fehlt nichts», sagte er.

Die Überprüfung des Werkzeugkastens, der hinter dem Führerhaus angeschweißt war, dauerte etwas länger. Reynolds sortierte sorgfältig den Inhalt durch – Zangen, Drahtscheren, Picken, Beile, eine zusammenlegbare Grabenschaufel und ein Dutzend anderer Gebrauchsgegenstände. «Alles da.»

«Hatten Sie an dem Tag, als Sie die Jungs verjagten, irgendwelche Fundstücke auf dem Wagen?»

«Fundstücke?» Reynolds blickte der untergehenden Sonne nach. Ein rötlicher Schimmer überzog sein Gesicht. Dann fixierte er wieder Leaphorn mit seinen blauen Augen.

«Pfeilspitzen, Lanzenköpfe oder so was Ähnliches?»

Reynolds schien sich mit dieser Frage zu beschäftigen. «Tatsächlich!» rief er. «Ich hatte ja meine Kiste dabei. Aber warum sollten sie mir ein Stück Stein klauen?»

«Soviel ich gehört habe, hat einer der Jungen eine Pfeilspitze gestohlen», sagte Leaphorn. «Hat denn nichts gefehlt in Ihrer Kiste?»

Reynolds lachte spöttisch. «Worauf Sie sich verlassen können! In dieser Kiste bewahre ich die Fundstücke von allen acht Schürfstellen auf, die ich überwache. Wenn davon auch nur ein einziges Stück abhanden kommt, würde ich es sofort merken. Aber es fehlt nichts.» Er zog die Brauen hoch. «Wer hat Ihnen denn von dem angeblichen Diebstahl erzählt?»

«Ich habe das aus dritter Hand», sagte Leaphorn. «Der Navajo hat einen kleinen Bruder, und der hat es mir erzählt.»

«Das ist aber komisch», sagte Reynolds.

Leaphorn erwiderte nichts. Aber im stillen dachte er: Jawohl, mein Lieber. Das ist sehr komisch.

5
Montag, den 1. Dezember, 20 Uhr 37

Ein Wintermond war das, was dort in halber Höhe mit einem Antlitz wie aus zerfurchtem Eis am Himmel hing. Leaphorn fröstelte im kalten Licht des Mondes. Er saß im Schatten eines Felsvorsprungs und beobachtete mit dem Fernglas die Kommune, die sich selbst Jason's Fleece getauft hatte. Die Kälte kroch durch Leaphorns Uniformjacke, durchdrang sein Hemd und Unterhemd und legte sich auf seinen Brustkorb. Für einen Augenblick wurde Leaphorn schwankend und überlegte, ob es nicht besser war, einfach dort hinunterzugehen und die Leute in der Kommune auszufragen, bis er wußte, was er wissen wollte. Dann aber verdrängte er diesen Gedanken und konzentrierte sich wieder voll auf seinen Job, wie es sich gehörte. Und sein Job war, George Bowlegs zu finden.

Also betrachtete er durch sein Fernglas eine Drillichjacke, die dort unten in der Senke an einem Ast neben dem Hogan hing. Die Stelle war an die zweihundert Meter von Leaphorns Standort entfernt. Der Hogan war aus Baumstämmen errichtet ähnlich einer Blockhütte, nur war er nach Art der Navajos achteckig angelegt. Sein einziger Zugang befand sich auf der Ostseite, und der Rauchfang war genau in der Mitte des Daches angelegt. Hinter dem Hogan erspähte Leaphorn einen Bretterverschlag, und dahinter eine eingezäunte Koppel mit etwa zwanzig dicht aneinandergedrängten Schafen. Leaphorn nahm an, daß die Schafe den Mitgliedern der Kommune gehörten, die zu diesem Zeitpunkt aus vier Männern und drei Frauen bestand. Das eingezäunte Land, auf dem die Schafe weideten, gehörte einem gewissen Frank Bob Madman, und der Hogan, aus dessen Schornstein eine dünne weiße Rauchfahne in den kalten Nachthimmel stieg, gehörte nach altem Navajo-Glauben dem Geist von Alice Madman.

Leaphorn hatte all das und noch mehr in Erfahrung gebracht, als er Zwischenstation in einem Hogan vier Meilen weiter oben am Karrenweg machte. Mit den Bewohnern, einem jungen Navajo-Paar, hatte er sich über das Wetter, über die sinkenden Preise für Wolle, über ihren gerade erst geborenen Sohn und – zu guter Letzt – über die Belacanis, die Hippies, unterhalten, die in dem anderen Hogan am Ende des Karrenwegs lebten. Leaphorn hatte davon

Kenntnis genommen, daß Frank Bob Madman seinen Hogan bereits vor drei Jahren verlassen hatte. Er war damals nach Gallup gegangen, um Salz einzukaufen. Bei seiner Rückkehr hatte er seine Frau tot vorgefunden; sie war während seiner Abwesenheit gestorben. Niemand war zugegen gewesen, um Alice Madman rechtzeitig aus dem Hogan herauszuschaffen, damit ihr Geist sich im Augenblick des Todes auf die ewige Wanderschaft begeben konnte. Dadurch war er auf ewig im Hogan gefangen. Madman hatte einen Rancher aus der Gegend von Ramah geholt, der ihm dabei half, den Leichnam unter Felsbrocken zu bestatten. Dann hatte Madman ein Loch in die Hinterwand des Hogans geschlagen und Tür und Rauchfang mit Brettern vernagelt, wie es üblich war mit einem Totenhogan, um den Geist daran zu hindern, die Lebenden zu belästigen. Nachdem Madman so seine Pflicht erfüllt hatte, war er mit seinem Karren und seinen Schafen fortgezogen. Im Herbst vergangenen Jahres waren dann die Belacanis eingetroffen. Zuerst waren es sechzehn gewesen. Sie ließen sich auf dem Madman-Gelände häuslich nieder. Ein Teil von ihnen zog in den Totenhogan, die anderen hausten in zwei großen Zelten. Nach und nach waren immer mehr Belacanis gekommen, bis es schließlich, zu Beginn des Winters, fünfunddreißig oder vierzig waren.

Während der kalten Jahreszeit waren es dann weniger geworden, und als es am kältesten war – in der Zeit, in der der Donner schläft –, hatte es in dem Hogan, der dem Geist von Alice Madman gehörte, wieder einen Toten gegeben. Während des Sommers war die Zahl der Bewohner nicht zurückgegangen, aber jetzt, im Herbst, waren nur vier Männer und drei Frauen übriggeblieben.

«Einen Todesfall?» fragte Leaphorn. «Wer war denn das? Und wie ist es dazu gekommen?»

Eine junge Frau war gestorben, ein sehr fettes, sehr stilles Mädchen, ziemlich häßlich. Irgend jemand hatte gesagt, die Häßliche habe an einem kranken Herzen gelitten. Die junge Navajo-Frau allerdings vermutete eher zuviel Heroin als Todesursache. Vielleicht war auch der Geist von Alice Madman mit von der Partie gewesen.

«Ein paar von denen waren damals ständig auf dem Trip», hatte der junge Ehemann gesagt. «Vermutlich hat sie zuviel von dem Zeug genommen. Jedenfalls haben wir so was munkeln gehört.» Er hatte zwölf Monate mit der 1. Kavallerie-Division in Vietnam zugebracht. Seither hinterließen weder Heroin noch Todesfälle einen nachhaltigen Eindruck bei ihm. Er redete über diese Weißen mit einem gewissen unpersönlichen Engagement und stets mit einer Spur von Erheiterung. Dennoch wußte er sehr genau Bescheid, denn letztlich gab es im Umkreis von etlichen Meilen keine anderen Nachbarn. Der junge Ehemann fand die Bewohner von Jason's Fleece im großen und ganzen ein bißchen dumm, durchaus freundlich, schlecht erzogen und gutwillig. Was sie in einem günstigen Licht erscheinen ließ, war die Tatsache, daß sie den jungen Ehemann oder seine Frau stets gerne mitnahmen, wenn sie nach Ramah, Gallup oder einmal sogar nach Albuquerque fuhren. Kritik ernteten die Hippies, weil sie die Quelle oberhalb der Madman-Behausung im vergangenen Sommer verunreinigt und weil sie unvorsichtig mit Feuer hantiert hatten, wodurch rund fünfzig Morgen Weideland für Schafe abgebrannt waren. Außerdem hatten sie keine Ahnung von sachgerechter Schafzucht. Die Tiere wurden von der Krätze befallen, Seuchengefahr bestand. Ja, das stimmte. Ein Navajo-Junge war oft bei den Hippies zu Besuch gewesen, gelegentlich auch in Begleitung eines jüngeren Zuñis. Auch andere Besucher waren in die Kommune gekommen, meistens jedoch langhaarige junge Leute.

Leaphorn dachte an dieses Gespräch zurück, als er durch seinen Feldstecher die Drillichjacke betrachtete, die neben der Hütte hing. Es konnte sich kaum um die Jacke handeln, die George Bowlegs bei Schulschluß getragen hatte. Dazu war sie zu groß. Langsam ließ Leaphorn seinen Blick weiterwandern. Von der dünnen Rauchfahne, die aus dem Kaminloch der Hütte stieg, hinüber zum Bretterverschlag und zum Buschwerk, dann wieder zurück. Zwischen den Büschen, kaum zu erkennen in der Dunkelheit, stand ein Tisch mit allerlei Kochtöpfen und anderem Küchengeschirr. Hinter dem Tisch hing etwas, das wie ein Sattel aussah, und daneben war ein dunkles Etwas zu erkennen, das nur schwer auszumachen war. Ein Tierkadaver vermutlich, dachte Leaphorn. Und dann entdeckte er noch etwas anderes. Neben dem Schatten, den der hintere Stützbalken der Hütte in dem fahlen Mondlicht warf, erkannte Leaphorn den Schatten eines in Bewegungslosigkeit verharrenden Beinpaares. Leaphorn stutzte. Das junge Ehepaar hatte nur von sieben Hippies gesprochen, die sich noch hier aufhielten. Er hatte beobachtet, wie zwei Männer und zwei Frauen in ihrem alten Bus weggefahren waren. Dann hatte er einen Mann und eine Frau – nach der Beschreibung von Isaacs vermutlich Susanne – in den Hogan gehen sehen. Leaphorn hatte angenommen, daß sich der eine fehlende Mann im Innern der Hütte befand. Vielleicht war er die Gestalt, die dort so still und stumm zwischen den Büschen verharrte? Aber warum stand er dort im eisigen Mondlicht? Und wie war er dorthin gelangt, ohne von ihm bemerkt zu werden? Als Leaphorn noch darüber nachsann, bewegte sich die Gestalt. Mit katzengleicher Geschmeidigkeit huschte sie zwischen dem Gebüsch hervor auf die Hütte zu; Leaphorn konnte durch sein Nachtglas sehen, daß die geheimnisvolle Person sich in geduckter Haltung dagegen lehnte. Was zum Teufel trieb dieser Mensch dort unten? Lauschte er? Es schien so. Dann richtete sich die Gestalt auf, und der Kopf geriet in den Bereich des gleißenden Mondlichts. Leaphorn hielt den Atem an. Was er dort unten sah, war der Kopf eines Vogels. Rund, mit Federn, die nach hinten standen, und mit einem langen, scharfen Schnabel, der dem eines Strandläufers glich. Der Hals der seltsamen Gestalt wurde durch einen aufgeplusterten Federkranz verdeckt. Als das Wesen seinen Kopf zur Seite drehte, sah Leaphorn die runden Augen, die von gelben Kreisen auf schwarzem Untergrund umringt waren. Leaphorn blickte in die ausdruckslose, starre Visage einer Kachina. Er fühlte, wie sich sein Nackenhaar sträubte. Was hatte sein einstiger Zimmergefährte noch über diese Totengeister der Zuñis gesagt? Daß sie für alle Ewigkeit unter einem See in Arizona tanzten; daran konnte er sich erinnern. Der Vogelmensch bewegte sich wieder. Er entfernte sich von dem Hogan und entschwand in der undurchdringlichen Finsternis zwischen dem Piniengesträuch. «Nach der Überlieferung», hatte Leaphorns Zimmergefährte gesagt, «sind sie unsichtbar. Nur derjenige kann sie sehen, dem die letzte Stunde geschlagen hat.»

6

Montag, 1. Dezember, neun Uhr morgens

Das Mädchen, das Susanne hieß, hatte einen leichten Sprachfehler. Vor jedem Satz, den es sagen wollte, mußte es für einen Augenblick pausieren, bevor es nach äußerster Konzentration das erste Wort hervorbringen konnte. Jetzt sagte das Mädchen gerade, daß George Bowlegs möglicherweise ganz einfach die Schule schwänzte, was bislang offenbar immer dann vorgekommen war, wenn George Lust verspürt hatte, auf die Hirschjagd zu gehen. Vielleicht war es wieder einmal soweit. Vielleicht wird sie mal besser darin, dachte Leaphorn, aber eine perfekte Lügnerin wird die Kleine nie. Er tat nichts, um das Schweigen zu unterbrechen. Die Decke, die an der Rückwand des Hogans hing, war ein schönes Erzeugnis des heimischen Kunstgewerbes, eine Webarbeit im Wert von etwa 300 Dollar. Ob Frank Bob Madman dieses gute Stück zurückgelassen hatte, als er seine Behausung dem Geist seiner verstorbenen Frau überließ? Oder hatten diese jungen Belacanis die handgewebte Decke irgendwo gekauft und mitgebracht? Der Mann, der sich Halsey nannte, bewegte sich ganz leicht in seinem Schaukelstuhl vor und zurück. Von seinem Gesicht war nur seine Stirn zu sehen. Der übrige Teil blieb durch den dunklen Leineneinband eines Buches verdeckt. Seine Stiefel waren schmutzig, aber es waren sehr teure Stiefel. Leaphorn interessierte sich für diesen Mann. Woher war er gekommen? Und was hatte Halsey hier zu finden gehofft, in einer Gegend, wo der weiße Mann noch niemals etwas gefunden hatte?

«Jedenfalls», sagte Susanne, «bin ich verd-d-d-dammt sicher, daß er dem Ernesto nichts angetan hat. Sie waren wie Brüder.»

«Das habe ich schon gehört», sagte Leaphorn. «Ted Isaacs hat mir erzählt, daß ...»

Der junge Mann mit dem kahlgeschorenen Kopf sagte: «Nein!» Er sprach das Wort sehr laut aus, so als sei er erschrocken. Und offensichtlich hatte sein Ausruf nichts mit dem zu tun, was Leaphorn gerade gesagt hatte. Es war überhaupt das erste Wort, das Leaphorn aus dem Munde dieses Mannes vernommen hatte. («Das ist Otis», hatte Susanne ihn vorgestellt. «Er fühlt sich heute nicht wohl.»

Und Otis hatte mit seltsam verschwommenem, geistesabwesendem Blick von seiner Matratze zu Leaphorn aufgesehen, ohne ein Wort zu sagen. Für Leaphorn war das nichts Neues. Typen wie diesen hatte er in Ausnüchterungszellen zu Gesicht bekommen oder in Krankenanstalten, wo ihren geschundenen Körpern das Gift entzogen werden sollte – sei es nun Alkohol, Marihuana, LSD oder ganz gewöhnliches Klapperschlangengift.)

«Nein», sagte Otis noch einmal, diesmal in etwas sanfterem Tonfall.

Susanne drückte ihre Handfläche gegen die bloße Fußsohle von Otis und sagte: «Ist ja schon gut, Oats. Jetzt ist es schön kühl. Alles ist in bester Ordnung.»

Halsey bewegte sich vor auf seinem Schaukelstuhl. Er ließ das Buch sinken und blickte neugierig zu Otis hinüber. Dann sah er Leaphorn an. («Das hier ist Halsey», hatte Susanne gesagt. «Er ist sozusagen der Boss hier.» Unter dem Schnurrbart hatten sich Halseys Lippen zu einem herausforderndem Grinsen verzogen, als er Leaphorn seine Hand entgegenstreckte. «Ich hab noch nie einen Navajo-Bullen gesehen», hatte Halsey gesagt.) Otis war totenbleich und wirkte zutiefst geschockt.

«Was nimmt er denn?» fragte Leaphorn. «Peyote? Wenn er das schluckt, ist er nach ein paar Stunden wieder auf den Beinen. Falls er aber was anderes nimmt, sollte man vielleicht einen Arzt holen.»

«Peyote kann es nicht sein», sagte Halsey grinsend. «Das Zeug ist doch nicht erlaubt, oder?»

«Kommt drauf an», sagte Leaphorn. «Also, aus der Sicht der Indianer ist es gestattet, vorausgesetzt, es wird für religiöse Zwecke verwendet.»

Otis hielt die Augen geschlossen. Susanne strich mit dem Handrücken sanft über seine Fußsohle. «Jetzt ist alles in Ordnung», sagte sie. «Jetzt ist es schön kühl hier, Oatsy.» Ihr starkes Mitgefühl für die Qualen des jungen Mannes empfand Leaphorn als eine Bestätigung der Meinung, die er sich über dieses Mädchen gebildet hatte. Aus demselben Grunde, der sie dazu bewog, alles zu tun, um Otis von seinen quälenden Alpträumen zu befreien, würde sie ihm erzählen, was sie über George Bowlegs wußte.

«Ich hatte heute eine Unterhaltung mit dem kleinen Bruder von George», sagte Leaphorn. «Der Junge meint, George sei auf der Flucht, weil er große Angst hat. Furchtbare Angst. Sein Bruder meint, George hat nicht etwa vor uns, vor der Polizei, Angst, denn er hat ja gar nichts auf dem Kerbholz. Wovor fürchtet er sich dann?»

Susanne hörte aufmerksam zu. Es hatte den Anschein, als würde sie ihre starke Zurückhaltung allmählich aufgeben.

«Ich weiß nicht recht», fuhr Leaphorn fort. «Ich kann mir einfach keinen Reim darauf machen. Aber ich weiß noch, wie es war, wenn ich als Kind große Angst hatte. Haben Sie sich schon einmal richtig gefürchtet? Wissen Sie noch, wie das war?»

«Ja», sagte Susanne. «Das weiß ich noch.»

So wie gestern, dachte Leaphorn. Oder vielleicht auch heute. «Panik erfaßt einen, und dann läuft man einfach davon», sagte er. «Und wenn man erst mal läuft, wird es immer schlimmer, weil man plötzlich das Gefühl hat, als sei die ganze Welt hinter einem her. Dann kann man nicht mehr anhalten.»

«Manchmal gibt es vielleicht auch keinen Platz, an dem man anhalten kann», sagte Susanne. «So wie bei George. Wo sollte der schon hingehen und um Hilfe bitten? Wissen Sie Bescheid über seinen Vater? Der ist dauernd besoffen. Und George konnte sich den Kopf darüber zerbrechen, daß die Familie was zwischen die Zähne bekam.»

«Ja, ja», sagte Leaphorn. «Ich war bei seinem Vater.»

«Manch einer hat eben kein Zuhause, zu dem er zurückkehren kann.» Diese Bemerkung von Susanne war offenbar für Otis bestimmt, der nicht zugehört hatte.

«Ein Junge, der von Zuhause wegläuft – das alleine ist bestimmt nichts Besonderes. Aber hier in dieser Gegend bei den Witterungsverhältnissen kann das verdammt gefährlich werden. Im Augenblick haben wir noch Spätherbst, aber morgen schon kann der Winter hereinbrechen mit Schnee und dreißig Grad Kälte. Plötzlich findet man nichts Nahrhaftes mehr, und was dann?»

«Wird es hier so kalt? Dreißig Grad?»

«Sie müssen bedenken, daß Sie sich hier an einem Ort niedergelassen haben, der mehr als zweitausend Meter über dem Meeresspiegel liegt. Voriges Jahr in Ramah hatten wir einundvierzig unter Null und in Gallup sogar fünfundvierzig. In der Reservation sind sieben Menschen erfroren, und das sind nur diejenigen, die wir gefunden haben.»

«Aber ich weiß nicht, wo er ist», sagte Susanne.

«Was hat George denn gesagt, als er hier war?» fragte Leaphorn. «Wenn ich das wüßte, wäre mir schon geholfen. Warum ist er mitten im Unterricht von der Schule abgehauen? Warum ist er hierhergekommen? Wovor ist er davongelaufen? Jede Kleinigkeit, an die Sie sich erinnern, hilft mir weiter. Und es hilft George.»

Susanne schwieg lange. Vielleicht wird sie mir weismachen wollen, daß George gar nicht hier war, dachte Leaphorn. Eigentlich wollte sie das von Anfang an. Aber jetzt würde sie nicht mehr lügen. Jetzt nicht mehr.

«Ich weiß nicht so genau», sagte sie. «Ich weiß nur, daß er vor irgend etwas Angst hatte. Er hat mich gefragt, ob ich ihm Lebensmittel geben könnte. Vor allem solche, die nicht verderben. Von dem Hirsch, der draußen am Schuppen hängt, wollte er auch was mitnehmen. Der gehörte ihm sowieso. Er hat ihn uns letzte Woche gebracht.»

«Wo wollte er denn hin?»

«Das hat er nicht gesagt.»

«Aber irgend etwas muß er doch gesagt haben. Strengen Sie Ihr Gedächtnis an. Jedes einzelne Wort kann wichtig sein.»

«Er wollte von mir wissen, ob ich über die Religion der Zuñis Bescheid wüßte», sagte Susanne. «Aber ich hab nicht viel Ahnung davon. Nur das bißchen, was Ted mir erzählt hat.» Sie schwieg, versuchte sich zu erinnern. «Und dann hat er noch gefragt, ob Ted die Kachinas erwähnt hat und das Strafgericht der Kachinas.» Sie dachte angestrengt nach. «Und ob ich wüßte, ob die Kachinas auch verzeihen könnten.»

«Verzeihen?»

«Er verwendete das Wort ‹Absolution›. Er sagte: ‹Kann demjenigen, der ein Zuñi-Tabu gebrochen hat, Absolution erteilt werden?› Aber darüber konnte ich ihm nichts sagen.» Sie sah Leaphorn fragend an. «Gibt es so etwas?»

«Ich bin kein Zuñi», erwiderte Leaphorn. «Ein Navajo weiß im allgemeinen nicht mehr über die Religion der Zuñis als ein weißer Mann normalerweise über den Buddhismus.»

«Für George schien das alles von großer Bedeutung zu sein. Ich habe ihm das angemerkt. Er redete immer wieder davon.»

«Er wollte, daß ihm verziehen wird? Haben Sie herausgehört, für wen er Verzeihung wollte? Für sich selbst? Oder für Ernesto?»

«Das weiß ich nicht», antwortete Susanne. «Ich glaube, er hat sich selbst damit gemeint. Aber vielleicht auch Ernesto.»

«Gibt es irgendeinen Hinweis darauf, welcher Art die Schuld war, für die er Absolution erteilt haben wollte? War es ein...?» Leaphorn suchte nach dem richtigen Wort und fand es nicht gleich.

Konnte man Sakrileg dazu sagen? Er verzichtete darauf, den Satz zu beenden, und fügte hinzu: «Hat er denn nichts davon erwähnt, warum die Kachina sich provoziert fühlte?»

«Nein. Ich habe mich ja auch darüber gewundert. Aber irgendwie war es nicht der rechte Augenblick, ihn danach zu fragen. Er war furchtbar erregt und hatte es sehr eilig. Ich hatte ihn vorher noch nie in so einem Zustand erlebt.»

«Er hat sich also etwas von dem Wildfleisch mitgenommen», sagte Leaphorn. «Wieviel denn? Und was sonst noch?»

Susanne errötete. Nervös zupfte sie an den Fransen ihres langen, schmuddeligen Pullovers.

«Mitgenommen hat er überhaupt nichts», sagte Halsey. «Er hat zwar darum gebeten, aber bekommen hat er nichts. Ich hab mir schon gedacht, daß er irgendein krummes Ding gedreht hat, so wie der sich benahm. Unsereiner hilft keinem Gesetzesbrecher auf der Flucht; wir machen nichts, was uns mit dem Gesetz in Konflikt bringen und die Bullen auf den Hals hetzen könnte.» Er grinste Leaphorn herausfordernd an.

«Also ist er ohne Proviant von hier fortgegangen?» fragte Leaphorn.

«Ich habe ihn überredet, meine alte Jacke mitzunehmen», sagte Susanne. Sie sah Halsey an mit einem Blick, in dem sich Abscheu und Furcht die Waage hielten. «So ein abgeschabtes altes Ding aus blauer Baumwolle mit einem Loch am Ellbogen.»

«Wann ist er von hier fortgegangen?»

«Er ist am frühen Nachmittag gekommen und hat sich hier nur etwa zehn Minuten aufgehalten. Das muß so um drei, Viertel nach drei gewesen sein.»

«Und er hat kein Wort darüber verloren, wo er hin wollte?»

«Nein», erwiderte Susanne. Sie zögerte. «Jedenfalls nicht so direkt. Wissen Sie, George ist ein komischer Kauz. Er hat den Kopf immer voller Flausen. Er hat gesagt, er würde jetzt für eine Weile nicht mehr kommen, weil er sich auf die Suche nach den Kachinas machen müßte.»

Leaphorn gähnte, als er mit dem Wagen in die County Road einbog. Mitternacht war schon vorüber, und er hatte immer noch keine Ahnung, wo er nach George Bowlegs suchen sollte. Der erste scharfe Frost lag in der Luft. Der Dunst, der über der Straße lag, war die letzte Feuchtigkeit, die die Kälte aus dem Boden getrieben hatte. Und wo steckten die beiden verflixten Jungen? Waren sie tot? Ernesto vielleicht, aber wahrscheinlich war es nicht. Es gab einfach kein Motiv für ein gewaltsames Ende des Jungen. Das geronnene Blut konnte genausogut anderen Ursprungs sein. Vermutlich hatte er, Leaphorn, seine Zeit unnütz verschwendet. Was war denn schon groß herausgekommen bei seinen Nachforschungen? Na, da war der Blutflecken auf dem Waldboden, und dann hatte jemand etwas aus dem Camp der Anthropologen geklaut – etwas so Banales, daß der Diebstahl nicht einmal aufgefallen war. Und dann noch diese seltsame Gestalt, die wie eine Kachina aussah und in der Umgebung der Hippiekommune herumspukte. Was zum Teufel mochte das gewesen sein? Eine Sinnestäuschung? Wohl kaum. Leaphorn seufzte und gähnte noch einmal. Müdigkeit begann seinen Verstand zu lähmen. Er konnte sich nicht mehr konzentrieren. Für den Rest der Nacht wollte er sein Quartier im Gemeindehaus von Ramah aufschlagen. Und morgen früh würde er Verbindung mit dem Zuñi-Polizisten aufnehmen. Von denen würde er dann hören, daß der kleine Cata während der Nacht nach Hause gekommen war und irgendeinen Dummejungenstreich eingestanden hatte. Leaphorn ahnte schon, was bei der ganzen Sache herauskommen würde. Das Blut stammte natürlich von einem Schaf, das zu Ehren von Shalako geschlachtet worden war. Und die Jungen waren mit dem Blut, das sie in einem Behälter gesammelt hatten, auf und davon und hatten damit irgendeinen Blödsinn angestellt.

Oben auf der Paßstraße über dem Ramah Valley schaltete Leaphorn sein Funksprechgerät ein. In der Zentrale waren drei Mitteilungen für ihn eingegangen. Die erste war eine Anfrage vom Captain, der wissen wollte, welche Fortschritte er bei der Aufklärung der Betrugsaffäre mit dem Lieferwagen gemacht hatte. Dann hatte seine Frau angerufen und Leaphorn daran erinnert, daß er um zwei Uhr nachmittags eine Verabredung mit seinem Zahnarzt in Gallup hatte. Und das Police Department von Zuñi hatte sich gemeldet und darum ersucht, ihm, Leaphorn, so schnell wie möglich mitzuteilen, daß Ernesto Cata gefunden worden war.

Leaphorn starrte auf den Lautsprecher. «Gefunden? War das alles, was sie gesagt haben?»

«Ich will mal nachsehen», sagte der Beamte in der Zentrale. «Ich hab die Meldung nicht entgegengenommen.» Seine Stimme klang schläfrig. Leaphorn strich sich mit der Hand über das Gesicht. Mühselig unterdrückte er ein Gähnen.

«Daß sie seine Leiche gefunden haben», sagte der Beamte in der Funkzentrale.

7
Dienstag, den 2. Dezember, 7 Uhr 22

Leaphorn stand – die Arme verschränkt und die Augen zu schmalen Schlitzen zusammengekniffen – nur wenige Meter unterhalb des höchsten Punktes am Rande des Galestina Canyons. Von hier aus konnte man den größten Teil des Zuñi-Gebietes überblicken, mit dem Zuñi-Dorf dort unten im Kessel und dem dunklen Gebäude am Hang darüber, dem Sitz des Bureau of Indian Affairs. Aber Leaphorn hatte keinen Blick dafür, ebensowenig wie für das kleine Motorflugzeug, das sich wie von einem unsichtbaren Faden gezogen langsam und stetig zwischen den Steilwänden des Canyons voran bewegte. Leaphorn starrte auf das, was die kratzenden und schürfenden Schaufeln zu seinen Füßen freilegten: den vorderen Teil eines Spikesschuhs, wie ihn die Sprinter tragen. Dann, mit dem nächsten Häufchen Erde, das vorsichtig beiseitegekratzt wurde, kam der Absatz zum Vorschein – frei von Schmutz, denn die Sprinter berühren die Erde nicht mit den Absätzen ihrer Schuhe, wenn sie laufen. Ein Teil der Achillesferse wurde sichtbar und ein kleines Stück gebräunter Haut – ein Stück vom Wadenbein eines Menschen. Der Rest war noch von Erde bedeckt. Leaphorn wandte sich ab, ließ seinen Blick wandern. Dort unten lag Zuñi Village. Seine Bewohner nannten es Halona. Halona Itawa, der größte Ameisenhaufen der Welt. Ein Hügel aus roten Sandsteinhäusern am Ufer des um diese Jahreszeit ausgetrockneten Zuñi River. Den Kern bildeten die alten Häuser, die wie Bienenwaben zusammengefügt waren, ringsherum die neueren Bauten. Leaphorn schätzte, daß dort mehr als sechstausend Zuñis lebten. Die Zuñi-Reservation umfaßte alles in allem etwa 100000 qkm, aber bis auf zwei- oder dreihundert Angehörige des Stammes lebten alle Zuñis in dem einem Bienenstock ähnelnden Dorf. In manchem der Wabenhäuser wohnten fünfundzwanzig oder gar dreißig Personen, denn es war üblich, daß alle Töchter einer Familie bei der Mutter blieben. Heirateten die Mädchen, dann zogen die Männer zu ihnen in das ‹Mutterhaus›, ganz im Gegensatz zu den Navajos, für deren männliche Angehörige das Haus der Schwiegermutter tabu war. So kam es, daß die insgesamt 130000 Navajos keine einzige auch nur annähernd so große Stadt gegründet hatten wie die Zuñis. Was mochte die Zuñis nur dazu bewegen, so eng aneinandergedrängt zu leben? Eine Eigenart, die vielleicht dazu beigetragen hatte, daß es diesen kleinen Indianerstamm nach fünf Jahrhunderten ständiger Angriffe aus einer feindseligen Umwelt immer noch gab, während andere weitaus größere Stämme längst ausgelöscht waren.

Zur Linken von Leaphorn war Ed Pasquaanti mit seiner Schaufel zugange, und neben ihm noch drei weitere Zuñis. Ihre Familiennamen waren Cata, Bacobi und Atarque. Ernesto Catas Vater und zwei Verwandte des Jungen. Sie arbeiteten wortlos und bedächtig mit ihren Schaufeln, so behutsam, als fürchteten sie, dem Toten noch ein Leid zufügen zu können.

«Wo haben Sie das Fahrrad gefunden?» fragte Leaphorn. «Falls Sie dort noch nicht alles abgesucht haben, könnte ich mich ja noch ein wenig umsehen.»

«Da unten», sagte Pasquaanti und deutete mit der Hand die Richtung an. «Wir haben es unter einer überhängenden Sandsteinplatte gefunden. Weil es dunkel wurde, habe ich mich zunächst nur um die Spuren gekümmert, die die Spikes gemacht haben und die hier herauffführten.»

Das Versteck für das Fahrrad war, gemessen an den Umständen, mit erstaunlicher Sorgfalt ausgewählt worden. Der Täter – oder wer immer sonst – hatte es nicht nur unter die Felsenplatte geschoben, sondern es zusätzlich auch noch mit Buschwerk und dürrem Gras zugedeckt. Selbst ohne diese zusätzliche Tarnung war es schwer zu entdecken. Leaphorn betrachtete das Rad, das hier bei

Nacht, und zwar bei fast vollkommener Finsternis versteckt worden war, denn Mondlicht hatte es kaum gegeben, weil erst vor zwei Nächten Halbmond gewesen war. Die Schlußfolgerung aus diesem Umstand war simpel genug. Wer immer Ernesto Catas Leiche hierhergebracht und verscharrt hatte, mußte sich in dieser Gegend sehr gut auskennen; oder er hatte das Ganze vorausgeplant. George Bowlegs hatte sich gut ausgekannt hier, aber – der Gedanke erleichterte Leaphorn – mindestens tausend Zuñis wußten hier genausogut Bescheid. Leaphorn machte sich methodisch an die Arbeit.

Das Fahrrad war auf einem Wildpfad hier heraufgeschoben worden. Leaphorn verfolgte die Spur, bis er auf einen Schaftrail stieß. Der Trail wand sich bergab in der Richtung auf Zuñi Village. Leaphorn arbeitete mit größter Sorgfalt. Darum kam er nur langsam voran, und bis er die Stelle erreichte, wo der Junge sein Leben ausgeblutet hatte, war es Mittag geworden. Dort verbrachte Leaphorn weitere drei Stunden, meist auf dem Boden hockend und die trokkene Erde Zentimeter um Zentimeter absuchend.

Er fand fünf frische Spuren. Eine davon hatte Pasquaanti mit seinen Gummiabsätzen, eine andere ein Onkel von Ernesto mit waffelförmig gemusterten Schuhsohlen hinterlassen. Das mußte der Verwandte des Jungen gewesen sein, der das im Boden versickerte Blut entdeckt hatte. Diese beiden Spuren schieden aus. Übrig blieb die Spur von einem Paar Cowboystiefeln – vermutlich die von George Bowlegs –, die dort begann, wo das Fahrrad abgestellt worden war, und dann diejenige, die Ernestos Spikesschuhe in den Boden gepreßt hatte, und schließlich noch die Abdrücke von einem Paar Mokassins. Die gehörten zu der Person, die das Fahrrad mit Ernestos Leichnam darauf den Pfad hinaufgeschoben hatte. Leaphorn setzte sich auf einen Stein und faßte zusammen, was ihm seine Spurensuche an neuen Erkenntnissen eingebracht hatte. Es war nicht viel.

Er konnte davon ausgehen, daß der Mord nicht vorausgeplant worden war – jedenfalls nicht im ganzen Ablauf der Geschehnisse. Jemand, der sich mit der Absicht trägt, eine Leiche über eine längere Strecke bergauf zu schleppen, trägt zu diesem Zweck ganz gewiß keine Mokassins, sondern zieht festes Schuhwerk an. Der Mann mit den Mokassins hatte abseits zwischen den Wacholderbüschen gewartet. Er hätte Ernesto Cata aus diesem Hinterhalt heraus erledigen können, falls das in seiner Absicht gelegen hatte. Aber das hatte er nicht getan. Der Mann mit den Mokassins hatte sein Versteck verlassen, und zwar so, daß er von dem Jungen sogleich gesehen werden konnte. Die Mokassins und die Rennschuhe hatten einander gegenüber gestanden, und zwar für eine ganze Weile, denn beide waren während dieser Zeitspanne mehrmals von einem Fuß auf den anderen getreten. Und sie hatten sehr nahe beieinander gestanden. (Vielleicht hielt der Mokassin-Mann den Jungen am Arm gepackt?) Dann hatte Ernesto drei lange Schritte bergab gemacht, war gestürzt und hatte mit seinem jungen Blut den Boden getränkt. Daraufhin hatte der Mokassin-Mann das Rad zu der Stelle geschoben, wo Cata hingefallen war, hatte ihn auf das Fahrrad geladen und war mit seiner Last losgezogen. Aber es war ziemlich unwahrscheinlich, daß der Mokassin-Mann etwas von der Existenz des Fahrrades gewußt hatte. Es sei denn, der Mann mit den Mokassins war George Bowlegs gewesen. War es denkbar, daß George mit Cowboystiefeln an den Füßen geradelt war, das Fahrrad abgestellt hatte und dann zu den Felsen hinübergegangen war, um sich dort Mokassins an Stelle der Stiefel anzuziehen? Unmöglich war das nicht. Aber Leaphorn konnte keine plausible Erklärung dafür finden, warum George sich so verhalten haben sollte. Leaphorn versuchte sich vorzustellen, worüber sich Ernesto und der Mokassin-Mann wohl unterhalten haben mochten, als sie sich so Fuß an Fuß gegenüberstanden. Aber soviel Leaphorn auch darüber nachsann, es blieb unvorstellbar für ihn.

Leaphorn zündete sich eine Zigarette an. Er starrte in den Himmel, dessen lichte Bläue am Horizont in Grau überging. Ein Himmel wie dieser verhieß Schnee, in der nächsten Nacht schon, oder vielleicht morgen. Er schüttelte den Kopf. Es wollte ihm nicht gelingen, Ordnung in seine Gedanken zu bringen. Ärgerlich zerdrückte er die Zigarette an dem Stein, auf dem er saß. Er fand keinen roten Faden in der ganzen Affäre, keine noch so hauchdünne Logik, an die er sich klammern konnte. Cata war tot, ohne daß es einen erkennbaren Grund dafür gab. George Bowlegs war nicht geflüchtet, solange er allen Grund dazu gehabt hatte. Aber später, als es gar nicht mehr nötig schien, war er dann doch getürmt. Leaphorn stand auf und klopfte seine Hose ab. Er war immer noch in Gedanken versunken. Dessen war er sich bewußt: Was ihn am stärksten irritierte, das waren nicht diese vordergründigen, wichtigen Ungereimtheiten. Die weniger augenfälligen Dinge waren es. Warum hatte Cecil Bowlegs ihm erzählt, daß Ernesto Fundstücke von der Schürfstelle am Early Man gestohlen habe? Cecil hatte keinen Anlaß zu lügen, und ebensowenig die Anthropologen, indem sie den Verlust von Fundstücken abstritten. Warum glaubte Cecil, daß George auf der Flucht vor einer rachsüchtigen Kachina war, während George gegenüber Susanne erwähnt hatte, er sei hinter einer Kachina her? Und war war das für eine seltsame Gestalt gewesen, die Leaphorn bei der Hippie-Siedlung gesehen hatte? Eine Gestalt mit dem Körper eines Menschen und dem Kopf eines Vogels? War es denkbar, daß irgend jemand die geheiligten Masken des Zuñi-Glaubens trug? Wer so etwas außerhalb der vorgeschriebenen Riten tat, beging zweifellos ein unerhörtes Sakrileg. Für alle diese Fragen wußte Leaphorn keine Antwort.

Eilig ging er den Hang hinunter. In kurzer Zeit schon würde er in Zuñi Village sein. Aber vor ihm war dann bereits die Leiche von Ernesto Cata dort eingetroffen, und die Todesursache würde geklärt sein. Vielleicht blieb ihm dann noch etwas Zeit, um mehr über den Zuñi-Glauben in Erfahrung zu bringen. Aber bevor er sich damit beschäftigen konnte, hatte er noch etwas anderes zu erledigen. Er mußte Shorty Bowlegs zum Sprechen bringen, und das ging nur, wenn der Vater von George nüchtern genug war. Leaphorn würde dafür sorgen, daß Shorty nüchtern wurde. Und wenn er ihn einsperren mußte dafür.

8

Dienstag, den 2. Dezember, 18 Uhr 11

Leaphorn fuhr äußerst konzentriert und vorsichtig auf dem holperigen Karrenweg, der zu Shorty Bowlegs' Hogan führte. Schließlich hatte sich Leaphorn auf dieser Strecke erst am Tag zuvor einen Platten geholt, und heute kam noch die Dunkelheit hinzu, und der erste Schnee dieses Jahres, der, vermischt mit rötlichem Staub aus den Schlaglöchern, einen bizarren Reigen vor den Scheinwerfern des Polizeiwagens aufführte. Leaphorn hatte keine große Hoffnung, daß Shorty Bowlegs – falls er überhaupt nüchtern genug für ein vernünftiges Gespräch war – ihm irgend etwas von Bedeutung erzählen konnte. Aber Bowlegs stellte nun einmal die einzige noch nicht erschlossene Informationsquelle für ihn dar. Danach blieb ihm nichts mehr. Ein Junge war ohne jeden erkennbaren Grund getötet worden. Der Gedanke daran ließ Leaphorns rationell arbeitenden Verstand nicht zur Ruhe kommen. Nicht einmal ein Grashüpfer sprang ohne Grund. Es mußte ein Motiv für den Tod des Jungen geben, ebenso wie es ein Motiv für die Flucht von George Bowlegs geben mußte – oder zumindest dafür, daß George Bowlegs erst mit eintägiger Verspätung geflüchtet war.

Das Scheinwerferlicht streifte das Buschwerk neben dem Hogan von Shorty Bowlegs, strich über die Vorderfront der Hütte, über den blauen Stoffvorhang, der den Eingang schützte, und verharrte schließlich auf einem Wacholderstrauch, als Leaphorn den Wagen zum Stehen brachte. Leaphorn stellte den Motor ab, ließ die Scheinwerfer jedoch brennen. Er war erleichtert. Bowlegs war nicht nur wach, er war auch nüchtern genug, um am Eingang seines Hogans zu erscheinen und neugierig nach seinem abendlichen Besucher Ausschau zu halten. Bowlegs schüttelte eine Zigarette aus einem verknautschten Päckchen, zündete sie an und wartete. Sein Verhalten entsprach bester Navajo-Tradition, für die es selbstverständlich einen guten Grund gab. Der Gastgeber hoffte, durch sein zeitraubendes Verhalten die Ungeduld der Geister zu erregen, die dem Besucher gefolgt waren, und sie so zur Umkehr zu bewegen, bevor sie zusammen mit dem Gast in den Hogan eindringen konnten. Lieutenant Joe Leaphorn seinerseits wartete – weil auch das so Brauch war – in seinem Wagen, bis der Gastgeber wieder im Innern seiner Hütte verschwunden war, um sich eine Hose überzustreifen oder sich anderweitig auf den Besuch vorzubereiten. Und wenn Bowlegs dann endlich fertig war, würde er sich vor den Eingang seines Hogans stellen und Leaphorn damit signalisieren, daß er jetzt zu seinem Empfang bereit war.

Leaphorn wartete. Der Wind schüttelte den Wagen. Der Ventilator war zugleich mit dem Motor verstummt, und die Scheiben beschlugen schnell von Leaphorns Atem. Draußen bildeten sich die ersten weißen Flecken, wo der Wind die Schneeflocken zusammenwehte – unter dem Holunderstrauch und im Windschatten des Gesteins. Leaphorn beobachtete die tanzenden weißen Flocken im Licht der Scheinwerfer; in Gedanken jedoch hing er den Ereignissen des Tages nach, sah noch einmal Ernesto Catas Leiche auf dem Tisch im Hospital von Black Rock vor sich, sah noch, wie der Arzt die klaffende Wunde am Hals des Jungen vom Sand reinigte – der Täter hatte mit gewaltigem Schlag fast den Kopf vom Rumpf des Jungen getrennt. Eine Axt vielleicht oder eine Machete. Innerhalb von einer Stunde war Ernesto schon unter der Erde gewesen. Erst eine Totenmesse in der Missionskirche des Dorfes, und dann die Zeremonie des Badger Kiva am Grabe des Opfers. Leaphorn hatte aus einiger Entfernung dabei zugesehen, denn er fühlte sich als unerwünschter Eindringling bei einem feierlichen Akt, der ihm Unbehagen einflößte. Wer, mußte er plötzlich denken, würde wohl jetzt den Feuergott beim Shalako-Fest darstellen? Und dann waren seine Gedanken wieder bei George Bowlegs, und wo der Junge wohl bei diesem mörderischen Wetter Unterschlupf gefunden haben mochte. Und endlich fiel ihm ein, daß Shorty Bowlegs schon viel zu lange im Innern seines Hogans verschwunden war.

Leaphorn mußte einige Kraft dabei aufwenden, die Seitentür seines Kombis zu öffnen, denn der Wind drohte sie wieder zuzudrükken. Er schlug den Kragen seiner Jacke hoch, den Blick auf den nun in totaler Finsternis liegenden Hogan gerichtet. War er bei seinem Eintreffen beleuchtet gewesen? Leaphorn erinnerte sich nur des Lichtkegels seiner Scheinwerfer, der über die Vorderseite des Hogans gehuscht war, und der starren Gestalt, die er für den Bruchteil einer Sekunde im Eingang zur Hütte gesehen hatte. Er hatte angenommen, daß es sich um Bowlegs gehandelt hatte, der nachsehen wollte, wer zu so später Stunde und bei so unfreundlichem Wetter noch den Weg zu ihm gefunden hatte. Aber jetzt war kein Lichtschimmer zu erkennen, weder am Eingang noch an dem winzigen, schiefen Fenster an der Südostseite der Blockhütte. War es denkbar, daß Bowlegs ins Innere seiner Behausung zurückgekehrt war, die Kerosinlampe ausgeblasen hatte und seinen Besucher draußen in der Kälte warten ließ? Leaphorn hatte Bowlegs am Tag zuvor als einen freundlichen Mann kennengelernt, der nur zu betrunken war, um zu begreifen, was der Polizist von ihm wollte. Aber er hatte freundlich gegrinst, hatte Leaphorn einen Platz zum Sitzen angeboten und ihn zu einem Drink eingeladen.

Leaphorn stand für eine Weile neben dem Wagen und beobachtete die Hütte. Er hörte die pfeifenden Geräusche, die der böige Wind verursachte, und die für ihn wie das Geheul von Geisterstimmen klangen, die den Tausenden von Toten seines Volkes gehörten. Er öffnete die Wagentür wieder, suchte die Taschenlampe und hob die 30er Flinte aus der Halterung über der Hecktür. Einige Meter vom Hogan entfernt blieb er stehen.

«*Ya-ta-hey!*» rief er. «Shorty Bowlegs, *ya-ta-hey!*»

Der Wind wirbelte ein Gemisch aus Staub und Schneeflocken um den Hogan und um Leaphorns Beine. Die Tür aus schweren Holzbohlen bewegte sich ein wenig, scharrte über den unebenen Lehmboden. Leaphorn ließ die Taschenlampe aufleuchten und den Lichtkegel über den Eingang wandern. Eine Windböe fegte heran, drückte die Tür noch weiter nach innen, bis der Verschluß aus Leder ihr keinen Spielraum mehr ließ.

«Hallo!» rief Leaphorn. «Shorty?»

Leaphorn erreichte die schützende Wand neben dem Eingang mit wenigen Schritten. Er öffnete die Geschoßkammer seines Gewehres, ließ eine Patrone in den Lauf gleiten und hielt die Waffe in der Beuge seines rechten Armes. Mit der linken Hand zog er schnell den Lederriemen zurück, der die Tür verriegelt hielt. Die Tür schlug krachend gegen die Innenwand der Hütte.

Im Innern des Hogans rührte sich nichts. Der Lichtkegel der Lampe reflektierte vom Zinkblech einer Waschwanne, die an der Rückwand der Hütte stand, huschte über einen Wirrwarr von Kochtöpfen und Lebensmitteln, verweilte für einen Moment bei den Kleidern (Bluejeans in Knabengröße, drei Hemden, irgendeine blaue Arbeitskluft, etwas Unterwäsche), die an einer aufgespannten Leine in der Ecke hingen. Hinter den Kleidungsstücken bewegten sich Schatten an der Hüttenwand aus rohen Baumstämmen. War da etwas? Nichts. Leaphorn ließ den Lichtstrahl seiner Taschenlampe durch das Innere des Hogans wandern. Das Licht erfaßte drei Bettstellen, alle in unaufgeräumtem Zustand, streifte eine Kommode, deren Schubladen herausgezogen waren, und verharrte schließlich auf dem Arm eines Mannes. Der Arm lag schlaff auf dem Lehmboden, bis auf die bräunlich-rote Hand, bedeckt von einem Khakihemd (kein dunkelblauer Stoff); die Finger waren entspannt, ihre Spitzen berührten den Boden.

Durch die offene Tür wehte etwas Schnee herein. Leaphorn spürte die feuchte Kälte in seinem Gesicht just in dem Augenblick, als der Lichtstrahl das sauber gescheitelte, blauschwarze Haar des Mannes erfaßte, der dort auf dem Boden lag. Das Haar wurde von einem Stirnband gehalten, dessen Farbe ursprünglich verwaschenes Rosa gewesen war. Jetzt war es dunkelrot gefärbt wie ein Teil des Haarschopfes, den es zu bändigen hatte.

Leaphorn hatte den Atem angehalten, ohne sich dessen bewußt zu sein. Jetzt, nachdem er Shorty Bowlegs gefunden hatte, ließ er die Luft aus seinen Lungen, und das Geräusch, das er dabei verursachte, klang wie ein Seufzer. Eine Weile stand er reglos, den Kopf leicht seitlich geneigt, mit äußerster Konzentration jedes Geräusch aufnehmend, das das Pfeifen des Windes und das Rauschen des Buschwerks zusätzlich an sein Ohr dringen ließ. Doch Leaphorn wartete vergebens auf ein Signal für seinen hellwachen Jagdinstinkt.

Leaphorn kauerte sich neben dem Toten nieder. Shorty war von hinten niedergeschlagen worden, und zwar mit einem schweren, scharfen Gegenstand. War es dieselbe Waffe gewesen, die auch Ernesto Cata getroffen hatte? Zum tödlichen Schlag geschwungen von der Gestalt mit dem blauen Hemd? Jener Mann, den er am Eingang zum Hogan gesehen hatte? Und wo war dieser Mann jetzt? Er hatte noch keine fünf Minuten Vorsprung. Dennoch, bei dem Wind, dem Schneetreiben, der Dunkelheit war es genauso, als hätte er sich inzwischen auf einen anderen Planeten geflüchtet. Leaphorn verfluchte sich selbst. Er hatte den Killer gesehen, aber mit offenen Augen träumend hatte er in seinem Wagen gesessen, während der Mörder ungehindert fliehen konnte.

Vorsichtig berührte Leaphorn das Blut an Shortys Kopf. Es war schon klebrig. Bowlegs war demnach nicht weniger als dreißig Minuten vor dem Eintreffen Leaphorns niedergeschlagen worden. Offenbar hatte der Täter zuerst den Mord begangen und dann den Hogan durchsucht. War er gekommen, um Bowlegs umzubringen und danach in aller Ruhe die Habseligkeiten der Familie zu durchsuchen? Oder hatte er nur etwas gesucht und war dabei von Bowlegs gestört worden? Was hatte er gesucht? Alles, was Bowlegs in vierzig Jahren seines Lebens zusammengetragen hatte, lag auf dem Fußboden verstreut. Zusammengerechnet mochten diese Dinge einen

Wert von etwa 500 Dollar darstellen, zum Neupreis, versteht sich. Jetzt, gebraucht, und nach dem Standard des weißen Mannes, würden alle Sachen höchstens einhundert Dollar erbringen.

Leaphorn verließ den Hogan und stellte die Scheinwerfer seines Wagens ab. Systematisch begann er nach Spuren zu suchen. Er fand nichts Wesentliches. Außer seinen eigenen Wagenspuren, die auch schon zum großen Teil verweht waren, fand er keine Reifenabdrücke, die darauf schließen ließen, daß kürzlich ein Wagen hier heraufgefahren war. Danach durchsuchte Leaphorn sorgfältig den Stall unterhalb des Hogans. Zwei Pferde waren dort untergebracht gewesen. Die Spur des einen war nur wenige Stunden alt. Das andere war länger als einen Tag nicht in seinem Stall gewesen. Leaphorn kauerte sich auf dem festgetrampelten Lehmboden nieder und dachte darüber nach, was für eine Bedeutung diese Erkenntnisse für ihn haben mochten.

Der Wind fegte mit unterschiedlicher Stärke über das dunkle Land. In diesem Augenblick noch schüttelte er die Zweige der Büsche heftig wie ein zorniger Herausforderer, im nächsten schon zog er sich fast ganz zurück, und ein scheinbar friedliches Schweigen breitete sich aus. Leaphorn schaltete seine Taschenlampe aus und verharrte reglos in geduckter Haltung. Der Wind hatte ihm ein undefinierbares Geräusch zugetragen. Er lauschte. Doch jetzt erstickte eine Sturmböe wieder jeden fremden Laut. Und dann hörte Leaphorn es wieder. Ein Glöckchen. Und dann ein anderes, mit etwas dunklerem Klang. Endlich ein drittes, ganz helles. Leaphorn eilte behende auf einen Holunderbusch zu. Aus dieser Richtung hatte er die Glöckchen gehört. Er duckte sich hinter den Busch und wartete. Das Gebimmel näherte sich, und dann auch Hufschlag. Eine weiße Ziege, nur schemenhaft erkennbar, huschte in geringer Entfernung vorüber, gefolgt von weiteren Ziegen und schließlich einem größeren Pulk von Schafen. Zuletzt kam das Pferd, auf seinem Rücken eine zusammengekauerte kleine Gestalt.

Leaphorn trat hinter dem Busch hervor.

«*Ya-ta-hey!*» rief er. «Cecil?»

9
Dienstag, den 2. Dezember, 22 Uhr 15

Zwei Stunden später war Leaphorn wieder in Zuñi. Cecil vertraute er der Obhut eines jungen Franziskanerpaters von der Saint Anthony's School an. So behutsam wie möglich hatte Leaphorn dem Jungen beigebracht, daß jemand seinem Vater auf den Kopf geschlagen habe und daß Shorty Bowlegs nun tot sei. Die Nachricht von dem Mord hatte Leaphorn per Funk an die New Mexico State Police durchgegeben, und der Empfänger der Mitteilung hatte versprochen, die Zuñi-Polizei und das Büro des McKinley County Sheriffs zu informieren. Dadurch war sichergestellt, daß die Routinemaßnahmen vorschriftsmäßig durchgeführt wurden, obwohl Leaphorn davon überzeugt war, daß derjenige, der Shorty Bowlegs umgebracht hatte, nicht so dumm war, der Polizei bei einer Straßenkontrolle in die Arme zu laufen. Nachdem er seinen dienstlichen Obliegenheiten nachgekommen war, hatte Leaphorn dem kleinen Cecil beim Absatteln seines Pferdes geholfen und dafür Sorge getragen, daß alle Schafe in der Koppel unterhalb des Hogans sicher untergebracht waren. Cecil hatte im Wagen gewartet, während Leaphorn noch einmal in die Hütte zurückgegangen war, um das Bettzeug des Jungen und ein paar Kleidungsstücke zu holen.

«Ich habe keine Hose gefunden», sagte Leaphorn zu dem Jungen, als er wieder bei ihm im Wagen saß.

«Ich hab nur die, die ich gerade trage», sagte Cecil.

«Möchtest du noch irgendwelche anderen Sachen mitnehmen?»

Cecil blickte zurück zum Hogan. Leaphorn hätte gerne gewußt, was der Junge in diesem Augenblick dachte. Vor zwei Stunden, als er gegangen war, um die Schafe in den Stall zu holen, war dieses dunkle Etwas dort im Schatten der Nacht noch sein Zuhause gewesen. Ein warmes Zuhause. Bewohnt von einem Mann, der – betrunken oder nicht – sein Vater gewesen war. Nun war der Hogan kalt, erschien ihm feindselig, nicht mehr von Shorty, sondern nur noch von seinem Geist bewohnt.

«Vielleicht sollten wir auch die Sachen von George mitnehmen», sagte Cecil. Er schwieg einen Augenblick und meinte dann: «Glaubst du, daß der Geist schon in die Sachen von George gefahren ist? Und dann hab ich auch noch eine Frühstückstasche. Sollen wir die hierlassen?»

«Ich hol die Sachen. Und morgen werden wir jemanden herschicken, der sich um den Toten kümmert und den Hogan aufräumt. Dann hat der Geist nichts, in das er hineinfahren kann.»

«Dann hol mir nur meine Frühstückstasche», sagte Cecil. «Das ist alles, was ich habe.»

Als Leaphorn allein in der Hütte war und nach der Tasche suchte, fiel ihm ein, daß sich der Tod von Shorty Bowlegs zu einer komplizierten Angelegenheit entwickeln würde. Es gab keine Verwandten, die sich um die Bestattung kümmern konnten, und es war niemand da, der ein Loch in die Wand des Hogans schlagen würde, damit der Geist entweichen konnte. Und wer sollte die Tür vernageln? Wer sollte sich – was noch viel wichtiger war – um die Hinterbliebenen kümmern, sich mit der Liebe und Sorge von Onkel und Tanten um ein Kind bemühen, ihm ein neues, warmes Zuhause und Geborgenheit im Schoß einer neuen Familie verschaffen? Die Leute, die dafür in Betracht kamen, mußten sich irgendwo innerhalb der Ramah-Reservation befinden. Nur Shortys Familie kam in Frage, denn Cecils Mutter war böse gewesen. Sicher würde man im Gemeindehaus von Ramah wissen, wo diese Verwandten aufzufinden waren. Danach blieb es Leaphorn dann noch überlassen, Cecils großen Bruder aufzuspüren.

Im Innern des Hogans fand Leaphorn erstaunlich wenig Hinweise auf George. Ein Hemd, das selbst für George zu zerlumpt war, um noch von ihm getragen zu werden, und ein paar andere Sachen, die für den Jungen keinerlei Nutzen mehr haben konnten. Sonst nichts. Leaphorn schloß aus dem Fehlen der persönlichen Habe von George sowie aus der Abwesenheit des zweiten Pferdes, daß George an dem Tag, als das Pferd die alten Spuren verursacht hatte, zum Hogan gekommen war. Das war gestern gewesen, einen Tag nachdem Ernesto Cata gestorben war. George hatte also seine Sachen und das Pferd geholt. Vermutlich kurz nach dem vergeblichen Besuch Leaphorns bei Shorty Bowlegs.

Auf dem Weg hinaus sah Leaphorn das, was Cecil als seine einzige Habe bezeichnet hatte. Es war eine Lunchbox von der Art, wie sie in den Billigläden verkauft wurden. Den gelben Deckel verzierte ein Abziehbild von Snoopy auf einer Hundehütte. Leaphorn hob die Plastiktasche auf. Sie enthielt etliche Seiten loses Schreibpapier, die früher einmal sauber zusammengefaltet, jetzt aber zerknittert und fleckig waren. Jemand hatte die Schulutensilien durchsucht und unordentlich wieder zurück in die Tasche gesteckt. Das obere Blatt war mit Rechenaufgaben beschrieben, die in roter Tinte mit der Zensur « GUT» versehen worden waren. Der nächste Bogen war ein Vordruck für Aufsätze. Über dem Wort «Aufsatz» klebte ein kleiner goldener Papierstern.

Leaphorn faltete die Bogen wieder zusammen. Die Plastikbox enthielt noch weitere Dinge: Einen kleinen blauen Ball mit einem Stück Gummiband daran, eine Zündkerze, einen hufeisenförmigen Magneten, etwas Kupferdraht, säuberlich um ein Stöckchen gewickelt, ein Aspirinröhrchen, in dem etwas war, das wie schmutzige Metallspäne aussah, das Rad eines Spielzeugautos und eine Figur, die etwas größer war als Leaphorns Daumen. Die Figur hatte die Form eines Maulwurfs und war aus einem Stück Hirschhorn geschnitzt. Auf dem Kopf des Maulwurfs war mit zwei dünnen Lederschnüren eine kleine Pfeilspitze befestigt. Zweifellos handelte es sich um einen Fetisch, möglicherweise um einen von jenen Puppen, wie sie die Bruderschaft der Zuñi-Medizinmänner verwendeten. Auf alle Fälle war es kein Navajo-Fetisch.

Als Leaphorn zum Kombi zurückkehrte, saß Cecil auf dem Beifahrersitz und blickte durch die Windschutzscheibe. Wortlos nahm er die Lunchbox entgegen und legte sie auf seinen Schoß. Der Wagen rumpelte am Hogan vorüber, aber Cecil sah immer noch starr geradeaus.

«Für heute nacht kannst du in der Saint Anthony's Mission bleiben», sagte Leaphorn. «Dann mache ich mich auf die Suche nach George, und wenn ich ihn gefunden habe, bringe ich euch alle beide weg von hier. Am besten ist wohl, ich schaffe euch zu der Familie eures Vaters. Natürlich nur, wenn du damit einverstanden bist.»

«Sicher», sagte Cecil. «Woanders können wir nicht hin.»

«Wo hast du den Fetisch her?»

«Was für einen Fetisch?»

«Den kleinen Maulwurf aus Hirschhorn.»

«Den hab ich von George.»

«Wie sieht denn euer anderes Pferd aus?»

«Das andere Pferd? Das ist ein Rotbrauner, ein großer mit weißen Stiefeln.»

«Als George hier war, um das Pferd zu holen, was hat er da noch mitgenommen?»

Cecil antwortete nicht. Seine Hände schlossen sich um die Plastikbox.

«Hör zu!» sagte Leaphorn. «Wenn er das Pferd nicht mitgenommen hat, wer war es dann? Und wer hat die Sachen abgeholt? Meinst du nicht auch, daß es besser wäre, wenn wir ihn jetzt fänden? George ist in großer Gefahr. Denk mal einen Augenblick darüber nach!»

Leaphorn legte den zweiten Gang ein. Sie fuhren jetzt wieder auf dem Karrenweg. Der Sturm war noch heftiger als zuvor, aber es hatte aufgehört zu schneien. Der Wind rüttelte am Wagen und hüllte ihn in rote Staubwolken. Cecil begann sich plötzlich zu schütteln. Leaphorn legte seine Hand auf die Schulter des Jungen.

«Gestern abend hat er das Pferd geholt», sagte Cecil so leise, daß Leaphorn ihn kaum verstehen konnte. «Es war gerade dunkel geworden – kurz nachdem wir miteinander gesprochen hatten. Mein Vater hat geschlafen, und ich bin rausgegangen, um nach den Schafen zu sehen. Als ich wiederkam, war das Gewehr weg, und ich hab den Zettel gefunden.» Cecil blickte immer noch starr geradeaus. Seine Hände hielten die Lunchbox so fest umschlossen, daß die Knöchel weiß hervortraten. «Ich glaube, sein Messer hat er auch noch mitgenommen, und das Zeug, das er in seiner Ledertasche aufbewahrt hat. Außerdem einen halben Laib Brot.»

Cecil schwieg. Er hatte gesagt, was er wußte.

«Wohin wollte er denn gehen?»

«Der Zettel ist hier drin bei meinen anderen Sachen», sagte Cecil. Er öffnete die Frühstückstasche und kramte darin herum. «Ich dachte, ich hätte ihn hier reingetan», fügte er hinzu. Er verschloß die Tasche wieder. «Na ja, ich weiß jedenfalls noch das meiste von dem, was auf dem Zettel stand. George hat gesagt, daß er mir nichts Genaues erklären könnte, aber er müßte unbedingt nach irgendwelchen Kachinas suchen, um sich mit denen zu unterhalten. Den Namen von dem Ort, wo er hin wollte, konnte er nicht aussprechen, aber er fing mit K an. Und als er fort ritt, sagte er noch, daß er ein paar Tage weg bleiben würde, bei diesen Kachinas da. Und wenn er mit denen nicht klarkommen würde, dann müßte er zum Shalako-Fest in Zuñi gehen, und danach würde er wieder nach Hause kommen. Und ich soll mir keine Sorgen machen seinetwegen.»

«Hat er was über Ernesto Cata gesagt?»

«Nein.»

«Und wo er nach diesen Kachinas suchen wollte, hat er auch nicht gesagt?»

«Nein.»

«War das denn nun wirklich alles, was er gesagt hat?»

Cecil antwortete nicht gleich. Leaphorn sah ihn von der Seite an. Die Augen des Jungen waren feucht.

«Nein», flüsterte Cecil. «Er hat noch gesagt, ich soll mich um Dad kümmern.»

10
Mittwoch, den 3. Dezember, 10 Uhr

Leaphorn versuchte seine Gedanken auf die Zusammenhänge in der Sache Ernesto Cata und Shorty Bowlegs zu konzentrieren. Welcher Art waren die Zusammenhänge? Was hatte der Tod eines knapp dreizehnjährigen Zuñis mit dem Mord an einem Trunkenbold zu tun? Leaphorn fühlte sich abgelenkt. Da sprach dieser Mann vom FBI. Und dann schwirrte wieder eine Fliege herum im Büro der Polizei von Zuñi. Draußen, auf der Nationalstraße 53, kurvte ein Laster durch die Gegend, dessen Getriebe hörbar defekt war.

Die Stimme von FBI-Agent John O'Malley übertönte die anderen ablenkenden Geräusche. Leaphorn zog die Augenbrauen in die Höhe, damit der FBI-Mann auch ganz sicher war, daß der Navajo-Polizist ihm zuhörte.

«... muß man nur genug Leute fragen», sagte O'Malley gerade. «Wir neigen zu der Annahme, daß man irgendwann immer einmal auf irgend jemanden stößt, der irgend etwas Wichtiges gesehen hat. Es ist nur eine Frage der Geduld...»

Leaphorn fühlte sich schon wieder abgelenkt. Warum, mußte er denken, waren FBI-Männer so oft wie dieser O'Malley? Leaphorn sah, daß der weiße Mann, der hinter O'Malley saß, die Geste mit den Augenbrauen bemerkt und so gedeutet hatte, wie sie gemeint war. Er bedachte Leaphorn mit einem freundlichen, mitfühlenden Grinsen. Dieser Mann war etwa fünfzig und hatte ein rosafarbenes, sommersprossig-schlaffes Gesicht, das Leaphorn irgendwie an die gespielte faltige Gleichgültigkeit eines Jagdhundes erinnerte. O'Malley hatte ihn schlicht als «Agent Baker» vorgestellt. Zweifellos hatte O'Malley damit den Eindruck erwecken wollen, auch Baker sei ein FBI-Mann. Aber Leaphorn war schon zuvor zu dem Schluß gekommen, daß Baker kein Mitglied des Federal Bureau of Investigation sein konnte. Er sah nicht so aus. Er hatte schlechte, bräunlich verfärbte Zähne und machte überhaupt einen ziemlich schlampigen Eindruck. Hinzu kam, daß sich hinter dieser vielleicht gewollten Fassade eine überaus wache Intelligenz zu verbergen schien – Eigenschaften, die nach Leaphorns Erfahrungen einer Aufnahme in das FBI im allgemeinen im Wege standen. FBI-Männer hatten immer so auszusehen wie dieser O'Malley: zackiger Haarschnitt, sauber gewaschen, durchtrainiert und unbehindert von lästiger Intelligenz.

O'Malley redete immer noch. Leaphorn versuchte unterdessen, diesen Baker einzuordnen. Irgendwo war er dem Mann schon mal begegnet. Richtig, das war's. Er hatte Baker nach der Autopsie an einem Navajo, der als Rodeo-Reiter auftrat und an einer Überdosis Heroin gestorben war, kennengelernt. Baker hatte an der Besprechung über den Fall teilgenommen, nachdem er – schlampig gekleidet und offenbar irgendwie belustigt – einen Ausweis vorgezeigt hatte, der bewies, daß er ein Sheriff vom Justice Department's Bureau of Narcotics and Dangerous Drugs war, genauer gesagt von der Drogenüberwachungsabteilung. Diese Begegnung lag allerdings schon lange zurück. Danach waren Gerüchte im Umlauf gewesen, denen zufolge Baker damals einen großen Coup gelandet hatte. Ein ganzer Rauschgiftring war angeblich durch ihn aufgeflogen, und er galt seither als sehr viel cleverer und rücksichtsloser, als sein gutmütiges Aussehen vermuten ließ.

Dieser Baker war also ein Rauschgiftspezialist. Was hatte es zu bedeuten, wenn sich dieser anerkannte Experte in die Mordfälle Cata und Bowlegs einschaltete? Und warum hatte O'Malley vor den anwesenden Polizisten des Distrikts nichts darüber verlauten lassen, daß Baker ein Drogenspezialist war? Oberflächlich betrachtet ließen sich beide Fragen leicht beantworten. Baker war eingeschaltet worden, weil irgendeine Bundesbehörde den Verdacht hegte, daß bei der Affäre Cata/Bowlegs Rauschgift mit im Spiel war. Und O'Malley hatte Baker darum nicht ordnungsgemäß vorgestellt, weil er nicht wollte, daß die örtlichen Polizeidienststellen darüber informiert waren, mit welchen Spezialaufgaben Baker betraut war. Aber aus diesen Antworten ergaben sich neue Fragen für Leaphorn. Warum war bei der Bundesbehörde der Verdacht auf eine Rauschgiftaffäre entstanden? Und welcher der diversen örtlichen Polizeidienststellen glaubte man nicht trauen zu können?

Leaphorn wandte seine Aufmerksamkeit wieder dem FBI-Mann zu. «... falls es irgendwelche äußerlichen Hinweise gibt, die uns in diesem Fall weiterhelfen, dann werden wir sie auch finden», sagte O'Malley. «Irgendwas gibt es ja immer. Eine Kleinigkeit. Aber Sie kennen sich in dieser Gegend hier besser aus als wir – und Sie kennen die Bewohner dieses Landstriches...» O'Malley war ein ausgesprochen gut aussehender Mann. Markiges Kinn, schmaler Schädel, nicht so ungesund bleich wie die meisten Weißen, von der Sonne heller getöntes Haar, hinter schmalen Lippen perlweiße Zähne. War er ein so grüner Junge, daß er glaubte, keiner der Anwesenden würde den wahren Auftrag von diesem Baker erahnen? Oder war es seine Arroganz, die es ihm gleichgültig erscheinen ließ, ob einer der hier versammelten Männer seine beleidigende Ignoranz durchschauen würde?

Leaphorn beobachtete Pasquaanti, der dem FBI-Mann mit gelassenem, unergründlichem Interesse zuhörte. Sein Mienenspiel verriet Leaphorn überhaupt nichts. Er war eben ein Zuñi. Highsmith saß hingelümmelt auf seinem Stuhl, spielte mit seiner Uniformmütze und hielt den Kopf so, daß Leaphorn seine Augen nicht sehen konnte. Das ernste alte Gesicht von Orange Naranjo war dem Fenster zugewandt. Sein Blick verriet seine Unruhe, aber auch, wie sehr er sich von dem Vortrag des FBI-Mannes angeödet fühlte. Leaphorn sah, daß Naranjo seinen Blick immer wieder zu Baker hinüberwandern ließ. Naranjo weiß also auch Bescheid über Baker, dachte Leaphorn. Naranjos Job war es, auf Anforderung von O'Malley die weitere Umgebung der Zuñi-Reservation abzuklappern, sich mit Ranchbesitzern, Straßenarbeitern und anderen Leuten, die irgend etwas wahrgenommen haben könnten, zu unterhalten. Leaphorn fragte sich, wie gewissenhaft Naranjo seinem

Auftrag wohl nachgehen würde. «Uns interessiert, ob Fremde beobachtet wurden, oder ob ungewöhnliche Vorgänge registriert wurden, etwa tieffliegende Flugzeuge oder weiß der Himmel, was sonst noch...»

«Yeah», sagte Naranjo.

«Jetzt, in dieser Jahreszeit, würden Fremde in dieser Gegend sofort auffallen», sagte O'Malley. Leaphorn war neugierig, wie Naranjo auf diesen dummen Spruch reagieren würde.

«Yeah», sagte Naranjo nur und gab sich leicht überrascht.

O'Malleys Blick richtete sich auf Leaphorn. Schon vorher hatte der FBI-Mann zu erkennen gegeben, daß er mit Leaphorns Handlungsweise nicht so recht einverstanden war. Leaphorn hätte den Hogan nicht durchsuchen sollen, nachdem er Bowlegs' Leiche gefunden hatte. Er hätte auch nicht heute morgen bei Tagesanbruch zum Hogan zurückkehren dürfen, um – vergeblich – nach Reifenspuren, Fußabdrücken und anderen Hinweisen zu suchen, soweit sie der nächtliche Sturm nicht verweht hatte. Leaphorn hätte sich sofort nach Auffinden der Leiche mit äußerster Vorsicht zurückziehen und die weitere Arbeit den Experten überlassen müssen. Das alles war zwar nicht mit dieser Deutlichkeit ausgesprochen worden, aber es war herauszuhören gewesen aus den Fragen, mit denen O'Malley den knappgefaßten mündlichen Bericht Leaphorns immer wieder unterbrochen hatte.

«Wir, Baker und ich, werden uns jetzt zu dem Hogan von Bowlegs begeben», sagte O'Malley. «Mal sehen, ob wir nicht ein paar Fingerabdrücke finden, mit denen das Labor etwas anfangen kann. Sie können uns helfen, Lieutenant, indem Sie sich mal bei Ihren Leuten hier in der Gegend umhören. Vielleicht finden Sie ja doch noch etwas heraus. Genauso wie Naranjo. Ist das klar?»

«Ist klar», sagte Leaphorn.

O'Malley ging zur Tür, blieb aber dann noch einmal stehen. «Wir würden uns sehr gerne mal mit George Bowlegs unterhalten», sagte er zu Leaphorn.

Das Schweigen nach dem Abgang von Baker und O'Malley währte bestenfalls zehn Sekunden. Highsmith stand auf, reckte sich und setzte seine Mütze auf.

«Schöne Scheiße», sagte er. «Jetzt kann ich meinen abgeschlafften Körper wieder hinters Steuerrad klemmen und den Laufjungen spielen für diese Pisser vom Eff-Bi-Ei.» Grinsend wandte er sich an Naranjo. «Jetzt, in dieser Jahreszeit, würden Fremde in dieser Gegend sofort auffallen. Auf die Idee wärst du sicher nie von alleine gekommen, was, Naranjo?»

Naranjo verzog das Gesicht. «Was soll's», sagte er. «Vielleicht ist der Kerl ganz in Ordnung, wenn man ihn näher kennenlernt.»

Highsmith hatte schon den Türgriff in der Hand, als er sagte: «Weiß einer von euch vielleicht, warum sich dieser Typ vom Rauschgiftverein mit diesem Fall befaßt?»

Leaphorn lachte.

«Willst du damit sagen, dieser Baker ist gar nicht vom Finanzamt?» fragte Naranjo.

«Das habe ich mich auch gefragt», sagte Pasquaanti. «Wie ein FBI-Mann sieht Baker jedenfalls nicht aus.» Er schwieg für einen Augenblick und fügte dann hinzu: «Jetzt möchte ich nur noch wissen, warum O'Malley uns nicht gesagt hat, wer Baker wirklich ist.»

«Die haben eben rausgekriegt, daß ihr Zuñis einen Handelsvertrag mit den Türken über die exklusive Belieferung mit Opium und Haschisch abgeschlossen habt», sagte Highsmith. «Und jetzt soll keiner wissen, daß sie schon hinter euch her sind.»

«Es ist eben doch richtig, was schon mein Daddy immer gesagt hat», meinte Pasquaanti. «Trau keiner verdammten Rothaut. Stimmt's, Lieutenant?»

«Stimmt», sagte Leaphorn. «Traurig für General Custer, daß er deinen Daddy nicht gekannt hat.»

Draußen schien die Sonne herab aus dunkelblauem Himmel. Es war windstill, kalt und sehr trocken.

Pasquaanti stand gegen die Tür gelehnt. Naranjo kletterte in seinen Wagen. «Na, dann will ich mal...» begann er. Der Rest seiner Worte ging unter im Motorengedröhn, als Highsmith seine Maschine in elegantem Bogen auf die Straße lenkte.

Leaphorn startete seinen Kombi und fuhr hinterher, in östlicher Richtung bis zu der Kreuzung, wo der Weg begann, der zu einer Kommune führte, die Jason's Fleece hieß. Er hatte O'Malley und Pasquaanti von der Nachricht erzählt, die George auf den Zettel geschrieben und für Cecil hinterlassen hatte. O'Malley hatte sich nicht interessiert gezeigt. Pasquaanti war nachdenklich geworden, hatte schließlich den Kopf geschüttelt und gesagt, er habe gehört, daß George Bowlegs ein ziemlich verrückter Bursche sei, aber weiter hatte Pasquaanti sich nicht geäußert. Leaphorn beschloß, Susanne von der Nachricht zu erzählen und sich dann mit Isaacs darüber zu unterhalten. Er hoffte, auf diese Weise zumindest einen kleinen Hinweis darauf zu erhalten, wo er nach George zu suchen hatte. Das grobe Profil der Geländereifen an seinem Wagen wirbelte ganze Wolken von rötlichem Staub auf, als er in den Weg einbog, der zur Kommune führte. Dieser verrückte George Bowlegs, dachte Leaphorn, macht Jagd auf seine Kachina, während ganz ohne Zweifel jemand hinter ihm herjagte. Joe Leaphorn, den im allgemeinen so schnell nichts aus der Ruhe bringen konnte, hatte es plötzlich sehr eilig.

11
Mittwoch, den 3. Dezember, 12 Uhr 15

Ein junger Mann mit einer Haut, die sich vom Sonnenbrand schälte, und mit blondem Haar, das hinten zu einem Knoten zusammengebunden war, arbeitete mit einem tragbaren Schweißgerät in dem alten Schulbus der Kommune. Der Lärm seines Schweißbrenners hatte die Geräusche übertönt, die Leaphorns Dienstkombi verursacht hatte. So kam es, daß der junge Mann ziemlich überrascht war, als er den Polizisten sah.

«Sie hat zu tun», sagte er zu Leaphorn. «Ich glaube, sie ist gerade nicht da. Was wollen Sie denn von ihr?»

«Nur eine Privatsache», sagte Leaphorn freundlich. «Es sei denn, Sie sind mit George Bowlegs befreundet. Wir versuchen nämlich herauszufinden, wohin der Junge sich verdrückt haben kann.» Hinter dem Mann mit dem Knoten im Haar bewegte sich die Wolldecke, die vor dem Eingang zu dem Hogan hing, der dem Geist von Alice Madman gehörte. Ein Gesicht erschien, starrte Leaphorn an und verschwand wieder. Sekunden später schob Halsey die Decke zur Seite und trat hinaus ins Freie.

«Sie sind ein Bulle», sagte der Mann mit dem Knoten im Haar.

«Das kann man ja ziemlich deutlich erkennen», sagte Leaphorn und zeigte auf das Signum der Navajo-Polizei an seiner Wagentür. «Ich bin ein Navajo-Bulle.» Er sprach so laut, daß Halsey ihn verstehen konnte.

«*Ya-ta-hey*», sagte Halsey. «Tut mir leid, aber dieser Junge, hinter dem Sie her sind, ist nocht nicht wieder hier gewesen.»

«Na schön», sagte Leaphorn. «Dann werde ich mich noch ein bißchen mit Susanne unterhalten. Mal sehen, ob ich nicht doch noch irgend etwas Neues von ihr erfahren kann.»

«Sie weiß nichts», sagte Halsey. «Hier vergeuden Sie nur Ihre Zeit.»

«Das macht nichts», sagte Leaphorn. «Immer noch besser als zuviel Arbeit. Was reparieren Sie denn da an dem Bus?» Die Frage hatte er an den Mann mit dem Knoten im Haar gerichtet. Der Mann starrte ihn wortlos an.

«Ein Sitz ist lose», sagte Halsey.

«Das ist ja toll», sagte Leaphorn. «Sie schweißen den Sitz fest, statt ihn anzuschrauben?» Er ging auf die Bustür zu.

Der Mann mit dem Knoten im Haar stellte sich vor den Buseinstieg und versperrte Leaphorn den Weg. Er zog die Hände aus den Taschen seines Overalls und ließ sie lose herunterbaumeln. Leap·horn blieb stehen.

«Ich hab nur eines im Sinn», sagte er zu Halsey. «Alles, was ich will, ist ein Gespräch mit Susanne, damit wir vielleicht doch noch eine Spur finden, die uns zu dem Jungen führt. Aber wenn Susanne nicht da ist, kann ich mir ja die Zeit damit vertreiben, indem ich mich hier mal ein bißchen umschaue.» Er richtete den Blick auf den Mann mit dem Knoten im Haar. «Anfangen werde ich mit dem Bus hier», fügte er mit sanfter Stimme hinzu.

«Ich glaube, sie ist drüben bei der Windmühle», sagte Halsey. «Ich bring Sie rüber.»

Der Pfad schlängelte sich etwa 150 Meter die ausgewaschene Senke hinunter und dann über Geröll und Kies wieder hinauf bis zum Fuß der Steilwand, von der aus Leaphorn vor zwei Tagen die Kommune beobachtet hatte. Unmittelbar unterhalb der Steilwand war eine eben gelegene, geschützte Stelle, in deren Zentrum Schafzüchter vor vielen Jahren einmal einen Brunnen gebohrt hatten, um für ihre Herde ein paar Tropfen Wasser aus dem trockenen Steinboden herauszuholen. Neben dem Wassertank stand ein Olivenbaum, an dessen Ästen Hemden, Jeans und Overalls zum Trocknen aufgehängt waren. Susanne saß im Schatten des Baumes und blickte den beiden Männern ruhig entgegen.

«Haben Sie ihn gefunden?» fragte sie Leaphorn. «Ist George nach Hause gekommen?»

«Nein. Ich bin hier, weil ich gerne noch einmal über alles mit Ihnen sprechen wollte. Ich hoffe, dabei ergibt sich doch noch der eine oder andere Anhaltspunkt.»

«Ich fürchte, ich weiß nicht mehr als das, was ich Ihnen schon gesagt habe.» Sie schüttelte den Kopf. «Mehr hat er mir einfach nicht erzählt.»

«Das habe ich Ihnen doch gleich gesagt», meinte Halsey.

Leaphorn kümmerte sich nicht um den Hippie. «Am Montag haben Sie mir berichtet, George habe sich bei Ihnen erkundigt, ob Sie etwas von der Zuñi-Religion wüßten», sagte Leaphorn. «Mich interessiert, ob Sie sich noch an ein paar Einzelheiten von diesem Teil Ihres Gesprächs mit George erinnern.»

Halsey lachte.

«Nein. Nein, daran kann ich mich nicht erinnern.» Ihr Blick suchte Halsey, der hinter Leaphorn stand. «Ich weiß nur noch, daß er mich gefragt hat, ob ich irgend etwas wüßte, und ich habe ihm das bißchen erzählt, das ich von dem kleinen Ted erfahren hatte. Ich würde Ihnen helfen, wenn ich könnte.»

«Das wär's dann wohl», sagte Halsey. Vorwärts, Navajo-Polizist, gehen wir!»

Leaphorn drehte sich um. Halsey stand, die Hände in den Taschen seines Army-Anoraks vergraben, hinter ihm mit einem Gesichtsausdruck, der gleichermaßen Belustigung und Unverschämtheit widerspiegelte. Er war ein kräftiger Mann, groß und breitschultrig. Leaphorn war wütend, und er zeigte es.

«Ich sag das nur einmal. Susanne und ich werden uns für ein Weilchen unterhalten, ohne von Ihnen unterbrochen zu werden . Wir können hier miteinander reden, oder im Büro des Sheriffs in Gallup. Und wenn wir nach Gallup fahren, dann kommen Sie mit, und den Kadaver von dem erlegten Hirsch nehmen wir auch mit. Der Besitz eines frisch geschossenen Rotwildes außerhalb der Jagdsaison kann Sie 300 Dollar und ein paar Wochen Gefängnis kosten. Und wenn Sie wieder rauskommen, dann schlepp ich Sie nach Window Rock, und dann erklären Sie mal den Stammesleuten da, was Sie eigentlich auf Navajo-Gebiet zu suchen haben ohne Erlaubnis.»

«Schon gut», sagte Halsey. Er sah Susanne lange und durchdringend an, machte kehrt und ging schnellen Schrittes in Richtung auf die Kommune davon.

«Aber ich kann mich immer noch nicht an weitere Einzelheiten erinnern», sagte Susanne.

Leaphorn lehnte sich gegen die Felswand und sah Halsey nach, bis er außer Sichtweite war. «Wie kann den überhaupt jemand finden?» fügte Susanne ihren Worten hinzu. «Entweder er ist für immer weggelaufen oder er wird bald nach Hause kommen. Sie haben mir doch was von dem kalten Wetter erzählt.» Sie sah ihn trotzig an. «Ich glaube nicht daran, daß George erfriert. Wenn die Füchse und die Präriehunde nicht erfrieren, dann kommt auch George durch. Der ist nämlich in der Wildnis genauso zu Hause wie die Viecher. Was Sie mir da erzählt haben, war doch der blanke Unsinn, oder etwa nicht? Nur damit ich den Mund aufmache.»

«Ja, ich wollte, daß Sie über ihn sprechen», sagte Leaphorn. «Und nach allem, was ich gehört habe, ist George ein schlaues, hartes Kerlchen. Aber Tatsache ist auch, daß im letzten Winter elf Menschen erfroren sind hier bei uns. Ein paar von ihnen waren alt, einer war krank, und einer ist vom Pferd gefallen. Aber die anderen waren kräftige, gesunde Männer. Nichts weiter als zuviel Kälte, zuviel Schnee, zu weit bis zum nächsten Unterschlupf.»

«Die waren bestimmt betrunken», sagte Susanne.

Leaphorn mußte lachen. «Na gut, wenn Sie's so genau wissen – also, drei von denen waren betrunken. Ich würde mir um George auch nicht so viele Sorgen machen, wenn er ausreichend Lebensmittel bei sich hätte. Wenn es nicht am Hunger liegt und nur am Schneesturm, dann genügt es ja, wenn er ein Feuer im Gang hält.»

«Ach, der wird sich schon was zu essen beschaffen», sagte Susanne. «Unseren Hirsch hat er ja auch geschossen. Er ist bestimmt ein sehr guter Jäger. Schon als kleiner Junge hat er seine Familie mit Fleisch versorgt. Und was der alles über Rehe und Hirsche weiß!»

«Was denn zum Beispiel?»

«Zum Beispiel... so genau weiß ich das nicht mehr. Was war das noch gleich?» Sie legte den Finger an die Nasenspitze, dachte angestrengt nach. «Nun, er hat mir erzählt, daß die Rehe und Hirsche ihre Augen so weit an der Seite haben, daß sie viel besser nach hinten sehen können als wir Menschen. Bis auf einen kleinen toten

Winkel können sie alles, was hinter ihnen geschieht, mit den Augen wahrnehmen, ohne den Kopf zu drehen. Aber farbenblind sind sie auch, und... was war das noch... ach ja, Hirsche haben Schwierigkeiten mit dem Erkennen von Umrissen und so, sie können im Gegensatz zu uns nicht dreidimensional sehen. Wenn ich George richtig verstanden habe, dann können die Tiere jede Bewegung, jede Lichtveränderung sehr viel genauer wahrnehmen als wir, aber sie sehen alles nur flach, zweidimensional. Er hat mir erzählt, daß er einmal in einer Entfernung von höchstens 50 Metern zwei Hirschen gegenübergestanden hat, und sie haben sich nicht von der Stelle gerührt und ihn nur angestarrt. Und dann, nur um sie zu testen, hat er den Mund geöffnet, und die Tiere sind davongerannt.»

«Stimmt», sagte Leaphorn vage. «Sie sind ziemlich weitsichtig.»

«Deshalb glaube ich auch, daß er keine große Mühe haben wird, sich einen Hirsch oder ein Reh zu schießen, wenn er hungrig ist.»

«Womit denn?»

«Hat er sich nicht das Gewehr seines Vaters geholt?»

«Hat er denn gesagt, daß er das tun wollte?»

Susannes Gesichtsausdruck verriet Leaphorn, daß sie mehr gesagt hatte, als sie eigentlich wollte. «Vielleicht hat er eine Andeutung gemacht», sagte sie gedehnt. «Vielleicht habe ich das auch nur als selbstverständlich vorausgesetzt.»

«Hat er Ihnen sonst noch was über die Jagd erzählt?»

«Eine ganze Menge. Er hat Ernesto beigebracht, wie man jagt, und Ernesto hat ihm dafür gezeigt, wie die Zuñis jagen. Vermutlich gibt es da gewisse Unterschiede. Jedenfalls haben sie sich sehr viel über die Jägerei unterhalten.» Sie verzog das Gesicht. «Dabei habe ich zwangsläufig mehr über die Jagd gelernt, als ich eigentlich wissen muß.»

Sie sieht müde und abgehärmt aus, dachte Leaphorn. Was zum Teufel hatte sie hier bei diesem wilden Volk zu suchen? Sie war viel zu jung dafür. Warum kümmern sich die Weißen nicht besser um ihre Kinder? Dann fiel ihm George Bowlegs ein, und er dachte: Warum kümmern die Navajos sich nicht besser um ihre Kinder?

«Sie meinten, Ernesto habe George beigebracht, wie die Zuñis jagen», sagte Leaphorn. «Um was ging es dabei im einzelnen?»

«Vielleicht haben sie ja auch nur Spaß gemacht», sagte Susanne. «Ich glaube, es geht dabei um irgend etwas Religiöses. Die Zuñis haben ein Gedicht, ein kleines Lied. Man soll es singen, wenn man hinter einem Hirsch her ist. George hat versucht, sich den Text in der Zuñi-Sprache einzuprägen, aber das war nicht einfach für ihn, weil er gerade erst begonnen hatte, die Zuñi-Sprache zu erlernen. Sie mußten das Gedicht für mich übersetzen, und ich habe den Text in mein Notizbuch geschrieben.»

«Kann ich das mal sehen?» fragte Leaphorn. Dieses Notizbuch würde er sich in der Tat gerne ansehen, und der FBI-Mann Baker auch, dachte Leaphorn. Was wohl sonst noch darin stehen mochte?

«Ach, ich erinnere mich auch so an einen Teil des Liedtextes.» Sie schwieg einen Augenblick, um sich zu sammeln.

«Deer, Deer, Strong Male Deer,
I am the sound you hear running in your hoofprints,
I following come, the sound of running.
Sacred Favors for you I bring.
My arrow carries new life for you.»

(Hirsch, Hirsch, starker männlicher Hirsch,
Ich bin das Geräusch, das du hörst und
das deinen Hufabdrücken folgt.
Ich bringe dir die heilige Gunst.
Mein Pfeil birgt in sich neues Leben für dich.)

Susanne unterbrach ihren mit leiser, melodischer Stimme gehaltenen Vortrag unversehens. Sie sah Leaphorn von der Seite an und errötete. «Das geht noch eine ganze Weile so weiter, aber vielleicht habe ich das alles auch nicht richtig verstanden. Und dann gibt es noch ein Gebet für den Moment, in dem der Hirsch zu Boden geht. Mann nimmt seinen Kopf in die Hände, preßt das Gesicht gegen die Nüstern des Hirsches und inhaliert seinen Atem. Dazu sagt man: ‹Vielen Dank, mein Vater. An diesem Tag habe ich den geheiligten Wind deines Lebens getrunken.› Ich finde, das ist sehr schön», fügte Susanne hinzu. «Ich glaube, die Zuñis haben wunderschöne...» Susanne verbarg ihr Gesicht in den Händen. «Ernesto war so fröhlich», sagte sie. «Fröhliche Menschen dürften nicht sterben.»

«Ja», sagte Leaphorn. «Der Tod sollte nur zu den alten Menschen kommen. Zu jenen, die müde sind und sich ausruhen wollen.» Susanne antwortete nicht. Sie saß mit gesenktem Kopf, die Hände vor dem Gesicht. Leaphorn sprach mit ruhiger Stimme weiter. Er erzählte dem Mädchen, welche Rolle der Tod im Mythos der Navajos spielte: Die heldenhaften Zwillinge Monster Slayer und Child Born of Water hatten sich mit den von der Sonne gestohlenen Waffen auf die Suche nach den Ungeheuern gemacht, um sie damit zu erschlagen – jene Ungeheuer, die den Tod in das Dinee, in das Volk trugen. Dann jedoch entschieden sie sich dafür, eines der Ungeheuer zu verschonen. «Wir nennen es Sa», sagte Leaphorn. «Mein Großvater hat mir die Geschichte so erzählt: Die heldenhaften Zwillinge fanden Sa schlafend in einem Erdloch. Born of Water wollte Sa mit der Keule erschlagen, doch Sa erwachte und bat die Zwillinge, ihn nicht umzubringen, damit jene, die vom Alter ausgemergelt und müde waren, sterben konnten und so Platz für die Neugeborenen schufen.» Leaphorn verfolgte eine bestimmte Absicht mit seiner Erzählung. Er wollte so lange weitersprechen, bis Susanne weinen konnte, ohne sich ihrer Tränen zu schämen. Sie weinte in Wirklichkeit nicht um Ernesto Cata, sondern um sich selbst und um George Bowlegs und all die verlorenen Kinder, um all die verlorene Unschuld. Und jetzt wischte sie sich mit dem Handrücken und dann mit dem Ärmel ihres überlangen Hemdes über das Gesicht.

Leaphorn fragte sich, wie alt das Mädchen sein mochte. Vermutlich noch nicht einmal zwanzig. Doch Susannes Alter war auf verwirrende Weise durcheinandergeraten. So grün wie der Frühling, so grau wie der Winter. Wie war sie hierher gekommen? Woher war sie gekommen? Warum hatte der weiße Mann nicht besser auf seine Tochter achtgegeben? Flüchtete er sich – wie Shorty Bowlegs – vor seinen Kindern in die Flasche?

«Ich hoffe, daß Ihnen all diese Geschichten über die Jägerei und so weiterhelfen», sagte Susanne. «Aber einen Zusammenhang kann ich eigentlich nicht erkennen. Ich meine, Sie sollten abwarten, bis er von alleine wieder nach Hause kommt.»

«Ach, das habe ich Ihnen gar nicht erzählt», sagte Leaphorn. «George hat kein Zuhause mehr. Vielleicht wußten Sie, daß sein Vater Alkoholiker war. Na ja, und nun ist er tot.»

«Mein Gott!» sagte Susanne. «Armer George. Er hat sich seines Vaters geschämt, weil er immer nur betrunken war. Aber er hat trotzdem an ihm gehangen. Das hat man ihm angemerkt. Er hat ihn richtig geliebt.»

«Cecil auch», sagte Leaphorn.

«Bei Trunksucht ist das eben was anderes», meinte Susanne nachdenklich. «Das ist, als ob der Vater krank sei. Er kann ja nichts dafür. Man liebt ihn dennoch, und alles ist nur halb so schlimm.» Sie hielt inne. Ihre Augen waren wieder feucht geworden, aber sie kümmerte sich nicht darum. «Jetzt hat der arme George niemanden mehr. Erst hat er Ernesto verloren, und jetzt auch noch seinen Dad.»

«Er hat noch einen Bruder. Er heißt Cecil und ist elf Jahre alt. Den Cecil hat er noch, aber solange wir George nicht gefunden haben, hat Cecil nichts von ihm.»

«Ich wußte gar nicht, daß er einen Bruder hat», sagte Susanne. «Seltsam, daß ich das von Ihnen erfahren muß. George hat nie über ihn gesprochen.» Sie sagte das in einem Tonfall, als erschiene ihr das ganze unglaubwürdig, als sähe sie George plötzlich in einem neuen Licht. Sie stand auf und steckte ihre Hände in die Taschen ihrer Jeans. Dann zog sie sie – unschlüssig und nervös – wieder heraus. Es waren kleine Hände, zierlich und ein wenig verschmutzt, mit abgebrochenen Fingernägeln. «Ich habe eine Schwester», sagte sie. «Im Januar wird sie vierzehn. Eines Tages werde ich sie zu mir holen.» Susannes Blick verlor sich in der Ferne. «Wenn ich mal etwas Geld habe, dann gehe ich zurück, warte vor der Schule während der großen Pause auf sie und nehme sie dann mit.»

«Um sie hierher zu bringen?»

Susanne sah ihn an. «Nein. Nicht hierher. Ich werde irgendeinen anderen Platz für sie finden.»

«Ist sie bei ihren Eltern nicht besser aufgehoben?»

«Ein Elternteil gibt es nur noch», korrigierte Susanne ihn. «Nein. Ich weiß nicht recht. Vermutlich nicht.» Sie hatte zuletzt mit leiser Stimme gesprochen, kaum hörbar. Jetzt sagte sie in normalem Tonfall: «Wenn Sie in Wahrheit selbst nicht daran glauben, daß George erfrieren könnte, dann suchen Sie ihn doch wohl, weil Sie ihn für den Mörder von Ernesto halten, nicht wahr? Oder jemand anders denkt, George hat Ernesto umgebracht.»

«Das ist möglich. Vielleicht glaubt man auch nur, George war in der Nähe, als es passiert ist, und hat etwas gesehen. Ich persönlich glaube, er kann mir eine ganze Menge erzählen und dadurch dazu beitragen, den Fall aufzuklären. Durch ihn kann ich sicher erfahren, warum es überhaupt zu dem Mord gekommen ist.»

«Ich kann mich an keine weiteren Einzelheiten erinnern», sagte Susanne. Sie warf Leaphorn einen Blick zu und betrachtete dann ihre Hände. Sie zog an ihren Hemdsärmeln, bis sie die Knöchel bedeckten, musterte ihre Fingernägel und versteckte sie dann, indem sie die Hände zu Fäusten ballte, und steckte die Fäuste in die Taschen. Sie ist viel zu dünn, dachte Leaphorn. Nichts als Haut und Knochen.

«Trotzdem muß ich ihn finden, auch wenn er nicht vom Kältetod bedroht wird. Abgesehen davon gibt es nämlich noch ein paar andere Probleme. Shorty Bowlegs ist tot, weil ihm gestern abend in seinem Hogan jemand den Schädel eingeschlagen hat. Wer immer auch der Täter war, er hat nach etwas Bestimmtem gesucht. Den ganzen Hogan hat er durchwühlt. Also gut. Jetzt strengen Sie mal Ihr Köpfchen an. Jemand bringt den jungen Cata um. Zwei Tage darauf erschlägt er den Vater von George und durchsucht jeden Winkel seines Hogans.» Leaphorn sah Susanne an. «Was halten Sie davon? Ich mache mir jedenfalls Sorgen um George. Zwei Morde, und George ist das einzige Bindeglied zwischen den beiden Verbrechen.»

«Shorty Bowlegs ist also ermordet worden. Und jetzt denken Sie, daß...»

Leaphorn zuckte die Achseln. «*Quién sabe?* Der Freund von George wird erschlagen. George verschwindet. Dann wird sein Vater erschlagen. Was kommt als nächstes? Das macht mich ganz schön nervös.»

«Ich wußte nicht, daß sein Vater ermordet wurde. Ich dachte, er sei nur so gestorben.»

«Nachdem George am Montag hier bei Ihnen gewesen war, ist er zum Hogan seines Vaters gegangen. Als Cecil Montag abend nach Hause kam, war das Pferd weg und das Gewehr. Außerdem fehlten ein paar Kleidungsstücke von George. Cecil fand einen Zettel, auf dem sein Bruder ihm eine Nachricht hinterlassen hatte. Er habe etwas mit einer Kachina oder mehreren Kachinas zu erledigen, stand auf dem Zettel. Das ganze würde ein paar Tage dauern. Wie ist es Susanne? Hat er, als er hier bei Ihnen war, irgend etwas darüber gesagt?»

Susanne dachte angestrengt nach. «Er hatte es sehr eilig. Das weiß ich noch genau. Er schwitzte, als sei er gerannt.» Sie schloß die Augen, versuchte sich zu konzentrieren. «Er bat darum, ihm ein bißchen Fleisch von dem Hirsch zu geben. Als Halsey nein sagte, sind George und ich aus dem Hogan gegangen. Dann begann George mich über den Glauben der Zuñis auszufragen.» Susanne öffnete die Augen wieder und sah Leaphorn an. «Das habe ich Ihnen ja schon erzählt, daß ich George nicht mehr gesagt habe als das bißchen, das ich von Ted erfahren hatte. Und dann fragte er mich, ob der Rat der Götter denen vergeben würde, die ein Tabu gebrochen haben. Aber darüber wußte ich nichts. Und dann erzählte er mir irgend etwas von einem Ballhaus, zu dem er gehen wollte, oder eine Tanzveranstaltung oder so was Ähnliches.» Sie schüttelte den Kopf. «Vielleicht habe ich ihn auch mißverstanden. Etwas in dieser Richtung hat er jedenfalls gesagt, aber ich konnte mir keinen Reim darauf machen.»

«Ballhaus? Das ist aber seltsam.»

«Ballhaus oder Ballsaal, das weiß ich noch genau. Ich erinnere mich deshalb daran, weil es sich so verrückt anhörte.»

«Ich werde mich mal erkundigen», sagte Leaphorn. «Noch etwas. Ich bin der Ansicht, Sie sollten nicht länger hier bleiben. Es ist zu gefährlich für Sie.»

«Warum?»

«Ich kann Ihnen das nicht genau erklären», sagte Leaphorn. «Nur so ein Gefühl. Wissen Sie, George hatte nicht allzu viele Menschen, die ihm nahestanden. Und jetzt sind zwei von ihnen tot. Bleiben noch Sie, und vielleicht Ted Isaacs, und das wär's dann auch schon.»

Es war mehr als nur ein Gefühl. Da war die Feindseligkeit von Halsey und von dem Mann mit dem Knoten im Haar, und im Hintergrund dieser grinsende Mr. Baker, der den Geruch von Heroin in der Nase hatte. Und dann die Bemerkung von O'Malley über tief fliegende Flugzeuge. Ob sich unter dem Deckmantel einer friedlichen Kommune ein Umschlagplatz für aus Mexiko eingeflogenes Rauschgift verbarg oder nicht, auf alle Fälle waren Drogen im Spiel. Ein Beweis dafür war der Zustand, in dem sich dieser Mann namens Otis befand. Lange konnte es nicht mehr dauern, bis Baker zuschlug.

«Übrigens», sagte Leaphorn. «Wie geht es Otis?»

«Der ist weg. Halsey hat ihn gestern zur Busstation in Gallup gebracht.»

«Ging es ihm denn besser?»

«Viel besser bestimmt nicht.» Sie machte ein nachdenkliches Gesicht. «Glauben Sie, daß Ted gefährdet ist?»

«Ich weiß nicht recht. Bei Shorty Bowlegs hätte ich es auch nicht angenommen. Entweder jemand hatte einen triftigen Grund für den Mord an ihm, oder er ist nur jemandem in die Quere gekommen, der hinter George her war. Um es deutlich zu sagen: Nach allem, was geschehen ist, bin ich in Sorge um jeden, der mit George zu tun hatte. Sie eingeschlossen.»

«Haben Sie Ted Isaacs gewarnt? Sie müssen ihn warnen! Sagen Sie ihm, er soll nach Albuquerque zurückgehen. Sagen Sie ihm, er soll sofort verschwinden aus dieser Gegend.» Sie wirkte besorgt, fast verzweifelt.

«Das werde ich tun», sagte Leaphorn. «Aber das gleiche gilt für Sie. Machen Sie, daß Sie von hier fort kommen!»

«Das geht nicht», sagte Susanne. «Aber Ted kann. Er hat keinen Grund zum Bleiben.»

«Sie können auch gehen. Was hält Sie zurück?»

Sie zog die Schultern hoch, streckte die Hände aus und drehte die Handflächen nach oben. Eine Geste der Hilflosigkeit. «Ich weiß nicht, wo ich hingehen soll.»

«Kehren Sie zu Ihrer Familie zurück.»

«Ich habe keine Familie.»

«Jeder Mensch hat eine Familie. Sie haben gesagt, ein Elternteil von Ihnen existiert noch. Außerdem werden Sie doch wohl Großeltern, einen Onkel oder eine Tante haben.» Leaphorn hatte den angeborenen Familiensinn eines Navajos. Daß jemand keine Angehörigen hatte, konnte er sich einfach nicht vorstellen.

«Keine Familie», sagte Susanne. «Mein Vater will nichts mehr mit mir zu tun haben.» Sie sagte das ohne erkennbare Gemütsbewegung, so als gäbe sie einen Kommentar zum Wetterbericht des menschlichen Herzens. «Die einzige Großmutter, von der ich weiß, lebt irgendwo im Osten und spricht nicht mit meinem Vater. Darum bin ich ihr auch noch niemals begegnet. Und von einem Onkel habe ich noch nie etwas gehört.»

Das mußte Leaphorn erst einmal verdauen. Er schwieg.

«Ich glaube, das hier ist meine Familie», sagte Susanne und lachte gequält. «Halsey, Grace und Bad Dude Arnett, Pots und Oats, bis Oats weggegangen ist. Die und die anderen, das ist meine Familie.»

«Gehen Sie mit Halsey ins Bett?»

«Klar», sagte sie abweisend. «Schließlich muß man seinen Lebensunterhalt verdienen. Man wäscht ihre Sachen, kocht hin und wieder mal für sie und pennt mit Halsey.»

«Dann ist Halsey offenbar derjenige, der das Geld hat. Er hat mit Frank Bob Madman die Pacht ausgehandelt, hat den Laden hier aufgezogen und erledigt die Einkäufe.»

«So wird es sein. Genaues weiß ich nicht. Ich jedenfalls habe keine Piepen. Ich hab nur die Klamotten, die ich auf dem Leibe trage, und noch ein Kleid mit einem großen Fleck auf dem Oberteil, ein Paar Ersatzjeans, ein bißchen Unterwäsche und einen Kugelschreiber. Geld habe ich nicht.»

«Keinen Penny? Nicht einmal soviel, um sich ein Busticket irgendwohin zu kaufen?»

«Keinen Penny.»

Leaphorn trat aus dem Schatten der Felswand. Sein Blick folgte den Windungen des schmalen Pfades, der sich zwischen Geröll und größeren Felsbrocken bis zum Hogan hinaufschlängelte. Niemand war zu sehen.

«Was ist mit Ted Isaacs?» fragte er. «Sie mögen ihn, er mag Sie. Sie könnten sich doch ein bißchen um ihn kümmern, könnten bei ihm bleiben, bis ich George gefunden habe.»

«Nein.»

«Warum nicht?»

«Ich weiß eigentlich gar nicht, warum ich mit Ihnen über diese Dinge rede», sagte Susanne. «Mit anderen rede ich ja auch nicht über so was. Nein, zu Ted gehe ich nicht, weil wir heiraten werden. Irgendwann einmal.»

«Warum denn nicht gleich?»

«Jetzt kann er micht nicht heiraten», sagte Susanne. «Er muß erst diese Sache zu Ende bringen, an der er arbeitet. Wenn er damit fertig ist, dann ist er ein berühmter Mann. Er bekommt einen tollen Job an der Uni und er kann alles haben, wovon er früher nur geträumt hat. Mit dieser beschissenen Armut ist es dann vorbei, und daß man für andere nur die Drecksarbeit macht.»

«Großartig. Und nun erklären Sie mir bitte, warum Sie nicht einfach zu ihm gehen und für ein paar Tage bei ihm im Wohnwagen bleiben können. Das bißchen, was Sie essen, wird ihn auch nicht ärmer machen, und außerdem können Sie ihm beim Graben helfen.»

«Das würde Dr. Reynolds ihm niemals erlauben.» Sie schwieg. Dann fügte sie hinzu: «Früher habe ich ihm ja auch schon bei der Arbeit geholfen, aber Dr. Reynolds hat sich bei Ted darüber beschwert.» Ihr Blick verriet, daß sie von Leaphorn Verständnis für ihre Haltung erwartete. «Ich bin keine Altertumsforscherin, und über Ausgrabungen weiß ich nicht die Bohne. Das sieht alles so einfach aus, aber in Wirklichkeit ist das furchtbar kompliziert. Und bei dieser Ausgrabung hier geht es um alles. Es ist sehr wichtig. Danach müssen sie alle Bücher über die Steinzeitmenschen umschreiben, und wenn ich da mithelfe und Mist mache, das wäre überhaupt nicht auszudenken. Schon meine bloße Anwesenheit da drüben, die Anwesenheit eines ahnungslosen Amateurs, könnte die Experten an der Echtheit der ganzen Forschungsarbeiten zweifeln lassen. Also halte ich mich lieber fern von ihm, bis er fertig ist.» Sie sagte das so, als hätte sie es vorher geübt und auswendig gelernt.

«Das mag ja alles richtig sein», sagte Leaphorn. «Aber Gültigkeit hatte es nur für die Zeit vor den beiden Morden. Dadurch hat sich alles geändert. Wir gehen jetzt und holen Ihre Sachen. Und Halsey braucht von alldem nichts zu wissen. Wir sagen ihm nur, daß ich Sie mitnehme.»

«Das wird ihm aber gar nicht gefallen», sagte Susanne. Aber dann folgte sie ihm schweigend den Pfad hinauf.

12

Mittwoch, den 3. Dezember, 15 Uhr 48

Die untergehende Sonne stand genau hinter dem Gipfel des Corn Mountain. Die in winterlich fahles Rot getauchte Bergspitze bot einen grandiosen Anblick, aber Joe Leaphorn, der sonst durchaus empfänglich war für die Schönheiten der Natur, hatte im Augenblick anderes im Sinn.

«Verflixt noch mal!» sagte Isaacs. «Gottverdammter Mist!» Nachdem er eine letzte Schaufel voll Erde über dem Sieb geleert hatte, warf er sie gegen die Schubkarre und wischte sich mit dem stark behaarten Unterarm über die Stirn. Dann schüttelte er mit furiosen Bewegungen die Erde durch das Drahtgeflecht. Als er damit fertig war, setzte er sich auf die Kante des hölzernen Siebkastens und sah Leaphorn kampfbereit an.

«Ich weiß wirklich nicht, warum sie sich in Gefahr befinden sollte», sagte er. «Das sind doch alles nur Mutmaßungen.» Isaacs Stimme klang zornig. «Nicht einmal Mutmaßungen. Nur so eine Art von verrückten Eingebungen.»

«Wahrscheinlich haben Sie recht», sagte Leaphorn. «Es ist nur so ein ganz bestimmtes Gefühl.» Er hockte sich neben dem jungen Wissenschaftler auf den Boden. Er fand die Reaktion von Ted Isaacs bemerkenswert. Damit hatte er nicht gerechnet.

Isaacs schüttelte den Kopf. «Der Vater von George ist auf die gleiche Weise umgekommen wie Ernesto, sagen Sie? Durch einen Schlag über den Schädel?» Immer noch kopfschüttelnd sah er Leaphorn an. «Das kann eigentlich nur ein Wahnsinniger gewesen sein. Oder vielleicht waren es ja diese verdammten Indianer. Irgendeine Stammesfehde zwischen den Zuñis und den Navajos. Wäre das nicht denkbar?» Ihm war anzumerken, daß er selbst nicht daran glaubte. Dafür hatte er sich zuviel mit Anthropologie beschäftigt.

«Kaum anzunehmen», sagte Leaphorn. Aber für einen Augenblick beschäftigte er sich doch mit dem Gedanken, so wie er zuvor schon darüber nachgedacht hatte. Lag es im Bereich des Möglichen, daß Ernestos Angehörige Rache üben würden, weil sie annahmen, daß der junge Bowlegs ihren Sohn und Neffen getötet hatte? Nach allem, was Leaphorn über die Wesensart der Zuñis wußte, war das höchst unwahrscheinlich. In jüngster Zeit hatte es kein einziges Tötungsdelikt bei den Zuñis gegeben; Gewaltanwendung, das wußte Leaphorn, war nicht in Einklang zu bringen mit der Religion und der Philosophie dieses friedliebenden Stammes. Und während der Periode der religiösen Zeremonien war jegliche Zorneshandlung, jeder noch so geringfügige Streit streng verpönt. War es irgendwann in der Vergangenheit doch einmal zu einem Gewaltakt gekommen, dann war der Schuldige nicht etwa nach dem Motto ‹Auge um Auge, Zahn um Zahn› bestraft worden. Vielmehr hatte man ihm Gelegenheit gegeben, seine Tat durch Geschenke an die betroffene Familie zu sühnen. Danach wurde er dem Medizinmann zur Behandlung übergeben, damit dieser den Täter vom bösen Geist befreie.

«Nein», sagte Leaphorn. «Ich bin davon überzeugt, daß Rache als Motiv ausscheidet.» Aber wenn ich George Bowlegs nicht finde, dachte Leaphorn, und wenn es mir nicht gelingt, den Fall restlos aufzuklären, dann werde ich eines Tages versuchen herauszufinden, was für eine Therapie die Zuñis anwenden, um einen Menschen von der Mordlust zu befreien.

«Glauben Sie wirklich, daß Susie gefährdet ist?» fragte Isaacs. «Schauen Sie», fuhr er fort. «Ich kann sie nicht hier behalten. Und wenn Sie Susanne bewachen lassen? Oder wenn Sie sie an einen sicheren Ort bringen? Sie vertreten das Gesetz. Sie sind dafür zuständig, daß jemandem, der sich in Gefahr befindet, nichts zustößt.»

«Ich vertrete das Navajo-Gesetz, und dieses Mädchen ist eine Weiße. Außerdem weiß ich nicht genau, ob die Kommune sich auf Navajo-Gebiet befindet. Und selbst wenn ich es genau wüßte – was soll's? Es sind nichts weiter als Mutmaßungen, wie Sie schon sagten. Nur so ein Gefühl. So wie die Dinge laufen, geht Susanne mich überhaupt nichts an.»

Isaacs starrte Leaphorn an. «Ihr wird schon nichts passieren», sagte er. Es klang, als versuchte er sich selbst Mut zu machen.

«Und noch etwas», fuhr Leaphorn fort. «Unter uns gesagt würde es mich nicht wundern, wenn es in nächster Zeit zu einigen Verhaftungen kommt in der Kommune. Wird Susanne dann dort angetroffen, wandert sie auch ins Gefängnis.»

«Rauschgift?»

«Vermutlich.»

«Diese hirnverbrannten Idioten!»

«Ich dachte, vielleicht sind Sie daran interessiert, daß Susanne da nicht mit hineingezogen wird.»

«Mir gefällt es überhaupt nicht, daß sie mit diesem Pack zusammen lebt», sagte Isaacs. «Aber im Augenblick kann ich beim besten Willen nichts für sie...» Er stockte.

«Nun ja», sagte Leaphorn. «Es tut mir leid, daß ich Ihre Zeit in Anspruch genommen habe. Das war wohl ein Irrtum.» Er stand auf und entfernte sich. Isaacs eilte ihm nach und hielt ihn am Ellbogen fest.

«Wollen Sie denn Susannes wegen gar nichts unternehmen? Hören Sie...»

«Doch», sagte Leaphorn. «Ich werde versuchen, George Bowlegs aufzuspüren und die beiden Morde aufzuklären. Wenn ich das geschafft habe, brauchen Sie keine Angst mehr davor zu haben, daß Susanne der Schädel eingeschlagen werden könnte. Daß sie in eine Rauschgiftaffäre verwickelt wird, dagegen kann ich allerdings nichts unternehmen. Ein paar Leute, mit denen ich eigentlich zusammenarbeiten sollte, würden ganz schön sauer reagieren, wenn sie erführen, daß ich mit Ihnen darüber geredet habe.»

«Wenn ich etwas tun könnte...» Isaacs Stimme klang gequält.

«Ich habe den Eindruck, daß Susanne Sie ganz gerne heiraten würde», sagte Leaphorn. «Das geht mich natürlich nichts an. Aber dann könnten Sie doch –»

Leaphorn sprach nicht weiter, als er sah, wie Isaacs das Gesicht verzog. Leaphorn zuckte die Achseln. «Schon gut, vergessen Sie's. Ich habe wieder einmal nicht daran gedacht, wie sehr sich die Denkweise eines weißen Mannes von der eines Indianers unterscheidet. Eines noch: Sie könnten der nächste sein, der einen Schlag über den Schädel kriegt. Sie sollten –»

«Der Teufel soll Sie holen!» fauchte Isaacs, der allmählich die Kontrolle über sich verlor. «Was glauben Sie denn? Glauben Sie etwa, mir macht das alles nichts aus? Himmel noch mal, ich liebe sie doch!» Er sprach jetzt mit lauter, schriller Stimme. «Lassen Sie sich eines von mir sagen, Sie selbstgerechter Hundesohn. Mir hat nie etwas gehört, bis Susie im vergangenen Sommer hier aufkreuzte. Ich hatte noch nie ein Mädchen, feine Anzüge, Geld, ein Auto. Nie hatte ich Zeit für Weibergeschichten, und ohnehin hätte sich keine nach mir umgedreht. Und dann kam Susie, zerlumpt und heruntergekommen, hauste mit dem Pack in der Kommune, und trotzdem habe ich sofort gemerkt, was in ihr steckt. Dieses Mädchen hat Klasse, jawohl Klasse! Und wissen Sie was? Gleich vom ersten Augenblick an haben wir uns gemocht. Sie war fasziniert von unserer Arbeit hier, und – ob Sie's glauben oder nicht – sie war fasziniert von mir.» Er hielt für einen Moment inne, als zweifelte er selbst an dem, was er da sagte. «Sie brachte es nicht fertig, sich von mir fernzuhalten, und ich konnte es nicht ertragen, wenn sie nicht bei mir war.»

«Trotzdem ist sie nicht mehr hierher gekommen», sagte Leaphorn. «Schon seit einer Woche war sie nicht mehr hier. Das haben Sie mir doch selbst erzählt, oder nicht?»

Isaacs setzte sich auf die Schubkarre. In sich zusammengesunken hockte er da, unendlich müde, hilflos, vom Schicksal geschlagen.

«Klar, das können Sie auch nicht verstehen.» Er wies auf die mit zahlreichen Schnüren kreuz und quer bespannte Ausgrabungsstelle. «Sie begreifen ja gar nicht, worum es hier geht. Hier, mit diesen Ausgrabungen, wird die Theorie von Reynolds endgültig bewiesen. Das habe ich Ihnen ja schon einmal erklärt. Aber gestern und heute habe ich etwas gefunden, wovon wir nicht einmal zu träumen wagten. Nicht nur die Späne aus den Werkstätten der Folsom-Menschen gemischt mit dem parallelgeschieferten Material. Das war bloß, worauf wir hoffen durften und was ich auch den ganzen Tag über ausgrub. Zusätzlich jedoch haben wir den allerletzten Beweis gefunden.» Er zog einen Packen Briefumschläge aus einer prall gefüllten Brusttasche. «Jetzt finde ich Folsom-Artefakte und parallelgeschiefertes Zeug aus ein und demselben Rohmaterial aus den Formationen in der Gegend von Santa Fe.» Er schüttete den Inhalt eines der Umschläge auf die Handfläche und betrachtete ihn.

Drei große Stücke Feuerstein und eine Anzahl von rosa- bis lachsfarbenen Spänen und Schnipseln. Leaphorn neigte sich vor, um den Fund zu examinieren. Zwischen den stark ausgeprägten Schwielen auf der Handfläche des Wissenschaftlers bemerkte er eine übergroße, rötlich schimmernde Wasserblase. Außerdem stellte er fest, daß die Hand zitterte.

«Nehmen Sie es mal und betrachten Sie es genau», sagte Isaacs. «Sehen Sie dieses Körnchen dort? Und jetzt schauen Sie sich dieses Stück hier an. Derjenige, der daran gearbeitet hat, hat versucht, einen sogenannten Yuma-Point zu machen.» Sein rissiger, verschmutzter Fingernagel wies auf eine Reihe von Rillen auf dem Stein. An dieser Stelle war der Flintstein abgeschiefert worden. «Aber er hat zu stark gedrückt, und dadurch ist das Rohmaterial gebrochen. Also –» Isaacs nahm einen anderen rosafarbenen Stein zwischen Zeigefinger und Daumen – «begann er mit der Anfertigung einer neuen Pfeilspitze. Sehen Sie, es hat die Form eines Baumblattes. Er hatte einen rohgeformten Folsom-Point, aber als er die gewölbte Spitze zu formen versuchte, brach das Material ebenfalls ab.»

«Er hatte eben nicht seinen besten Tag», meinte Leaphorn.

«Aber jetzt schauen Sie sich diesen hier an!» rief Isaacs. «Verdammt noch mal! Strengen Sie Ihre Augen an! Sehen Sie dieses Körnchen in dem versteinerten Holz? Es ist aus demselben Material. Beachten Sie die Verfärbung an diesem Stück.» Sein Fingernagel zeigte auf einen dunkelroten Streifen. «Beachten Sie, wie dieser gleiche Streifen auf dem anderen Stein weiterläuft, aus dem er seinen Folsom-Point machen wollte. Es handelt sich um ein und denselben Feuerstein!»

«Es sieht ganz danach aus. Können Sie es beweisen?»

«Klar. Ein Mineraloge kann das jederzeit mit Hilfe seines Mikroskops beweisen.»

«Und Sie haben die beiden Stücke zusammen gefunden?»

«Sie stammen aus der Masse auf einem Sieb», sagte Isaacs. Er wies auf einen etwas höher gelegenen Punkt. «Siebzehn Strich West, dort oben auf dem Kammrücken. Genau dort, wo sich ein Jäger postieren würde, um auf ein Wild zu lauern, während er an seinen Jagdwaffen herumschnitzen kann. Und auf den nächsten beiden Sieben habe ich noch mehr von dem Zeug gefunden. Kein Zweifel: Der Bursche hat an der einen Pfeilspitze gearbeitet, hat sie zerbrochen und weggeworfen und hat sich gleich an die nächste gemacht.»

«Und die hat er auch zerbrochen und fallen gelassen», sagte Leaphorn verständnisvoll.

«Und weil er das tat, sind wir in der Lage, die ausgeflippte Theorie vom Urmenschen zum Einsturz zu bringen. Jetzt müssen die Anthropologen endlich zugeben, daß die alte Geschichte vom verschwundenen Urmenschen nicht mehr stichhaltig ist.»

«Hat Reynolds schon davon erfahren?»

«Das kann er erst, wenn er an diesem Wochenende aus Tucson zurückkommt», sagte Isaacs. «Und das ist es, was ich Ihnen die ganze Zeit zu erklären versuche. Reynolds ist vermutlich der einzige Topwissenschaftler auf der Welt, der einem jungen Spund von Studenten wie mir mit einer solchen Entdeckung eine Chance gibt. Sie können sich vielleicht denken, wie das im allgemeinen läuft. Der Professor, der die Ausgrabung in die Wege leitet, die nötigen finanziellen Mittel herbeischafft und die Strategie entwickelt – na ja, dessen Entdeckung ist es eben. Die frisch von der Uni gekommenen Studenten erledigen die Handarbeit und das Aussortieren, aber der Professor trifft die Entscheidungen und veröffentlicht den Bericht unter seinem Namen. Und wenn der Student Glück hat, dann findet er seinen Namen in einer winzigen Fußnote wieder, vielleicht aber auch nicht. Bei Reynolds ist es genau andersherum. Der sagt einem, wie man es machen soll und wo man zu suchen hat, und dann läßt er einen los auf die Fundstelle. Und anschließend überläßt er dem Studenten, dem eigentlichen Entdecker der Stücke, die Veröffentlichung. Weil er es immer so hält, haben ihm allein schon mindestens ein Dutzend Wissenschaftler ihren Ruf zu verdanken. Den Ruhm tritt er an seine Helfer ab. Das einzige, was er erwartet, ist, daß man ihm eine fundierte wissenschaftliche Arbeit liefert.» Er sah Leaphorn mit finsterer Miene an. «Er erwartet einen perfekten Job, verstehen Sie? Absolut perfekt!»

«Was meinen Sie damit?»

«Damit meine ich, daß nicht der kleinste Fehler vorkommen darf. Nichts darf schiefgehen. Alle Berichte müssen bis aufs I-Tüpfelchen genau sein, damit bei keinem anderen Wissenschaftler auch nur der Schatten eines Zweifels an der Echtheit der Entdeckung aufkommen kann.» Isaacs lachte grimmig. «Dazu gehört zum Beispiel, daß man keine kleinen Jungs in der Nähe der Ausgrabungsstelle duldet und auch kein Mädchen. Man hat von Tagesanbruch bis zur Abenddämmerung zu schuften, und das sieben Tage in der Woche, und man läßt sich durch nichts, aber auch gar nichts von seiner Arbeit ablenken.»

«Ich verstehe», sagte Leaphorn.

«Reynolds hat mir zu verstehen gegeben, wie enttäuscht er war, als er Susie hier vorfand», sagte Isaacs. «Und wegen der beiden Jungen hat er sich höllisch aufgeregt.»

«Damit bleibt Ihnen also nur die Wahl zwischen Reynolds, dem Sie einiges zu verdanken haben, und dem Mädchen, das Ihre Hilfe braucht.»

«Nein, das ist es nicht.» Isaacs saß dort auf der Schubkarre und blickte an Leaphorn vorbei in das Tal hinab. Die Sonne war jetzt ganz hinter dem Corn Mountain verschwunden, in dessen Schatten eine empfindliche kalte Brise aufkam.

«Diese Steine, die ich hier gefunden habe, bestimmen mein ganzes Leben», sagte er langsam. «Meine Doktorarbeit ist damit gesichert. Ich bin nicht mehr einer von hundert Doktoranden, die alle auf einen Assistentenplatz an der Uni lauern und von denen höchstens zwei oder drei eine echte Chance haben. Ich kann mir den Stuhl aussuchen, auf den ich mich setzen will. Ich habe einen guten Ruf, ich kann ein von mir geschriebenes Buch vorweisen, erreiche einen Status, der bislang jenseits meiner kühnsten Träume lag. Und wenn ich bei einem Anthropologentreffen aufkreuze, dann bin ich nicht irgendein kleiner Pisser von Assistent von irgendeiner kleinen Uni in der Provinz, sondern ich bin derjenige, der eine wissenschaftliche Sensation zustande gebracht hat. Das ist eine Sache, die einem sein ganzes Leben lang anhängt.»

«Ich hab ja nur von Ihnen verlangt», sagte Leaphorn, «daß Sie Susanne zu sich nehmen und ein bißchen Obacht auf sie geben, bis diese ganze Angelegenheit sich erledigt hat.»

Isaacs hielt den Blick immer noch in die Ferne gerichtet. «Daran habe ich schon früher gedacht. Schon allein, um sie aus dieser Kommune herauszubekommen. Aber für Reynolds heißt das, daß ich für diesen Job ungeeignet bin. Er schickt mich in die Wüste und läßt einen anderen weitergraben. Das kann ohnehin schon passieren wegen der Jungs, die sich hier herumgetrieben haben. Und damit ist meine Dissertation zum Teufel, der Doktortitel und alles, was sonst noch dazugehört.»

Jetzt sah er Leaphorn in die Augen. Zorn lag in seinem Blick. «Ich weiß nicht, wie das bei Ihnen war. Vielleicht hatten Sie es auch schwer. Meine Leute gehörten jedenfalls zu den Ärmsten der Armen von Tennessee. Von den armen Weißen hat keiner je ein College von innen gesehen, hat nie einer seinen eigenen Topf gehabt zum Reinpissen. Mein Alter hat sich gleich nach meiner Geburt aus dem Staub gemacht. Jedenfalls hat das meine Mutter behauptet. Aber ich verwette meinen letzten Dollar darauf, daß sie gar nicht wußte, mit wem sie es eigentlich getrieben hatte. Dafür durfte ich dann bei meinem ständig besoffenen Onkel in einer Deputathütte leben und Baumwolle pflücken, und jedes Jahr durfte ich ihn von neuem anflehen, er möge mich wieder auf die Schule gehen lassen, damit ich einen Abschluß erreiche. Später habe ich dann als Hausmeister und Tellerwäscher in einem Studentenheim in der Memphis State University gearbeitet, und später bin ich in die Army gegangen, denn nach der Entlassung aus dem Militär müssen sie einen zulassen zur Uni, und außerdem habe ich in der Army mal erfahren, wie das ist, wenn man regelmäßig zu essen bekommt.» Isaacs hielt inne, um seine Gedanken zu sammeln. «Wissen Sie überhaupt, wie lange ich hier schon zugange bin mit Hacke und Schaufel?» fuhr er fort. «Ein halbes Jahr fast. Tag für Tag schufte ich hier, von Tagesanbruch bis ich nichts mehr sehen kann, weil es zu dunkel geworden ist. Reynolds hat einen Zuschuß von 3000 Dollar erhalten, und den teilt er auf unter insgesamt acht Ausgrabungsstätten. Mir hat er 400 Dollar gegeben, weil ich es besonders schwer habe, denn die Schürfstellen sind über den ganzen Berg verteilt. Ich hab mir noch Geld dazu gepumpt und den alten Transporter gekauft. Außerdem habe ich die Hütte davon gebaut, und wissen Sie, wieviel ich im Monat für Essen und Trinken verbrauche? So um die 50 Dollar! Und im übrigen bete ich, daß die Kredithaie mich nicht aufspüren und mir den Wagen wegpfänden. Das alles nehme ich auf mich, weil es die erste und vermutlich auch die letzte Chance in meinem Leben ist, um aus all dem Elend herauszukommen.»

Isaacs legte wieder eine Pause ein. Er starrte Leaphorn herausfordernd an, aber der schwieg und wartete, ob noch mehr kommen würde. «Und noch etwas», sagte Isaacs. «Wenn ich hier mit allem fertig bin, dann nehme ich von dem ersten Geld, das ich verdiene, 2000 Dollar oder was es kosten mag und laß meine Zähne richten, damit ich nicht länger wie ein Nagetier aussehe. Normalerweise läßt man das im Alter von zwölf Jahren machen, wenn jemandem daran gelegen ist, und vermutlich ist es jetzt viel zu spät dafür. Aber ich werde es trotzdem versuchen, das schwör ich Ihnen. Ich versuche es trotzdem!»

Als Leaphorn zu seinem Kombi zurückkehrte, stellte er fest, daß Susanne nicht auf ihn gewartet hatte. Das überraschte ihn nicht. Obwohl sie das Gespräch der beiden Männer nur aus der Ferne beobachtet hatte, mußte sie der Gestik und der Diskussionsdauer entnommen haben, daß sie richtig vermutet hatte und Isaacs keinen großen Wert auf ihre Anwesenheit legte. Leaphorn überlegte, wohin das Mädchen gegangen sein mochte. Und dann grübelte er nach über das Verhalten der weißen Menschen schlechthin und Ted Isaacs' im besonderen. Was war es, das einen Mann wie Isaacs dazu trieb, alles, was er sich vom Leben erhoffte, in die eine Waagschale zu packen und das Mädchen, das er liebte, in die andere, und sich dann gegen das Mädchen zu entscheiden? Leaphorn schüttelte den Kopf und lenkte seine Gedanken in eine andere Richtung. Er versuchte sich in die Lage eines Steinzeitmenschen zu versetzen, der vor neuntausend Jahren hier oben hoch über dem Tal gesessen und seelenruhig an seiner Speerspitze herumgefeilt hatte. Dann, nach mehreren Stunden mühevoller Arbeit, war ihm die Spitze abgebrochen, und er hatte den Feuerstein einfach fallen gelassen und sich an die Fertigung einer neuen Spitze gemacht, ohne sich durch sein Mißgeschick aus der Ruhe bringen zu lassen. Noch ein zweites Mal war der dünne Feuerstein zerbrochen, und wieder hatte er ihn fortgeworfen und noch einmal begonnen. Leaphorn konnte sich nur schwer vorstellen, wie ein Mensch bei soviel Pech ruhig sitzen blieb und immer wieder von vorne anfing. Er, Leaphorn, hätte schon beim erstenmal den zerbrochenen Feuerstein genommen und voller Wut ins Tal hinuntergeschleudert, wo ihn gewiß niemals jemand entdeckt haben würde, schon gar kein Anthropologe neunzig Jahrhunderte später.

13

Mittwoch, den 3. Dezember, 17 Uhr

Pater Ingles vom Orden des Heiligen Franziskus war ein drahtiger kleiner Mann, der ganz und gar keinen weltfremden Eindruck machte. Sein von Pockennarben gezeichnetes Gesicht war von Sonne und Wind verwittert wie die Borke einer uralten Eiche. Der Pater saß auf der niedrigen Friedhofsmauer hinter der Saint Anthony's Mission, als Leaphorn ihn fand.

Leaphorn kannte Pater Ingles vom Namen her. Er hatte jahrelang in der Saint Michel's Mission in der Nähe von Window Rock gearbeitet, und die Navajos von Window Rock hatten ihn «Kleiner Hintern» genannt, weil er so dünn war und so ein knochiges Hinterteil hatte. Er beherrschte die Sprache der Navajos, was sehr ungewöhnlich war für einen weißen Mann. Jetzt berichtete er mit ernster Stimme, was er über die Familie von Ernesto Cata wußte. Es war nicht viel mehr als das, was Leaphorn bereits wußte. Nach einer Weile, wenn die Unterhaltung einen ganz ungezwungenen

Verlauf genommen hatte, würde ihm Leaphorn noch die Fragen stellen, deretwegen er gekommen war. Im Augenblick hörte er nur geduldig zu. Das war etwas, worauf Leaphorn sich sehr gut verstand.

«Was diesen George Bowlegs angeht, das ist ein ganz schlimmer kleiner Teufel», sagte Pater Ingles. «Ich kann mich nicht daran erinnern, jemals einem Jungen mit so seltsamen Gedankengängen begegnet zu sein. Halb genial, halb verrückt. Alles mystifiziert er, hinter allem wittert er etwas Geheimnisvolles, etwas, das der Aufklärung durch ihn bedarf. Das meiste ist Unsinn, ein einziger Wirrwarr, aber irgend etwas steckt in ihm, das ihn dazu treibt, mehr über den Lauf aller Dinge in Erfahrung zu bringen als ein normaler Mensch wissen sollte. Vermutlich wird er eines Tages Gedichte schreiben oder sich eine Kugel durch den Kopf jagen, vielleicht wird er auch ein Trinker wie sein Vater. Oder aber, es gelingt uns doch noch, ihn zu bekehren, und dann wird er berühmt als der Heilige Bowlegs von Zuñi.»

«Ist er zu Ihnen in die Kirche gekommen?»

«Eine Zeitlang», sagte Pater Ingles lachend. «Ich glaube, nur aus Wißbegierde, damit er Vergleiche aufstellen konnte zwischen dem Christentum, dem Glauben der Zuñis und der Zauberei und dem Hexenkult. Halt, ich bin unfair gegenüber dem Jungen!» Er unterbrach sich, machte ein nachdenkliches Gesicht. «George war ständig auf der Suche nach dem Neuen, weil er klug genug war, um zu ahnen, wie viel ihm noch fehlte. Er wußte Bescheid darüber, was seine Mutter getan hatte, und so etwas setzt einem Kind immer zu. Außerdem war ihm nicht entgangen, daß sein Vater ein Alkoholiker war, und das war vielleicht noch viel schlimmer für ihn. Die Bowlegs' lebten getrennt vom Stamm der Navajos, und dadurch fehlte George die Basis, um den ganz gewissen Lebensstil der Navajos zu kompensieren.»

«Was wußte er über seine Mutter?»

«Mir sind zwei Versionen zu Ohren gekommen. Früher haben die Bowlegs' mit dem Clan der Frau drüben im Coyote Canyon gelebt. Die einen sagen, sie sei von dort aus immer per Anhalter nach Gallup gefahren und habe dort rauschende Feste mit anderen Männern gefeiert. Nach der anderen Version hat sie es nicht mehr ausgehalten bei Shorty und ist zu ihren beiden Brüdern gezogen, die als Hexenmeister verschrien waren. Suchen Sie sich aus, was Ihnen besser in den Kram paßt, oder nehmen Sie ein wenig von beiden Versionen und mischen Sie es. Fest steht, daß Bowlegs mit der Verwandtschaft seiner Frau nicht sehr gut ausgekommen ist und daß er zu seinen eigenen Leuten in Ramah zurückgegangen ist. Später hat er als Schäfer für die Zuñi-Herde gearbeitet.»

«Sie sagen, daß die Frau möglicherweise zu ihren Brüdern gezogen sei, und die waren als Hexenmeister bekannt. Wissen Sie Genaueres darüber? Von wem haben Sie das gehört?»

«Aus zwei oder drei verschiedenen Quellen, wenn ich mich recht erinnere. Sie wissen ja, wie das mit solchen Gerüchten ist. Alles aus fünfter oder sechster Hand und keiner weiß mehr, wer damit angefangen hat.» Ingles ließ seinen Blick über die Gräber auf dem kleinen Friedhof schweifen. Er wirkte nachdenklich. Nach einer Weile zog er eine Zigarre aus der Innentasche seiner Jacke, bot sie wortlos Leaphorn an, und als dieser den Kopf schüttelte, biß er die Spitze ab und zündete sie an. Eine dünne bläuliche Rauchfahne stieg in den abendlichen Himmel. «An etwas Bestimmtes kann ich mich nicht erinnern», sagt er. «Nur daran, daß mir irgend jemand erzählt hat, die Mutter des Jungen wohne jetzt bei zwei Zauberern. Halten Sie das denn für wichtig?»

«Nein», sagte Leaphorn. «Ich habe es mir nur zur Gewohnheit gemacht hinzuhören, wenn über solche Hexenmeister oder Zauberer geredet wird. Wir haben selten ernsthafte Schwierigkeiten innerhalb der Reservation, aber wenn, dann entstehen sie meistens in irgendeinem Zusammenhang mit diesen Hokuspokusleuten.»

«Glauben Sie daran?»

«Das ist genauso, als würde ich Sie danach fragen, ob Sie an die Sünde glauben, Pater», erwiderte Leaphorn. «Mit der Zeit begreift man eben, daß es im Zusammenhang mit Hexerei fast immer Schwierigkeiten gibt.»

«Das habe ich auch schon festgestellt», sagte Ingles. «Und in diesem Fall? Gibt es in diesem Fall auch einen Zusammenhang?»

«Dafür gibt es keinen Anlaß.»

Ingles ließ eine neue Rauchwolke in die Luft hochsteigen. Sie blickten ihr beide nach, wie sie langsam davonschwebte. «Nun ja, inzwischen hatte sich der alte Bowlegs der Flasche verschrieben, und das mag der Grund dafür gewesen sein, daß George plötzlich begann, sich für die Kirche zu interessieren. Seine Neugier hielt jedenfalls nicht lange an.»

«Haben Sie ihn nicht getauft?»

«Nein. Aus dem, was Ernesto mir erzählte, konnte ich entnehmen, daß George sich inzwischen mehr für den Glauben der Zuñis begeisterte. Er stellte Vergleiche an zwischen den verschiedenen Glaubensrichtungen; er wollte genau wissen, was die Mythologie der Zuñis von jener der Navajos und unserem Glauben unterschied. Ernesto hat ihn gelegentlich zu mir gebracht, und wir haben uns dann unterhalten. Er hat mich nach dem Unterschied zwischen den Kachinas der Zuñis und unseren Heiligen gefragt. Über solche Dinge haben wir gesprochen.»

Pater Ingles leitete eine weitere Schweigeminute mit einer neuen Rauchwolke ein.

«Übrigens gibt es tatsächlich viele Gemeinsamkeiten. Bei uns ist es so, daß die Seele nach einem Leben voller guter Taten den Körper verläßt, um sich in die Armee der Heiligen einzureihen. Wenn ein Zuñi am Ende seines Weges angelangt ist, dann wird sein Geist in die Gemeinschaft der Kachinas aufgenommen und wird eine von ihnen.»

«Was ich über den Glauben der Zuñis weiß, habe ich aus ein paar Büchern, vom Hörensagen und aus Gesprächen mit einem Zimmergefährten, mit dem ich auf der Uni war. Es ist nicht viel, und das meiste stimmt wahrscheinlich nicht einmal.»

«Wahrscheinlich», bestätigte Ingles. «Den Zuñis ist schon vor längerer Zeit aufgegangen, daß ihre Religion auf Außenseiter höchst sonderbar wirkt. Seitdem weigern sie sich, Anthropologen und anderen neugierigen Leuten Auskünfte über ihren Glauben zu erteilen. Und wenn sie schon mal etwas gesagt haben, dann nur, um den Frager in die Irre zu führen.»

«Ich wollte, ich wüßte ein bißchen mehr darüber», sagte Leaphorn. «Das käme mir im Augenblick sehr gelegen. George hat seinem kleinen Bruder erzählt, er wolle sich auf die Suche nach einer Kachina begeben, vielleicht auch nach mehreren Kachinas. Er schien nicht so genau zu wissen, wo er mit der Suche beginnen sollte, aber eine gewisse Vorstellung muß er gehabt haben, weil er meinte, er würde ein paar Tage wegbleiben.»

Pater Ingles runzelte die Stirn. «Auf die Suche nach mehreren Kachinas? Er wird doch nicht die Kachinapuppen gemeint haben?»

«Das glaube ich nicht. Meiner Meinung nach hat er, entweder allein oder gemeinsam mit Ernesto, etwas gemacht, das die Kachinas verärgert hat. Zumindest hat er das angenommen. Und George wollte die Angelegenheit wieder in Ordnung bringen.»

Pater Ingles mußte lachen. «Typisch George», sagte er. «So ist der Bursche.» Er schüttelte den Kopf. «Aber wohin kann er gegangen sein? Hat er sonst noch etwas gesagt?»

«Er meinte, wenn er diese Angelegenheit nicht regeln könnte, dann würde er zum Shalako-Fest nach Zuñi kommen. Und dann hat er sich eines von den Pferden seines Alten genommen und dessen Gewehr. Vermutlich, damit er sich ein Reh schießen konnte, falls er hungrig wurde. Und einem Mädchen, das er kannte, hat er etwas von einem Tanzsaal erzählt, zu dem er gehen wollte. Können Sie sich einen Reim darauf machen?»

Pater Ingles schnalzte mit der Zunge. «Wissen Sie, was das sein könnte?» fragte er. «Das kann heißen, daß er auf der Suche nach Kothluwalawa ist.» Der Pater schüttelte den Kopf. «Ich weiß nicht, ob das einen Sinn ergibt, aber sehr sinnvoll hat George ohnehin nie gehandelt.»

«Kothluwalawa?» fragte Leaphorn. «Wo ist das denn?» Die Heiterkeit des Paters irritierte ihn. «Er hat sich an einen Ort begeben, den man mit dem Pferd erreichen kann.»

Der Pater bemerkte, daß sein Gesprächspartner verärgert war. «So unmöglich, wie es sich anhört, ist es gar nicht», beeilte er sich zu erklären. «Unser Himmelreich, so glauben wir, befindet sich irgendwo dort oben im All. Auch die Zuñis haben sich, entsprechend ihrer Mythologie, auf eine Lokalisierung ihres ‹Himmelreiches› fixiert. Ist Ihnen diese Mythologie bekannt?»

«Vielleicht habe ich mal davon gehört, aber im Augenblick kann ich mich nicht daran erinnern.»

«Es gehört zu jenem Teil ihrer Gotteslehre, der sich mit ihrer Herkunft befaßt. Nach ihrem Aufstieg aus der viergeteilten Unterwelt hatten sie ihre große Wanderung begonnen, die zum Ziel hatte, einen zentral gelegenen Platz im Universum für sich zu entdecken. Einige Kinder der Waldbrüderschaft waren von älteren Leuten über den Zuñi River getragen worden. Aber es kam zu einer Panik, und die Kinder wurden fallengelassen. Sie wurden von der Strömung flußabwärts getragen, aber sie ertranken nicht, sondern verwandelten sich in Wassergetier – Frösche, Schlangen, Kaulquappen und so fort. Sie schwammen bis zu jener Stelle, die für sie zu einer Art Himmelreich wurde. Nach der Überlieferung handelt es sich um einen See. Nach ihrer Ankunft verwandelten sich die Kinder abermals, und zwar in Kachinas, und sie bildeten den Göttlichen Rat, der aus dem Regengott des Nordens, dem Regengott des Südens, dem Kleinen Feuergott und den anderen Göttern besteht. So um die hundert an der Zahl, soviel ich weiß.»

«Ähnlich wie die heiligen Geister bei den Navajos», sagte Leaphorn.

«Nein, eigentlich anders. Eure heiligen Geister – Drachentöter, Wandelbare Frau, der Wassergeborene und die anderen – ähneln den griechischen Gottheiten, Halbgötter also wie die Gestalten der griechischen Heldensage. Ein wenig mehr Mensch und ein bißchen weniger Gott, verstehen Sie? Die Kachinas kann man damit nicht vergleichen. Weder im Sprachschatz der Weißen noch in jenem der Navajos findet sich ein Ausdruck für diese ganz spezielle ‹Gottheit› der Zuñis. Und schon dieser Oberbegriff ist falsch, weil es sich nicht um Götter handelt. Die Zuñis haben nur einen Gott, Awonawilona, und das war ihr Schöpfer. Er schuf das Mann-und-Frau-Gespann Shiwanni und Shinwanokia, und die wiederum sind die Ureltern der Sonne, der Erde und aller Lebewesen. Die Kachinas jedoch sind etwas anderes. Man könnte sie die Geister der Ahnen nennen. Sie verhalten sich freundlich und väterlich gegenüber den Menschen. Den Lebenden erteilen sie ihren Segen. Sie erscheinen als Regenwolken.»

«Davon habe ich gehört», sagte Leaphorn. «Dann ist dieses Kothluwalawa, wo George Bowlegs hingehen wollte, also ein See irgendwo am Flußlauf des Zuñi Wash?»

«So einfach ist das nicht», erklärte Pater Ingles. «Ich besitze vier Bücher über die Zuñis, und jedes von ihnen wurde von einem Experten geschrieben, von einem anerkannten Ethnologen oder Anthropologen. Jeder von ihnen nennt einen anderen Ort. Einer meint, dieser See liegt an der Stelle, wo der Zuñi Wash in den Little Colorado mündet, drüben in Arizona also, nicht weit von Saint Johns. Der zweite behauptet, der See liege weiter südlich, in der

Nähe des alten Dorfes Ojo Caliente. Der dritte glaubt zu wissen, daß die gesuchte Stelle sich im Gebiet des Nutria-Sees nordöstlich von hier befindet. Ich hab noch von ein paar anderen Stellen gehört, so zum Beispiel von einem kleinen Gewässer unmittelbar hinter der Grenze von Arizona. Allerdings kenne ich auch ein paar Zuñis, die glauben, daß es diesen See gar nicht wirklich gibt. Für sie ist er nur von methaphysischer, quasi symbolischer Bedeutung.»

Leaphorn schwieg. Er schien benommen zu sein von der Vielfalt der Möglichkeiten, die sich bei der Suche nach Bowlegs ergaben.

«Was mich auf Kothluwalawa gebracht hat, war diese Geschichte mit dem Tanzsaal», fuhr Pater Ingles fort. «Wörtlich übersetzt bedeutet es soviel wie ‹Tanzsaal des Todes›, oder auch ‹Ballsaal der Geister› oder so ähnlich.» Pater Ingles lächelte. «Eine ziemlich schöngeistige Angelegenheit, das Ganze. Für die lebenden Zuñis ist der rituelle Tanz eine Ausdrucksform für... nun, sagen wir für die vollkommene Lebensfreude, für das Leben schlechthin oder meinethalben auch für die Freude am Leben in der Gemeinschaft. Was also tut man den ganzen lieben langen Tag im Jenseits, wenn man keiner irdischen Beschäftigung mehr nachzugehen braucht? Man tanzt natürlich.»

Eine neue blaue Wolke aus Zigarrenrauch bildete sich über dem Kopf des Paters, und die beiden Männer, der Geistliche und der Navajo-Polizist, saßen auf der Friedhofsmauer und blickten der Rauchwolke nach, wie sie über die Gräber der Zuñis hinwegzog und sich schließlich auflöste. So völlig fremd, so ganz anders ist das, wonach George Bowlegs sucht, mußte Leaphorn denken, daß es in der Sprache seiner Väter nicht einmal ein Wort, eine Bezeichnung dafür gibt. Die Navajos glaubten an kein Himmelreich und an keinen väterlich-freundlichen Kachinageist, und sie glaubten auch nicht an ein Leben voller Freude und Tanz nach dem Tode. Wenn ein Navajo Glück hatte, dann geriet er nach seinem Ende in Vergessenheit, wurde einfach nicht mehr beachtet. Doch auf die meisten von ihnen warteten nach dem Tode die Chindis, die bösartigen Geister der Finsternis, deren einzige Aufgabe es war, Krankheit und Elend zu verbreiten. Leaphorns Gedanken beschäftigten sich mit dem, was Pater Ingles ihm gesagt hatte. Dieses Kothluwalawa mochte das Wort sein, von dem Cecil gesprochen hatte und das mit einem K begann.

«Wo dieser Zuñi-Himmel sich wirklich befindet», sagte Leaphorn, «ist meiner Meinung nach nicht so wichtig. Mich interessiert vielmehr, wo George Bowlegs diesen geheimnisumwitterten See vermutet.»

«Stimmt», sagte Pater Ingles. «Daran habe ich auch schon gedacht.»

«Was meinen Sie?»

Ingles überlegte. Dann nickte er. «Das könnte es sein. Jawohl, ich bin ganz sicher. Es ist bestimmt dieser kleine See gleich auf der anderen Seite der Grenze. Für eine ganze Reihe von Zuñis ist das so eine Art Wallfahrtsort, und wenn George sich bei ihnen nach Kothluwalawa erkundigt hat, dann werden sie ihn dort wohl zuerst hingeschickt haben. Und jetzt möchte ich eine Frage an Sie richten. Warum sind Sie hinter dem Jungen her? Glauben Sie etwa, daß er Ernesto umgebracht hat und anschließend auch noch seinen eigenen Vater? Wenn Sie das vermuten, sind Sie auf der falschen Fährte.»

Leaphorn dachte nach, bevor er antwortete. «Immerhin besteht die Möglichkeit, daß er Cata umgebracht hat. Jedenfalls war er in der Nähe, als es geschah. Und dann ist er davongelaufen. Und daß er seinen Vater getötet hat, ist auch nicht völlig auszuschließen, wenngleich es dafür kein erkennbares Motiv gibt. Das ist es ja, was mir Kopfschmerzen bereitet. Eigentlich gibt es überhaupt kein Motiv, weder in dem einen noch in dem anderen Fall.» Leaphorns Feststellung klang wie eine Frage. Er sah den Pater an.

«Ein Motiv, um Ernesto umzubringen?» fragte Ingles. «Nicht daß ich wüßte. Er war immer ein netter, anständiger Junge. Darum habe ich ihn ja auch zum Meßdiener gemacht. Er hatte viele Freunde und, soviel ich weiß, keine Feinde. Welcher Junge seines Alters hat schon Feinde? Dafür sind sie noch nicht alt genug.»

«Von Cecil Bowlegs weiß ich, daß George und Ernesto irgend etwas gestohlen haben sollen», sagte Leaphorn bedächtig. Er mußte äußerst behutsam bei der Wahl seiner Worte sein, denn das, was jetzt kam, war von entscheidender Bedeutung. «Angeblich handelt es sich um etwas, das von der Ausgrabungsstätte der Anthropologen am Corn Mountain stammt. Ernesto war Katholik. Er war Meßjunge. Hatte er etwas gestohlen, dann wußte er, daß er es zurückgeben mußte, bevor er zur Beichte gehen konnte. Stimmt das?»

Pater Ingles nickte lächelnd. «Was Sie damit sagen wollen, ist: ‹Sie sind sein Beichtvater. Hat er Ihnen irgend etwas gebeichtet, aus dem hervorgeht, warum jemand ein Motiv für den Mord an ihm gehabt haben könnte? Danach fragen Sie mich. Dabei wissen Sie doch, daß ich nicht darüber sprechen dar, weil es sich um ein Beichtgeheimnis handelt.»

«Aber der kleine Cata ist doch tot. Ihm können Sie doch mit dem, was Sie mir mitteilen, nicht mehr schaden. George Bowlegs hingegen könnten Sie dadurch vielleicht helfen.»

«Darüber muß ich erst nachdenken», sagte Pater Ingles. «Ich bin nun seit vierzig Jahren Priester, müssen Sie wissen, aber einen Fall wie diesen hat es in all den Jahren noch nicht gegeben. Wahrscheinlich werden Sie von mir nichts erfahren, aber wir wollen dennoch einen Augenblick darüber nachdenken.»

«Sie würden mir schon mit einer negativen Auskunft helfen, wie zum Beispiel, daß er nichts gestohlen hat, oder jedenfalls nichts Wichtiges. Von Cecil Bowlegs weiß ich, daß es um irgendwelche Pfeil- oder Lanzenspitzen von der Ausgrabungsstätte ging, aber das kann nicht stimmen. Sie haben überall nachgesehen, aber es hat nichts gefehlt.»

Ingles tat, was er gesagt hatte: Er dachte angestrengt nach. Endlich unterbrach er sein Schweigen. «Das Vergehen muß schon sehr ernsthafter Natur sein, damit es eine Todsünde ist», meinte er. «Was Sie da andeuten, ist eine Lappalie, für Jungen dieses Alters durchaus nichts Ungewöhnliches. Einer, der ein weniger empfindsames Gewissen als Ernesto hat, würde es bei der Beichte glatt vergessen.»

«Könnten Sie's mir denn nicht sagen, jetzt, wo er tot ist?» bohrte Leaphorn. «War es ein Stück Werkzeug? Ein Blatt Papier? Können Sie mir denn nicht wenigstens soviel sagen?»

«Ich glaube nicht», sagte Pater Ingles. «Vermutlich sollte ich nicht einmal andeuten, daß das Ganze inkonsequent war – irgendwie unlogisch, verstehen Sie? Ohne jeden Wert. Nichts, aus dem Sie irgend etwas schließen könnten.»

«Dann frage ich mich, warum er es überhaupt gebeichtet hat. Hat er es denn für wichtig gehalten?»

«Nein. Eigentlich nicht. Samstag nachmittag war es. Ich nahm die Beichten ab. Ernesto wollte mit mir sprechen – über irgendeine private Sache, die nichts mit der Beichte zu tun hatte. Also hat er sich in die Schlange der Wartenden eingereiht. Und weil er nun schon mal da war, habe ich ihm die Beichte abgenommen und ihm Absolution erteilt. Die Beichte ist ein Sakrament, wissen Sie? Gott gibt auch denen seinen Segen, die keine Sünden zu gestehen haben.»

«Sonnabend. Vergangenen Sonnabend? Einen Tag bevor er umgebracht wurde?»

«Ja», sagte Pater Ingles. «Vergangenen Samstag. Am Sonntag war er mein Meßjunge, aber ich habe mich nicht mit ihm unterhalten. Samstag war also der letzte Tag, an dem Ernesto und ich miteinander gesprochen haben.» Ingles glitt herunter von der Friedhofsmauer, auf der er gesessen hatte. «Ich fange an zu frieren», sagte er. «Lassen Sie uns hineingehen.»

Am hölzernen Kirchenportal verneigte sich Pater Ingles zum Altar hin und bot Leaphorn einen Platz in der hinteren Sitzreihe an. «Ich glaube kaum, daß ich Ihnen mit meinen Auskünften weitergeholfen habe», sagte er. «Daß George Bowlegs' Vater ein Trunkenbold war, wußten Sie ja schon. Nun ja, und jetzt wissen Sie auch, daß Ernesto Cata nichts Schlimmes getan hat. Er hat niemandem einen Grund dafür geliefert, ihn umzubringen oder ihm auch nur ernsthaft böse zu sein.»

«Vielleicht sehen Sie sich in der Lage, mir mitzuteilen, worüber Ernesto sich mit Ihnen privat – wie Sie sich ausdrückten – unterhalten wollte. Ich meine, bevor er Ihnen seine Sünden gebeichtet hat.»

Pater Ingles lächelte. «Das war ganz bestimmt nichts von Bedeutung. Nichts, was einen auf Mordgedanken bringen könnte.»

«Wollen Sie mir nicht sagen, was es war?»

«Einem Zuñi würde ich es ganz gewiß nicht erzählen», sagte Pater Ingles. «Aber Sie sind ja ein Navajo.» Er lächelte wieder. «Ernesto war der Meinung, er hätte möglicherweise ein Tabu der Zuñis gebrochen. Aber er war seiner nicht sicher, und es beunruhigte ihn, und mit einem von seinen Landsleuten wollte er nicht darüber reden, nur mit einem Freund. Und der war ich.»

«Was war das denn für ein Tabu?»

«Ach, Kinder... kein junger Mensch darf, solange er noch nicht reif ist für die Aufnahme in die Religionsgemeinschaft der Zuñis, etwas über die Träger der Geistermasken erfahren. Haben Sie schon mal davon gehört?»

«Nicht viel.»

«Nun», sagte Pater Ingles, «entsprechend dem Glauben der Zuñis kehrt der Göttliche Rat – oder wie immer Sie die Geister der ertrunkenen Kinder nennen wollen – einmal im Jahr in das Dorf zurück. Die Geister bringen den Regen, die Ernte, Segnungen verschiedener Art, sie tanzen mit den Menschen und lehren sie, das Rechte zu tun. Aber immer wieder geschah es, daß ihnen ein Zuñi folgte, wenn sie sich auf den Rückweg zum Ballsaal des Todes machten. Doch wer ihnen nachspürte, der mußte sterben. Das fanden die Kachinas sehr betrüblich, und darum sagten sie zu den Zuñis, sie würden nie wiederkommen. Statt dessen sollten die Zuñis heilige Masken anfertigen, von denen jede einzelne einen der Geister personifizieren sollte, und besonders charakterfeste, hervorragende Angehörige des Stammes durften diese Masken tragen. Die wahren Kachinas pflegen nur als Geister zu erscheinen. Nur gewissen Zauberern gegenüber nehmen sie Gestalt an. Diese Übereinkunft zwischen den Kachinas und den Zuñis ist eine geheimnisumwitterte Angelegenheit. Ausschließlich jene, die schon in die Glaubensgemeinschaft aufgenommen wurden, dürfen davon wissen. Kinder gehören nicht dazu.»

Leaphorn schwieg. Er hörte aufmerksam zu, doch gleichzeitig betrachtete er die Fresken an der Kirchenwand. Dort tanzten sie, die Götter der Zuñis, die meisten von ihnen in Mannesgröße und menschenähnlich, bis auf die grotesken Masken, die die Köpfe wie riesige Vogelschädel aussehen ließen. Nur eine der bunten Figuren auf der weißgekalkten Wand war kleiner – schwarz mit roten Tupfen, und eine wiederum war sehr viel größer als die anderen. Das war der Shalako, fast zwei Meter groß, eine Pyramide mit einem winzigen Vogelkopf darauf, das Ganze getragen von zwei Menschenbeinen. Das war der ‹Botenvogel› der Götter.

«Deshalb war Ernesto so besorgt», sagte Pater Ingles. «Er hatte George erzählt, er würde die Shulawitsi-Maske tragen, und dann fiel ihm ein, daß er durch seine Schwatzhaftigkeit ein Tabu gebrochen haben könnte. Da!» Der Geistliche deutete auf eine kleine schwarze Gestalt, die die Prozession der Kachinas an der Kirchenwand anführte. «Der kleine Schwarze da mit der gesprenkelten Maske ist Shulawitsi, der Kleine Feuergott. Der Träger dieser Maske ist immer ein Knabe. Das bringt für den Jungen enorm viel Arbeit mit sich. Er muß Texte büffeln, rennen, Kondition tanken,

Tänze einstudieren, üben, üben und nochmals üben. Dafür widerfährt ihm die höchste Ehrung, die einem Kind vom Volke der Zuñis zuteil werden kann. Aber es ist eine Schinderei. Und die Schule kommt zu kurz dabei.»

«Hat er denn nun wirklich ein Tabu gebrochen, indem er George davon erzählte?»

«Das weiß ich nicht so genau», sagte Pater Ingles. «Wenn George ein Zuñi wäre, hätte man ihn schon einige Jahre zuvor in die Glaubensgemeinschaft aufgenommen. So betrachtet, war er also kein Kind mehr, dem alles Wissen über diese Geheimnisse verwehrt war. Andererseits war er niemals in die Geheimnisse der Kulthandlungen eingeweiht worden, unter Wahrung der vorgeschriebenen Formen, versteht sich. Wie die Sage zu berichten weiß, hat der junge Zuñi den kleinen Kindern ganz bewußt die Geheimnisse verraten, weil er zornig war und auf diese Weise den Ablauf der heiligen Handlungen stören wollte. Schon sein Zorn stellt einen Bruch des Tabus dar. Man darf während der heiligen Handlungen keinerlei böse Gedanken hegen. Nun, der Göttliche Rat hat den Salamobia ausgesandt, der den Jungen bestrafen sollte.» Pater Ingles deutete auf die vierte Figur in der Gruppe der Kachinas. Sie war von muskulöser Gestalt und mit einer Yucca-Peitsche ausgerüstet. Leaphorns Blick hatte diese Kachina schon zuvor gestreift. Irgendwie war sie ihm bekannt vorgekommen. Jetzt wußte er warum. Das war jene furchterregende Maske, die er vor gut achtundvierzig Stunden hinter dem Hogan im Jason's Fleece gesehen hatte.

«Worin bestand die Strafe?» fragte Leaphorn.

«Der Salamobia schlug den Kopf des Knaben mit seiner Machete ab – genau hier auf dieser Plaza – und spielte Football damit.» Pater Ingles lachte. «Die meisten Sagen der Zuñis fließen über von Herzenswärme und Nächstenliebe. Diese allerdings ist fast so schlimm wie eines von Grimms Märchen.»

«Wissen Sie eigentlich, auf welche Weise Ernesto umgebracht wurde?»

Pater Ingles zeigte sich überrascht. «Er ist verblutet, oder nicht? Ich war der Meinung, daß er mit einem Messer verletzt wurde.»

«Jemand hat ihm mit einer Machete von hinten quer über das Genick geschlagen», sagte Leaphorn. «Ihm wurde beinahe der Kopf vom Rumpf getrennt.»

14
Donnerstag, den 4. Dezember, 10 Uhr 30

Zum drittenmal wollte Leaphorn dem Bowlegs-Hogan einen Besuch abstatten. Darum war er schon seit der Morgendämmerung auf den Beinen. Nochmals untersuchte er mit größter Sorgfalt die Spuren, die das Pferd von George Bowlegs auf dem rauhen Boden des Korrals hinterlassen hatte. Sich die genaue Form der Hufeisen, jede Einkerbung und Markierung der Hufe einzuprägen, darauf kam es Leaphorn jetzt an. Die Leiche von Shorty Bowlegs war inzwischen abtransportiert worden. Entweder war er bereits von einem der Zuñis, deren Schafe er gehütet hatte, beerdigt worden, oder O'Malley hatte Shorty in ein FBI-Laboratorium schaffen lassen, wo jetzt irgendein post-mortem-Hokuspokus mit ihm angestellt wurde. Das Vieh war nicht mehr da, aber die irdische Habe von Shorty Bowlegs befand sich noch unversehrt im Hogan. Navajos würden das Zeug nicht anrühren, weil sie fürchteten, sich mit der Geisterkrankheit anzustecken.

Leaphorn stand am Eingang zum Hogan und starrte gedankenverloren auf den von spurenlesenden Polizisten zusammengetragenen Haufen von Sachen, die einstmals Shorty Bowlegs gehört hatten. Irgend etwas hielt ihn hier zurück – ein Gefühl, daß er etwas vergessen, einen wichtigen Hinweis übersehen haben könnte. Aber was immer das auch sein mochte, er kam jetzt nicht darauf. Er fragte sich, ob O'Malley wohl etwas gefunden hatte; Leaphorn würde wohl kaum darüber informiert werden, falls der Mord inzwischen aufgeklärt war und die FBI-Zentrale in Albuquerque ein Polizei-Bulletin an die Presse gegeben hatte über die Verhaftung des Täters. Das konnte er, Leaphorn, dann in irgendeiner Zeitung nachlesen. Für ihn war die Situation klar, nachdem feststand, daß sich insgesamt sechs verschiedene Polizei-Dienststellen mit der Aufklärung des Falls beschäftigten. Da wurde ein kleiner Fisch wie er glatt vergessen, wenn es galt, wichtige Informationen an die einzelnen Spürhunde weiterzuleiten. Jede der Dienststellen würde sich so verhalten, wie es ihren eigenen Interessen am besten diente. Deshalb handelte Leaphorn, ohne sich dessen völlig bewußt zu sein, nach der Devise, in allererster Linie darauf bedacht zu sein, Schaden vom Dinee, vom Volk der Navajos, fernzuhalten. Orange Naranjo, das wußte Leaphorn, würde seine Pflicht zielstrebig und mit größter Sorgfalt erfüllen – vor allem deshalb, weil sein verehrter Chef und Freund, der Sheriff von McKinley County, unbedingt wiedergewählt werden wollte. Pasquaanti fühlte sich in erster Linie den uralten Gesetzen der Indianer verpflichtet, ungeschriebene Gesetze, die Jahrhunderte mehr auf dem Buckel hatten als jedes verzeichnete Gesetz des weißen Mannes. Highsmith, dessen Hauptaufgabe der reibungslose Ablauf des Straßenverkehrs war, würde so wenig wie möglich tun. Und O'Malley schließlich mußte stets und bei allem, was er tat, daran denken, daß die Arbeit des FBI in einem besonders guten Licht erschien, in einem sehr viel besseren zumindest als die Tätigkeit der konkurrierenden Dienststellen.

Leaphorn sann darüber nach, warum das FBI sich wohl in diese nicht einmal in ihren Zuständigkeitsbereich gehörige Sache eingelassen hatte. Im allgemeinen schaltete sich diese Dienststelle nur ein, wenn die Aufklärung eines Verbrechens so gut wie sicher erschien, ausgenommen vielleicht Fälle, bei denen es um radikale Politiker oder Rauschgifthändler ging. Dafür, daß Drogen mit im Spiel waren, sprach die Anwesenheit von Baker, und das Verhalten O'Malleys ließ darauf schließen, daß Baker Hinweise erhalten hatte, die er nicht mit anderen Dienststellen zu teilen gewillt war. Leaphorn zerbrach sich den Kopf darüber, was das wohl für Spuren oder Fingerzeige sein mochten, aber seine Denkarbeit führte zu keinem Ergebnis, und so kletterte er mißmutig zurück in seinen Kombi und ließ den Motor an. Durch den Rückspiegel beobachtete er, wie sich hinter ihm die Tür zum Hogan bewegte. Shortys böser Geist vielleicht oder auch nur die gelegentlich aufkommende Morgenbrise, die hier und da den rötlichen Staub von den Stämmen der Blockhütte herunterwirbelte.

Leaphorn folgte dem Weg, den Pater Ingles ihm beschrieben hatte. Als er auf dem Highway 53 an dem kleinen Flugplatz von Black Rock vorüberfuhr, startete gerade eine einmotorige Maschine. Sie rollte schnell und schneller, erhob sich in die Luft und überflog nur wenige Meter vor Leaphorn die Autostraße in geringer Höhe. Leaphorn fuhr zügig weiter und nahm erst im Bereich des alten Zuñi-Dorfes den Fuß wieder vom Gaspedal, weil er mit dem Gedanken spielte, den kleinen Umweg bis zur Station der

Zuñi-Polizei in Kauf zu nehmen. Vielleicht gab es etwas Neues, von dem er noch nichts wußte. Aber dann fuhr er doch weiter ohne anzuhalten. Falls etwas Wichtiges geschehen wäre, hätte man in der Funksprechzentrale im Gemeindehaus von Ramah davon Kenntnis gehabt und die Information an ihn weitergegeben, denn dort hatte er übernachtet. Und er fühlte sich nicht in Stimmung für eine Plauderei mit O'Malley, Baker oder Pasquaanti. O'Malley hatte ihm den Auftrag erteilt, George Bowlegs zu finden. Nun gut, er würden den Jungen finden, aber nicht O'Malleys wegen, sondern nur, um seine eigene Neugier zu befriedigen. Und jetzt – eigentlich zum erstenmal, seit er sich mit dem Fall beschäftigte – hatte er eine Spur. Einen Fingerzeig, und vielleicht stimmte die Richtung. George hatte den Hogan seines Vaters am Montagabend zu Pferde verlassen. Die Entfernung bis zum See mochte etwa 50 Meilen betragen. Falls George den direkten Weg eingeschlagen hatte, dann war er quer durch die Zuñi-Reservation geritten, war später dem Lauf des Zuñi Wash gefolgt bis zur Staatsgrenze von Arizona und war dann entlang dem US Highway 666 in südwestlicher Richtung gezokkelt. Ein schwieriges Gelände, felsig und unwirtlich, das der Junge zu durchqueren hatte bis hin zu dem Plateau, das auf den Landkarten des weißen Mannes als ‹Painted Desert› bezeichnet wurde. Doch die einzigen Barrieren, die er zu überwinden hatte, waren von der Natur errichtet worden, dazu noch zwei oder höchstens drei Stacheldrahtzäune. Alles in allem, schätzte Leaphorn, ein Ritt von anderthalb Tagen.

Leaphorn wollte nach einem äußerst simplen Plan vorgehen. Er hatte vor, so nahe wie möglich an den geheimnisvollen See heranzufahren und sich dann auf die Spurensuche zu begeben. Er hatte ein gutes Gefühl dabei. Es würde ihm wohltun, nach drei Tagen der Frustration einer soliden Tätigkeit nachzugehen.

Das schmale Asphaltband vor ihm wurde noch enger, als aus dem NM Highway 53 plötzlich, unmittelbar hinter der Grenze, Arizona 61 wurde. Leaphorn fühlte eine eigenartige Unruhe in sich aufsteigen, und was ihn daran am meisten störte, war, daß er nicht wußte, warum er unruhig war.

Leaphorn sah Susanne in dem Augenblick, als er die Kreuzung vom US Highway 666 überfuhr. Sie stand unmittelbar hinter dem Richtungsschild. Neben ihr auf dem Boden lag ein mit ihren Habseligkeiten gefüllter Mehlsack. Sie wirkte hilflos, klein und zerbrechlich, wie sie da stand, und außerdem tat sie so, als hätte sie Leaphorn in seinem Polizeiauto gar nicht gesehen. Leaphorn zögerte. An diesem Tag konnte er keine Gesellschaft gebrauchen. Andererseits war er neugierig. Hinzu kam, daß er eine recht bemerkenswerte Sympathie für das Mädchen empfand. Er wollte nicht, daß sie einfach aus seinem Blickfeld verschwand. Also brachte er den Kombi am Rand des Asphalts neben Susanne zum Stehen.

«Wo wollen Sie hin?»

«Ich trampe», sagte sie.

«Das sehe ich. Aber wohin?»

«Richtung Norden. Zur Interstate 40.» Sie schüttelte den Kopf. «Eigentlich weiß ich selbst nicht, wo ich hin will. Ich kann immer noch entscheiden, ob ich in den Osten oder in den Westen will, wenn ich erst mal am Interstate Highway bin.»

«Ich glaube, ich weiß inzwischen, wo ich nach George zu suchen habe», sagte Leaphorn. «Ich bin auf dem Weg dahin. Jedenfalls muß ich es versuchen. Wenn Sie Zeit haben, können Sie mir ja helfen.»

«Ich kann Ihnen nicht helfen.»

«Sie sind befreundet mit George», sagte Leaphorn. «Mit ziemlicher Sicherheit wird er mich sehen, bevor ich hinter ihm her bin. Wenn er Sie sieht, wird er glauben, daß alles in Ordnung ist.»

«Wenn ich nur wüßte, ob wirklich alles in bester Ordnung ist», sagte Susanne. Aber als er die Tür für sie öffnete, legte sie den Mehlsack auf den Rücksitz und nahm neben Leaphorn Platz. Er wendete und fuhr auf der 666 in südlicher Richtung weiter.

«Wir fahren nach Süden bis zur Brücke über den Zuñi Wash», sagte Leaphorn. «Das sind ungefähr 15 Meilen. Kurz vor der Brücke kommen wir an einer großen Rancheinfahrt vorbei. Da fahren wir rein, stellen den Wagen an einem sicheren Platz ab und gehen zu Fuß weiter.»

Susanne erwiderte nichts. Leaphorn vermutete, daß Susanne noch nichts gegessen hatte, und wies auf die Lunchtüte, die er in einem Laden in Ramah erstanden hatte.

«Was ist gestern eigentlich aus Ihnen geworden? Als Isaacs mit Ihnen reden wollte, waren Sie weg.»

«Ich bin zur Kommune zurück. So war es doch – genau, wie ich's Ihnen vorausgesagt habe, nicht wahr? Ted konnte nichts tun. Er ist doch hilflos. Und um es ihm nicht noch schwerer zu machen, bin ich lieber gegangen.»

Leaphorn hielt es für angebracht, nicht darauf zu antworten. «Und warum haben Sie die Kommune dann verlassen?» fragte er.

«Halsey meint, ich wirke wie ein Magnet auf die Polente.»

Er beobachtete sie beim Essen. Sie hatte großen Hunger und zeigte es. Bei der ist nicht nur das Frühstück ausgefallen, dachte er. Trotz der hastigen Bewegungen, mit denen Susanne aß, bemerkte Leaphorn die Wunde zwischen Daumen und Zeigefinger ihrer rechten Hand. Eine übel aussehende Verletzung, die durch die Haut tief ins Fleisch ging.

«Halsey hat Sie also rausgeschmissen?»

«Er hat gesagt, ich soll meinen Krempel zusammenpacken, und heute morgen hat er mich mit dem Wagen bis an den Highway gebracht.» Sie sah zum Seitenfenster hinaus. «Ich hatte recht mit Ted, nicht wahr? Er konnte nichts für mich tun.»

Er nickte. «Isaacs hat es mir so erklärt, wie Sie es vorausgesehen haben. Reynolds würde ihn glatt feuern, meinte er, wenn jemand bei ihm wäre, der dort nichts zu suchen hat.»

«Ich verstehe ihn gut», sagte Susanne. «Wenn alles klappt, wird er ein berühmter Mann. Seine Leute hatten nichts und waren nichts. Und jetzt bietet sich ihm diese große Chance. Da kann er sich doch gar nicht anders verhalten.»

Sie redet, dachte Leaphorn, als müßte sie nicht nur mich, sondern auch sich selbst überzeugen.

«Er konnte gar nicht anders», wiederholte sie. «Sonst hätte er alles aufs Spiel gesetzt.»

Leaphorn fand die Einfahrt zu der Ranch genau an der Stelle, die Pater Ingles ihm beschrieben hatte. Am hölzernen Torbogen war ein verwaschenes Schild befestigt, auf dem früher einmal «Durchfahrt verboten» gestanden hatte. Inzwischen war die Schrift längst ausgebleicht von der Sonne und abgespült von unzähligen Regengüssen. Drei Coyotenfelle hingen am Torbogen, zerzaust von Alter und Wind.

«Warum machen die das?» fragte Susanne. «Warum nageln sie die Felle an das Holz?»

«Warum nicht? Die Weißen machen es doch auch nicht anders. Die hängen sich ein Hirschgeweih an die Wohnzimmerwand oder legen ein Tigerfell vors Bett. Damit soll bewiesen werden, daß es ihnen nichts ausmacht, andere Lebewesen zu töten.»

Leaphorn fuhr sehr langsam, sorgfältig darauf bedacht, den Wagen neben der ausgefahrenen Wegspur zu halten, um so wenig wie möglich Staub aufzuwirbeln. Jedesmal, wenn sie an eine Weggabelung kamen, folgte Leaphorn den Karrenspuren, die sie näher an das Zuñi-Plateau heranführten. Pater Ingles hatte gesagt, der geheimnisvolle See läge 5 oder 6 Meilen von der Straße entfernt am Rand der Mesa. In einem Land, wo alles Rotwild, alle Antilopen ebenso wie die Viehherden zu den wenigen Wasserstellen drängten und ihre Spuren hinterließen, konnte ein solcher See nicht allzu schwer zu finden sein.

Die letzte Karrenspur endete an einer verrosteten Windmühle. Leaphorn steuerte den Kombi in ein ausgetrocknetes Flußbett und stellte ihn zwischen einer Gruppe von Wacholderbüschen ab.

Den See entdeckten sie in einer Entfernung von weniger als einer Meile. Leaphorn betrachtete ihn durch den Feldstecher von einer felsigen Anhöhe aus. Außer einem jungen Reh, das auf staksigen Beinen durch das flache Wasser am Ufer sprang, konnte er nichts Lebendiges in der Umgebung des Sees ausfindig machen.

«Sind Sie sicher, daß er das ist?» fragte Susanne. «Unter einem heiligen See habe ich mir ganz was anderes vorgestellt. Größer vor allem.»

Die Frage irritierte Leaphorn. «Habt ihr weißen Leute nicht von Thomas Aquinas gelernt, daß eine unendliche Anzahl von Engeln auf einem einzigen Stecknadelkopf tanzen kann?»

«Das ist mir neu», sagte Susanne. «Ich habe die Schule ja auch nur bis zur zehnten Klasse besucht.»

«Na ja, man braucht wohl nicht allzu viel Wasser, um eine ganze Reihe von Geistern darin unterzubringen. Für uns ist es ohnehin einerlei, ob dies nun wirklich der Kothluwalawa ist oder nicht. Hauptsache, George glaubt daran. Und das wiederum spielt nur eine Rolle, wenn er hierher gefunden hat und wir ihn aufspüren.»

«Ich glaube nicht, daß er hier ist», sagte Susanne zweifelnd. «Warum sollte er? Wissen Sie das?»

«Alles, was ich über George weiß, habe ich von irgendwelchen Leuten erfahren», sagte Leaphorn. «Wie ich gehört habe, ist er ein sonderbarer Knabe mit einem Hang zum Mystischen. Außerdem soll er völlig unberechenbar sein. Dann habe ich noch gehört, daß er unbedingt in den Stamm der Zuñis aufgenommen werden will. Er will sogar ihrem Glauben beitreten. Ob das alles der Wahrheit entspricht, wissen die Götter, aber ein bißchen was wird wohl dran sein. Jedenfalls gehe ich davon aus, daß Ernesto sein Freund war und daß Ernesto Angst davor hatte, er könnte ein Tabu gebrochen haben, indem er George mehr über den Kult der Zuñis verraten hat, als man nach den Gesetzen des Stammes einen Uneingeweihten wissen lassen darf.» Leaphorn schwieg, um sich zu sammeln. Die Aufzählung der ihm bekannten Fakten war für ihn selbst genauso wichtig wie für seine Zuhörerin.

«Also», fuhr er fort, «nehmen wir mal an, George läßt sein Fahrrad an der Stelle, an der er sich mit Ernesto verabredet hat, und macht einen kleinen Spaziergang irgendwohin. Als er zurückkommt, ist das Fahrrad verschwunden und Ernesto auch. Das ist ja nichts Ungewöhnliches. Er denkt, Ernesto ist schon abgehauen, ohne auf ihn zu warten. Aber dann entdeckt er diese große Blutlache. Das Blut ist noch frisch zu diesem Zeitpunkt. Es wird ihm einen gehörigen Schreck eingejagt haben. Am nächsten Tag, als er zur Schule kommt, sucht er vergeblich nach Ernesto. Wen ich auch frage, ich höre von allen Seiten, daß George ganz schön schrullig sei. Sagen wir mal, George ist davon überzeugt gewesen, daß die Kachinas seinen Freund Ernesto für den Bruch des Tabus bestraft haben. George hatte sicherlich von der grausamen Bestrafung des Jungen gewußt, der das Schweigegebot verletzte und darum von den Kachinas geköpft wurde. Es liegt doch nahe, daß George sich deshalb zu diesem See begeben hat, um den Göttlichen Rat anzurufen und sich selbst von jeder Schuld freisprechen zu lassen. Vielleicht ist er auch hergekommen, weil er glaubt, Ernestos Geist würde hier eintreffen und sich zu den anderen Geistern der Verstorbenen gesellen.» Leaphorn sah Susanne zweifelnd an. «Erinnern Sie sich?» fragte er. «George wollte doch von Ihnen wissen, ob die Kachinas einem Absolution erteilen können. Und sicher wissen Sie auch noch, daß er seinem Bruder Cecil erklärt hat, er müsse die Kachinas finden, um irgend etwas in Ordnung zu bringen.»

«Kann sein, daß George so denkt», sagte Susanne. «Bei einem wie ihm weiß man nie, woran man ist. Ernesto und er haben von nichts anderem geredet als von Hexen, Werwölfen und Zauberei, und daß sie Visionen hätten und so'n Quatsch. Bei Ernesto konnte man merken, daß er das alles nicht so ernst nahm. Aber bei George war das anders. Der glaubte daran.»

«Wenn er die Absicht hat, Ernestos Geist bei seiner Ankunft hier abzupassen, dann haben wir eine reelle Chance, George zu erwischen. Der Zeitpunkt müßte morgen sein, vielleicht bei Tagesanbruch.»

«Wieso?»

«Nach dem Ableben braucht der Geist volle fünf Tage für die Reise bis zum Tanzsaal des Todes», sagte Leaphorn. «Die Zuñis versuchen, ihre Toten in dem Sonnenzyklus zu bestatten, in dem sie starben. Also beerdigten sie Ernesto noch am selben Tag, an dem sie seinen Leichnam auf der kleinen Ebene unterhalb der Mesa ausgegraben hatten. Zuerst ließen sie schnell eine Totenmesse in der katholischen Kirche für ihn lesen, und dann waren die Priester und die geweihten Männer seines Stammes an der Reihe mit der Bestattungszeremonie. Aber damit war es noch nicht getan. Sie legten fünf Sätze frischer Wäsche mit in das Leichentuch, in das Ernesto eingehüllt wurde. Und erst am fünften Tag trifft der Geist des Toten dann sauber gekleidet hier ein – falls dies wirklich der richtige See ist – und gesellt sich zum Göttlichen Rat und verwandelt sich in eine Kachina.»

«Dann glauben Sie also, George wird morgen früh hier aufkreuzen?»

Leaphorn lachte. «Ob ich das wirklich glaube, kann ich nicht sagen. Vielleicht ist mir nur keine Alternative eingefallen.»

«Kann ja sein, daß er hier sein will, um sich von Ernesto zu verabschieden», sagte Susanne. «Soviel ich weiß, war Ernesto sein einziger Freund, den er je gehabt hat. Er könnte irgendwas Verrücktes anstellen, sozusagen als letzte Geste.»

«Denken Sie an Selbstmord?»

Susanne blickte Leaphorn aus Augen an, die viel zu alt waren für ihr junges Gesicht. «Zuzutrauen ist ihm das. Er hat sich so sehr gewünscht, ein Zuñi zu werden, und Ernesto war seine einzige Hoffnung. Aber das alleine war es nicht.» Sie schwieg gedankenverloren, dann fügte sie hinzu: «Er war so einsam. Für jemanden, der unter der Einsamkeit leidet, muß es sehr schwer sein, zum Volk der Navajos zu gehören.»

Das war ein völlig neuer Gedanke für Leaphorn. Er mußte sich erst damit anfreunden. Aber dann nickte er. «Stimmt. Wie für einen Maulwurf, der Zeit seines Lebens die Finsternis verabscheut.»

Leaphorn fand neben Antilopenspuren die verwitterten Abdrücke von Mokassins in der Nähe des Seeufers. Natürlich gab es auch zahlreiche Spuren von Coyoten, Wildschweinen, Füchsen und allem möglichen Kleingetier, wie immer in der Nähe eines Gewässers. Die Mokassinabdrücke waren für Leaphorn der letzte Beweis dafür, daß es sich bei diesem Seegelände tatsächlich um irgendeine religiöse Kultstätte handelte. Denn außer zu rituellen Handlungen pflegen die Zuñis keine Mokassins mehr an den Füßen zu tragen, so wenig wie die Navajos oder die FBI-Agenten. Von Spuren jedoch, die das Pferd von George hinterlassen haben könnte, war nichts zu entdecken, und ein Stiefelabdruck, der von George stammen könnte, war auch nirgends zu finden. Die einzigen Pferdespuren, die Leaphorn nach langer Suche ausfindig machen konnte, waren uralt und halb verweht.

Gegen zwei Uhr morgens war Leaphorn endgültig überzeugt davon, daß George sich bisher nicht in der Nähe des Sees aufgehalten hatte. Er setzte sich unter einen Wacholderstrauch, zündete sich eine Zigarette an und lud das Mädchen ein, neben ihm Platz zu nehmen. Er dachte darüber nach, an welchem anderen Ort George nach seinen Kachinas suchen mochte, und da seine Überlegungen zu keinem Ergebnis führten, begab er sich erneut auf die Spurensuche. Innerhalb von fünf Minuten war es dann soweit. In weicher Erde, windgeschützt hinter einem kleinen Busch, fand Leaphorn den klaren, unverwechselbaren Abdruck vom linken Vorderhuf des Pferdes, mit dem George seit Tagen unterwegs war. Ein Stückchen weiter, weniger geschützt und deshalb schon halb verweht, entdeckte Leaphorn dann den Abdruck des rechten Vorderhufs. Hätte er nicht gewußt, wo er danach zu suchen hatte, wäre er an diesem zweiten Abdruck glatt vorbeigegangen.

«Also ist er doch hier», sagte Susanne. «Wo mag er stecken?»

«Er muß vor dem Unwetter hier gewesen sein», sagte Leaphorn. «Und zwar bei Tageslicht. Also hat er einen Teil des Rittes noch Montag nacht hinter sich gebracht, nachdem er die Nachricht für Cecil hinterlassen hatte. Am Dienstag hat er dann den Rest der Strecke zurückgelegt.»

Und dann? Leaphorn untersuchte den Boden rings um den Busch. An einigen Stellen entfernte er mit den Händen den Staub und fand nach mühseliger Suche weitere Pferdespuren, die aus der Richtung von Zuñi Village bis zu diesem einen, klaren Abdruck an der windgeschützten Stelle führten. Der Junge hatte sein Pferd für eine Weile hinter einer Piniengruppe warten lassen, dann war er eine kurze Strecke über felsigen Grund geritten und hatte das Pferd schließlich in südöstlicher Richtung weiterlaufen lassen. In dieser Richtung waren die graugrünen Umrisse der Zuñi-Klippen zu erkennen. George hatte also den See gefunden und war dann wieder davongeritten. Warum? Um abzuwarten? Was? Um abzuwarten, bis am morgigen Tag der Geist von Ernesto hier erschien, um an dieser Stelle seinen Abstieg in die Unterwelt zu vollziehen? Vielleicht. Leaphorn schüttelte den Kopf. Susanne blickte ihn zweifelnd an.

«Sind Sie ganz sicher, daß er keine Verpflegung von der Kommune mitgenommen hat?» fragte Leaphorn.

«Ganz sicher. Halsey wollte ihm nichts geben.»

«Dann muß er ziemlich hungrig gewesen sein, als er hier ankam. Der Junge ist hungrig, und er ist stolz auf sein großes Talent als Jäger. Er hat eine Jagdflinte dabei. Also wird er sich wohl auf die Jagd begeben haben.» Andererseits hätte er zwei volle Tage ohne Nahrung ausharren müssen, falls er tatsächlich das Erscheinen des Geistes seines Freundes abwarten wollte. Hier in der Nähe gab es keine Spuren von Rotwild. Das lag daran, daß die Rudel bisher noch nicht von Kälte und Schnee aus den höher gelegenen Regionen herabgetrieben wurden. George würde also schlau genug gewesen sein, um weiter hinaufzureiten in die Berge, sich dort ein geschütztes Plätzchen zu suchen und auf die Lauer zu legen, bis er ein jagdbares Rotwild vor die Flinte bekam.

Und weil George genau wußte, wo er nach einem Reh suchen sollte, wußte Leaphorn auch, wo er nach dem Jungen zu suchen hatte. Blieb die Frage, wohin inzwischen mit diesem zarten Geschöpf von einem Mädchen. Leaphorn stellte ihr frei, mit ihm zum Wagen zurückzugehen und dort auf ihn zu warten, vermutlich bis zum späten Nachmittag des nächsten Tages. Oder sie konnte ihn begleiten, was mit einem mühseligen Gewaltmarsch verbunden wäre. Außerdem mußte sie dann die Nacht in der eisigen Kälte irgendwo zwischen den Felsen oben auf dem Plateau verbringen.

«Ich weiß nicht, ob das nicht doch ein bißchen gefährlich wird», meinte Leaphorn. «Ich bin zwar davon überzeugt, daß George den kleinen Cata nicht umgebracht hat, aber eine Menge Leute glauben doch an seine Schuld, und wenn er das weiß, wird er vielleicht auf mich schießen, weil er denkt, daß ich hinter ihm her bin. Ich bezweifle das, aber auf der anderen Seite darf man nicht vergessen, daß er ein ziemlich verrückter Kerl ist.» Er schwieg. Hatte er noch etwas vergessen? Er hatte so ein unbestimmtes Gefühl. «Noch etwas. Zweifellos wird er uns entdecken, bevor wir ihn zu Gesicht bekommen. Wir sind bewegliche Ziele, und er hockt irgendwo, ohne sich zu rühren.»

«Andererseits», entgegnete Susanne lächelnd, «ist George ein Junge, der mich mag und der mir vertraut. Der schießt nicht auf mich. Auch auf sonst niemand, möchte ich annehmen, und dann... ich komme schon lieber mit, bevor ich mich die ganze Nacht in dieses Auto setze und allein bleibe. Außerdem werden Sie ihn niemals finden, wenn ich nicht mitkomme, weil er sich versteckt, sobald er einen Fremden sieht. Wenn er mich erkennt, wird er freiwillig aus seinem Versteck kommen und erzählen, was wir von ihm wissen wollen. Deshalb ist es besser, wenn ich Sie begleite.»

Leaphorn ging voraus. Er schlug eine schnelle Gangart ein. Der einzige Weg hinauf auf die Mesa, der ohne allzu unmenschliche Schwierigkeiten zu begehen war, führte über einen allmählich ansteigenden Höhenrücken. Nur diesen Weg konnte George genommen haben. Susanne folgte Leaphorn mit schnellen kleinen Schritten.

«Ein bißchen Angst hab ich ja doch», gestand sie. «Sie doch auch, oder? Aber ich bin wirklich davon überzeugt, daß George jemanden braucht, der ihm weiterhilft.»

Genau das ist es, dachte Leaphorn. George, und Ted Isaacs, und der bleiche junge Mann mit den Alpträumen, und die jüngere Schwester, die irgendwo in einer grausamen Stadt zurückgeblieben war, und eine ganze Welt voller Verlorener – sie alle brauchten Susannes Hilfe, und wenn sie nur zu ihnen gelangen kann, wird sie ihnen diese Hilfe gewähren. Und darum ist sie keine Verlorene, heute nicht und niemals. Leaphorn ging noch schneller, hier und da auf dem felsigen Boden die Andeutung eines Hufabdruckes entdekkend. Susanne, das wußte er, konnte ihm folgen. Was er nicht wußte, war, warum Ted Isaacs sich gegen Susanne und für sich selbst entschieden hatte. So sehr Leaphorn sich auch bemühte, er fand keine Antwort auf diese Frage.

15
Donnerstag, den 4. Dezember, 14 Uhr 17

Oben auf dem Höhenrücken stießen sie wieder auf die Pferdespuren, genau wie Leaphorn es vorausgesagt hatte.

«Sie verstehen sich auf dieses Geschäft, nicht wahr?» fragte Susanne.

«Ich betreibe es schon ziemlich lange», erwiderte Leaphorn.

Zwischen den steil aufragenden Klippen der Mesa über ihnen kreiste ein Eichelhäher. Sein gellender Schrei drang bis zu ihnen hinunter. Leaphorn horchte, aber außer diesem Geräusch hörte er kein anderes. Kein Windhauch rührte sich. Am westlichen Horizont, irgendwo über Arizona, hatte sich ein noch kleiner, ferner Berg aus grauen Wolken aufgetürmt. Ich hätte heute morgen den Wetterbericht hören sollen, dachte Leaphorn. Unruhe beschlich ihn plötzlich. Was mochte den Eichelhäher aufgeschreckt haben? Blickte George Bowlegs von jenem Felsen dort oben auf sie herab? Hielt er seine alte Jagdflinte auf sie gerichtet? Hatte er, Leaphorn, sich in dem Jungen getäuscht? George kam als Mörder seines Vaters nicht in Betracht. Zur Tatzeit war er einen Tagesritt von zu Hause entfernt. Aber den Mord an Ernesto Cata könnte er begangen haben. Vielleicht war er nicht nur sonderbar und ein bißchen verrückt, vielleicht war er ernsthaft geistesgestört? Alle diese ungelösten Probleme beschäftigten Leaphorn während des Aufstiegs in die Mesa. Obwohl er vorsichtig sein mußte, sich unauffälliger vorwärts bewegte als zuvor, wußte er dennoch innerhalb von einer knappen Stunde, was bei der weiteren Suche nach George Bowlegs für ihn von Wichtigkeit war.

In diesem Ausläufer der Mesa pflegte zu dieser Jahreszeit ein Hirschrudel von zwanzig bis fünfundzwanzig Tieren zu weiden. Das Wasser, das die Hirsche benötigten, lieferte ihnen ein kleines Rinnsal am Fuße der Felsen. Leaphorn wußte nach kurzer Zeit alles über die Lebensgewohnheiten der Tiere. Sie hatten zwei Zufluchtsstätten, wo sie schliefen, beide geschützt durch dichtes Buschwerk und so am Rand des Höhenrückens gelegen, daß sie frühzeitig durch die Witterung vor heranpirschenden Jägern gewarnt wurden.

«Nach allem, was Sie mir über George erzählt haben», sagte Leaphorn, «kennt er die Gepflogenheiten des Wildes ganz genau. Wenn er tatsächlich hier heraufgekommen ist, und zwar zu dem von uns vermuteten Zeitpunkt, dann hat er sich in der Abenddämmerung auf die Pirsch gemacht, wenn die Tiere sich zu einem Nikkerchen in ihren Schlupfwinkel zurückzogen. Er brauchte sich nur an der richtigen Stelle in den Hinterhalt zu legen und in aller Ruhe auf die Hirsche zu warten.»

Raben waren es, die sie zu der gesuchten Stelle führten. Der Aufpasser der schwarzgefiederten Vögel ließ ein warnendes Krächzen vernehmen, und ein rundes Dutzend seiner Kameraden erhob sich laut flatternd in den Himmel. Genau dort, wo sie aufgestiegen waren, entdeckte Leaphorn die kleine Lichtung, auf der George seinen Hirsch geschossen hatte.

Es war ein zweijähriger Bock, und er lag noch neben dem Trail im Schatten eines Felsvorsprungs. Leaphorn beobachtete die Szenerie aus der Entfernung und mit einem Gefühl der Genugtuung. Zum erstenmal seit Beginn der Suche nach George Bowlegs bestätigte sich die Richtigkeit seiner logischen Folgerungen, und das war überaus wichtig für einen ordnungsliebenden Menschen wie Leaphorn.

«Von hier aus können wir jetzt seine Spur aufnehmen und herausfinden, wo er die letzte Nacht verbracht hat», sagte Susanne. «Das dürfte nicht allzu schwierig sein, denn er wird sein Pferd in seiner Nähe angepflockt haben. Und wenn er die Zeit bis morgen totschlagen muß, dann...» Leaphorn sprach nicht weiter. Sein Gesichtsausdruck, eben noch strahlend vor Zufriedenheit, wurde nachdenklich, zweifelnd. Er murmelte ein paar Worte in der Sprache seines Volkes. Vor einer Minute noch schien sich alles nahtlos ineinanderzufügen, exakt nach dem Schema, das er aufgestellt hatte – ein Hirsch, an der richtigen Stelle zum richtigen Zeitpunkt von der richtigen Kugel erlegt. Warum war ihm die Ungereimtheit seiner logischen Folgerungen nicht gleich aufgefallen? Leaphorns Miene verfinsterte sich zusehends.

Susanne hatte den Stimmungswandel Leaphorns mitbekommen, ohne ihn zu begreifen. «Was ist los?» fragte sie.

«Warten Sie hier!» sagte Leaphorn. «Ich will mir das Ganze mal aus der Nähe ansehen.»

Er kletterte von dem Felsen, von dem aus er den toten Hirsch entdeckt hatte, herunter, ging bis zu dem Kadaver und hockte sich daneben auf den Boden. Das Tier war noch steif, konnte also nicht länger als einen Tag tot sein. Der Dunst von frischem Wildbret und geronnenem Blut stieg Leaphorn in die Nase. Es war ein gutgenährter junger Vierender, den die Kugel des Jägers oberhalb der linken Schulter von vorne getroffen hatte – ein Blattschuß, offensichtlich aus geringer Entfernung von einem der Felsbrocken herunter abgefeuert. George hatte den Bock auf den Rücken gedreht und die Weichseite mit fachgerechtem Schnitt geöffnet. Dann hatte er den Hirsch ausgeweidet, einen langen Streifen aus seinem Fell herausgeschnitten und ihm damit die Vorderhufe zusammengebunden, offenbar, um ihn daran an einen Ast zu hängen und ausbluten zu lassen. Aber der Kadaver lag noch auf dem Boden. Leaphorn betrachtete ihn mit finsterer Miene. Er hätte es verstanden, wenn George ein großes Stück Fleisch von den Knochen gelöst und dann den Rest einfach liegen gelassen hätte, obwohl das ein glatter Verstoß gegen die Jagdbräuche der Navajos gewesen wäre. Man läßt kein Fleisch verkommen – es sei denn, man ist in großer Eile. Aber das, was hier geschehen war, war völlig unerklärlich. Der Junge hatte keine Mühe gescheut, um sich Nahrung zu verschaffen. Er hatte den weiten, beschwerlichen Weg hier herauf auf sich genommen, das Wild aufgespürt und geduldig belauert, hatte es schließlich erlegt, ausgeweidet und zum Aufhängen und Zerlegen vorbereitet, und dann hatte er es einfach liegen lassen, ohne auch nur ein winziges Stück Fleisch herauszuschneiden, nicht einmal so viel, daß es ein einziges saftiges Steak ergeben hätte.

«Worüber denken Sie nach?» fragte Susanne. «Gibt's Probleme?»

«Bitte, sehen Sie sich doch mal um. Vielleicht finden Sie die leere Patronenhülse.»

«Wie sieht die aus?»

«Sie ist aus Messing», sagte Leaphorn. «Etwas kleiner als ein Füllhalterverschluß.» Er stocherte in den Innereien herum. Das Herz fehlte, die Leber und die Gallenblase auch. Die Raben waren schon am Werk gewesen, aber sie hatten nicht genügend Zeit gehabt, um die Organe zu vertilgen, und die bittere Gallenblase hätten sie ohnehin nicht angerührt. Die Navajos verwendeten sie für rituelle Handlungen, um Medizin daraus herzustellen oder ein Zaubermittel, mit dem sich die Hexen vertreiben ließen. Leaphorn erinnerte sich dunkel daran, daß auch die Zuñis irgendeinen Kult mit der Gallenblase eines erlegten Hirsches betrieben. Er untersuchte den Kadaver noch einmal, um ganz sicherzugehen, daß George kein Fleisch herausgetrennt hatte. An einer Stelle entdeckte Leaphorn einen kleinen Einschnitt. Ein Stückchen aus der Fettschicht fehlte. Wozu hatte George Hirschtalg gebraucht? Leaphorn wußte keine Antwort. Und warum erlegte jemand einen Hirsch, schlachtete ihn waidmännisch und machte sich dann mit nichts als dem Herzen, der Galle und der Leber aus dem Staub? George sei ein bißchen verrückt, sagten die Leute. Aber Verrücktheit war keine Erklärung für ein solches Verhalten.

Leaphorn erhob sich aus der Hockstellung. Ohne große Hoffnung, aber auch ohne viel Eifer begann er die Umgebung der kleinen Lichtung nach Spuren abzusuchen, Spuren, die ihn vielleicht der Lösung dieses Rätsels ein bißchen näher bringen würden.

Leaphorn fand überall die Spuren von Rotwild, die normalen Abdrücke ebenso wie die tiefen, die von Tieren hinterlassen wurden, die in panischer Furcht geflohen waren. Die Spur von George kreuzte mehrfach die der Hirsche. Seine Stiefelabdrücke waren deutlich zu erkennen.

Aber auch der Abdruck eines Mokassins.

Leaphorn starrte auf die flache Vertiefung in der weichen Erde. Es war der Abdruck eines mittelgroßen Fußes, bekleidet mit einem Mokassin aus weichem Leder. Und dann tastete Leaphorns Hand nach dem Revolver im Gürtelhalfter, denn ihm war klar geworden, was dieser Fußabdruck bedeutete. Leaphorn behielt die Hand auf dem Revolvergriff, während er versuchte, das Buschwerk rings um die Lichtung mit seinen Blicken zu durchdringen. Der Fußabdruck war am Tag zuvor entstanden, nachdem George den Hirsch geschossen hatte, aber nicht allzu lange danach. Jemand war George hierher gefolgt. Und nachdem das für Leaphorn fest stand, ergaben sich plötzlich weitere logische Konsequenzen für ihn. Leaphorn sah Cecils verbeulte Lunchbox vor sich, dessen Inhalt durchsucht, durcheinandergewühlt worden war. Und er hörte noch einmal die

Worte Cecils, der ihm erklärte, daß sich die Nachricht, die George für ihn, seinen Bruder, hinterlassen hatte, in der Box befunden hatte. Und in diesem Augenblick wußte Leaphorn auch, was er während der vergangenen sechsunddreißig Stunden übersehen hatte. Der Zettel mit der Nachricht für Cecil war nicht mehr in der Lunchbox gewesen, weil der Mörder von Shorty Bowlegs ihn gefunden hatte, und weil er aus dieser Botschaft darauf schließen konnte, wohin George gegangen war. Und dann war er ihm gefolgt.

Leaphorn bedachte sich mit einer Anzahl der schlimmsten Schimpfwörter, die es in der Sprache der Navajos gibt. Wie konnte er nur so dumm gewesen sein? Das war es, was immer in seinem Unterbewußtsein vorhanden gewesen war, aber nie den Durchbruch an die Oberfläche geschafft hatte. War er zu spät darauf gestoßen? Sein Blick streifte den Kadaver. Diese unbekannte Person mußte eingetroffen sein, als George gerade mit der Aufbereitung seiner Jagdbeute beschäftigt gewesen war, und das erklärte auch, warum George sein Werk nicht beendet hatte. Aber wo mochte George jetzt sein? Hatte der Unbekannte ihn getötet und verscharrt?

«Hier ist die Hülse.» Susannes Stimme erklang hinter ihm. «Sieht eigentlich mehr wie ein Lippenstift aus, nicht so sehr wie die Kappe von einem Füllhalter.» Fröhlich lächelnd zeigte sie ihm eine leere Patronenhülse, die sie zwischen Daumen und Zeigefinger eingeklemmt hielt. (Das war keine Dreißiger, dachte Leaphorn. Die stammte nicht aus der alten Jagdflinte von George. Eher schon Kaliber 45, oder vielleicht auch 38 oder 30–06. Und das wiederum ließ den Schluß zu, daß George Bowlegs gestern um diese Zeit hier an dieser Stelle erschossen wurde, ziemlich genau während der Zeit, die er, Lieutenant Joseph Leaphorn, für eine Plauderei mit einem katholischen Geistlichen vergeudet hatte.)

«Geben Sie mal her», sagte Leaphorn. Susanne ließ die leere Hülse auf seine ausgestreckte Hand fallen. Er hatte sich getäuscht. Es war eine Dreißiger, und die Messinghülse roch immer noch ein bißchen nach verbranntem Pulver.

«Sie lag genau unterhalb von diesem Felsbrocken da», sagte Susanne. «Stammt sie aus dem Gewehr von George?»

«Ja, sie stammt aus seiner Flinte», erwiderte Leaphorn. «Und nun versuchen Sie mal, ob Sie nicht noch eine Patronenhülse finden. Schauen Sie hinter den Büschen rings um die Lichtung nach. Überall dort, wo ein Mann Deckung findet, der jemandem auflauern will.»

Susanne blickte ihn fragend an, aber er sagte nichts. Statt dessen begann er mit einer akribischen Spurensuche, denn es galt herauszufinden, auf welche Weise George dieses Fleckchen Erde verlassen hatte.

Zunächst einmal stellte er fest, auf welche Weise George hierhergekommen war. Er hatte sich den ganzen Weg hinauf an den Wildpfad gehalten. Leaphorn verwendete eine weitere Viertelstunde darauf, die einzelnen Fußabdrücke genau zu sondieren. Danach wußte er, daß George Bowlegs auf seinen eigenen Füßen fortgegangen war, und Leaphorn fühlte sich außerordentlich erleichtert über diese Feststellung. George war von dem erlegten Hirsch weg zurück zu dem Felsen gegangen, von dem aus er geschossen hatte. Dort hatte er sich umgedreht, sich niedergehockt und hatte so mit dem Gesicht zur Lichtung gewartet. (Was hatte er getan? Gelauscht? Jemanden beobachtet? Hatte ihn ein Geräusch aufgeschreckt?) Vom Felsen weg führten die Spuren zu einer Piniengruppe, daran vorbei entlang einem Felsvorsprung und dann hinauf in das dichtere Gehölz.

Leaphorn verbrachte noch eine weitere halbe Stunde im Bereich der Lichtung, ohne dadurch neue Erkenntnisse zu gewinnen. Susanne forschte mittlerweile vergeblich nach einer weiteren Patronenhülse und schreckte dabei ein Kaninchen auf, das unter beträchtlichem Lärm talwärts raste. Vielleicht war es ein ähnliches Geräusch gewesen, das George am Tag zuvor von seiner Jagdbeute vertrieben hatte. Immerhin war er nervös genug gewesen, um die dringend benötigte Verpflegung im Stich zu lassen und auf Schleichwegen zu der Stelle zurückzukehren, wo er sein Pferd angebunden hatte. Von dort aus war er in westlicher Richtung über die Mesa geritten.

Leaphorn ließ sich auf einem umgestürzten Baumstamm nieder, fischte eine Dose mit Büchsenfleisch – seine eiserne Ration – aus der Jackentasche und teilte das Fleisch mit Susanne. Während sie aßen, ließ er sich durch den Kopf gehen, welche Möglichkeiten ihm geblieben waren. Er konnte versuchen, sich an Georges Fersen zu heften, aber er konnte auch abwarten und versuchen, ihn morgen am

See zu schnappen. Dann blieb noch die Möglichkeit, einfach aufzugeben und nach Hause zurückzukehren. Die Aussichten, George jetzt noch aufzuspüren, waren ziemlich gering. Der Junge würde entweder das Weite suchen (allerdings nicht zu schnell, denn sein Pferd mußte mittlerweile vor Hunger und Erschöpfung mehr tot als lebendig sein), oder er würde sich irgendwo verkriechen und höllisch aufpassen, daß er nicht entdeckt wurde. Vorausgesetzt, daß Leaphorn mit seinen Vermutungen über den See richtig lag, war die Chance, George dort abzufangen, noch am größten. Zumindest sah es im Augenblick so aus, als sei das die einzige Chance überhaupt.

Die Sonne stand jetzt schon sehr tief. Die Wolken im Westen hatten den Horizont um ein ganzes Stück angehoben und waren nun mit knallgelber Farbe überzogen. In südwestlicher Richtung, über den White Mountains, hatte sich eine zweite Wolkenformation gebildet. Er mußte wieder an George denken. In panischer Angst war er nicht geflohen, soviel stand fest. Er hatte sich davongeschlichen, nachdem er von seiner Jagdbeute aufgeschreckt worden war, nervös vielleicht, ein wenig ängstlich auch, aber nicht in Panik. Daraus ließ sich schließen, daß er den heutigen Tag in einem sicheren Versteck verbracht hatte, statt sinnlos durch das Land zu hasten. Und mit dem Tageslicht war auch sein Mut wiedergekehrt, und jetzt – das glaubte Leaphorn ganz sicher zu wissen – wartete George Bowlegs auf die Stunde, in der er sein Versteck verlassen und an den See zurückkehren konnte, um dort sein Vorhaben auszuführen, was immer das auch sein mochte. Aber wo war der Mann geblieben, der hinter George her war? Sollte er immer noch hier sein? Leaphorn dachte darüber nach. Der Mann mußte gemerkt haben, daß er seinen Vogel aufgeschreckt hatte. Um George nach dem Schuß auf den Hirsch zu finden, mußte der Mann einige Fähigkeiten im Fährtenlesen aufzuweisen haben. Aber dann, nachdem er den Jungen verscheucht und der sich auf Schleichwegen und seine Spuren verwischend davongemacht hatte, mußte er seine zweifellos vorhandenen Fähigkeiten zu glanzvollem Können steigern, um George mit einiger Aussicht auf Erfolg verfolgen zu können. Er mußte mindestens so gut sein wie Joe Leaphorn, vielleicht sogar besser. Aber soweit Leaphorn informiert war, gab es keinen besseren Fährtenleser als ihn selber. Ganz gewiß keinen Zuñi, und schon gar nicht ein Weißer.

Wie würde sich demnach ‹der Mann mit den Mokassins› verhalten? Leaphorn sah im Geiste den zertrümmerten Schädel von Shorty Bowlegs vor sich, auch den verwüsteten Hogan. Er bezweifelte, daß dieser Mann aufgeben würde. Vermutlich hielt er sich an einem Punkt auf, von dem aus er eine gute Sicht über das Gelände hatte und an dem er selbst nicht gesehen werden konnte. Dort würde er abwarten, bis der Junge sich wieder in Bewegung setzte. Leaphorn blickte zu Susanne hinüber. Sie lag mit ausgebreiteten Armen und Beinen auf dem Rücken. Ihr Gesicht war von grauem Staub und von großer Müdigkeit gezeichnet. Sie war zu erschöpft, um sich mit ihm zu unterhalten. Aber auch er war unsäglich müde, und er konnte sich nur mit großer Anstrengung erheben. Tatsache war, daß er sich nicht erinnern konnte, jemals so furchtar müde gewesen zu sein.

«Noch haben wir etwas Tageslicht», sagte er. «Ich denke, wir sollten wieder zu dem Höhenrücken gehen, über den wir aufgestiegen sind. Auf dem Weg ist auch George hier heraufgekommen, und sicherlich wird er genauso wieder runterklettern. Irgendwo dort werden wir uns einen Schlafplatz suchen, und morgen früh sind wir dann gleich an der richtigen Stelle, um nach ihm Ausschau zu halten.»

«Heute nacht wollen Sie nicht weitersuchen?»

«Ich versuch noch herauszufinden, wo ungefähr er sich aufhalten könnte. Aber dann ruhen wir uns erst einmal aus.»

Als sie den Bergsattel überquerten, machte Leaphorn unterhalb des Felsgrates wieder Halt. Er holte seinen Feldstecher hervor und verbrachte die nächsten fünf Minuten mit einer sorgfältigen Examinierung des Geländes. Am Südhang des Sattels sah Leaphorn dichten Wald, der sich bis hinunter in die Senke zog. Kein Zweifel, dort würde es auch Hirsche geben, denn der dicht wuchernde Nadelwald bot ein ideales Versteck für Rotwild. Und für George. Dort konnte er sich verbergen, ohne dabei in einer Falle zu sitzen, denn wenn er verfolgt wurde, brauchte er nur im Schutz der Nadelbäume talwärts zu gehen. George hatte diese Vorteile bestimmt erkannt und genutzt.

Auf dem Weg hinüber kreuzten sie den Wildpfad, den sie für ihren Aufstieg gewählt hatten. Susanne hatte sich wieder etwas erholt. «Da sind unsere Spuren», sagte sie. «Ihre Stiefel und meine Tennisschuhe. Und hier ist der Hufabdruck von dem Pferd von

George, den wir beim Aufstieg gesehen haben. Und hier ist eine von den Mokassinspuren, genau wie die, die Sie mir bei dem toten Hirsch gezeigt haben.»

«Wo?»

«Hier, sehen Sie! Er ist genau in Ihren Stiefelabdruck getreten.»

Leaphorn kauerte sich neben dem Abdruck nieder und betrachtete ihn aufmerksam. Der Mokassin war den Wildpfad hinuntergegangen und hatte dabei teilweise jene Spuren verwischt, die Leaphorn am Nachmittag beim Aufstieg hinterlassen hatte.

Susanne las etwas aus seinem Mienenspiel. «Bedeutet das Unglück, wenn jemand genau in die Spuren von jemand anderem tritt?»

«Das kommt darauf an», sagte er. Er hatte ihr keine Erklärung für den Fußabdruck neben dem toten Hirsch gegeben. Warum sollte er sie unnötig erschrecken? Jetzt war es wohl besser, ihr die Wahrheit zu sagen, denn der Mann, der gestern noch George verfolgt hatte, könnte heute hinter ihnen her sein. Zumindest wußte er, daß sie auf der Mesa waren. Leaphorn verschob die Entscheidung darüber, wieviel er Susanne erzählen sollte, bis zu dem Zeitpunkt, da sie einen geeigneten Platz für ihr Nachtquartier gefunden hatten.

Als sie endlich die dicht bewaldete Hochebene erreicht hatten, die wie ein riesiges grünes Dreieck in das tiefer gelegene Land zu Füßen der Mesa hineinragte, war die Sonne schon fast untergegangen. Nur ein fahles rötliches Licht wies ihnen den Weg. Leaphorn verharrte am Kopfende einer bergab führenden Schneise. Ein Wildpfad wand sich durch das mit Felsbrocken übersäte unbewaldete Gelände. Leaphorn konnte ihn gerade noch erkennen in dem Dämmerlicht, aber schon nach wenigen Schritten, wo der Wald wieder begann, war nichts mehr zu sehen.

«Wenn wir uns etwas mehr beeilt hätten», sagte er, «wären noch Spuren zu erkennen.» Kopfschüttelnd suchte er den Boden ab. Nichts. Natürlich würde George aufgepaßt und keine Spuren hinterlassen haben, wenn er ahnte, daß er verfolgt wurde. Irgendwo hinter ihnen hörten sie das jaulende Bellen eines Raubtieres. Die stille Episode dieses Tages in der Wildnis ging zu Ende. Jetzt begann die Zeit des Jagens – die Stunde des Räubers, der Eule, des Luchses, des Coyoten und des Wolfes. Kein Windhauch bewegte die Luft. Plötzlich befiel Leaphorn das beklemmende Gefühl, beobachtet zu werden. Mit Sicherheit wußte ‹der Mann mit den Mokassins›, daß sie sich hier auf der Mesa befanden. Hatte er sie erspäht? Beobachtete er sie wirklich schon? Leaphorn beschloß, Susanne von den Mokassin-Spuren zu erzählen. Gleich, wenn sie ihren Proviant verzehrten, würde er sie informieren. Sie mußte Bescheid wissen.

«Susie», sagte er. «Halt die Augen offen. Ich folge dem Pfad noch ein kleines Stückchen. Mal sehen, vielleicht finde ich doch noch irgendwas.»

Leaphorn zeigte in die Richtung, in die er gehen wollte, und machte genau drei Schritte.

16

Donnerstag, den 4. Dezember, 18 Uhr 08

Der Schmerz traf ihn wie ein Keulenschlag. Leaphorn taumelte zurück. Er rang nach Atem, während gleichzeitig der Doppelknall des Schusses in seinen Ohren dröhnte, sich der Schmerz in seinem Leib mit rasender Eile ausbreitete und seine Geruchsnerven den Pulvergestank registrierten. Hinter sich hörte er Susannes angstvollen Schrei. Leaphorn preßte – eine Bewegung, die von seinem Unterbewußtsein ausgelöst wurde – die linke Hand auf den Bauch. Auch der Griff seiner rechten Hand nach dem Revolver im Gürtelhalfter war eine reine Reflexbewegung. Sein Blick hatte die Quelle des Angriffs im Moment seiner Ausführung erfaßt. Auf dem Felsen direkt vor ihm hatte er etwas aufblitzen sehen, und auch den Weg des Projektils hatte er wahrgenommen. Dabei schien es unmöglich, daß er das Geschoß auf sich hatte zufliegen sehen. Und ebenso unmöglich schien es, daß der Schuß mitten aus dem Felsen heraus auf ihn abgefeuert sein sollte. Seine rechte Hand umklammerte den Revolver, aber es gab kein Ziel. Da war niemand. Da konnte niemand sein. Und dann wurde er sich dessen bewußt, was seine linke Hand fühlte. Seine Finger hatten eine Metallhülse ertastet, die unmittelbar oberhalb des Bauchnabels aus seinem Hemd herausragte. Leaphorns Blick wurde starr; ungläubig betrachtete er, was sein Verstand noch nicht zu verarbeiten vermochte.

Von der Stelle seines Bauches, von der zugleich Pulvergeruch und Schmerzen ausgesandt wurden, ragte eine zylindrische Hülse aus mattglänzendem Aluminium heraus. Am hinteren Ende der Kapsel war ein roter Wollfaden befestigt. Mit einer Geste des Widerwillens riß Leaphorn die Kapsel heraus. Der Schmerz ließ ihn zusammenzucken.

«Ist etwas passiert?» rief Susanne. «Sind Sie verletzt?»

Leaphorn hielt das mysteriöse Geschoß zwischen den Fingern. Eine dünne Kanüle ragte vorne aus der Aluminiumkapsel heraus. Die Kapsel selbst war heiß und roch nach Schwarzpulver. Er betrachtete sie, ohne zu begreifen. Erst allmählich dämmerte ihm, was ihn da getroffen hatte. Es war eine Betäubungspatrone von der Art, wie Tierfänger sie benutzten, die ihre Beute nicht töten, sondern nur einschläfern wollten. Mit wenigen Schritten war Leaphorn an der Stelle, von der aus der Schuß auf ihn abgefeuert worden war. Sorgsam in einen Felsspalt gebettet, mit bloßen Augen von außen kaum wahrnehmbar, lag dort ein schwarzes Spezialgewehr für den Abschuß von Chloroformpatronen. Eine zweite, noch gefüllte Hülse steckte feuerbereit in der hinteren Öffnung des Gewehrlaufs. Am Abzug des Schußapparates war ein Kupferdraht befestigt.

Susanne war herangekommen und starrte auf die Kapsel. «Was ist denn das, um Himmels willen?»

«Ich bin in eine Selbstschußanlage geraten», sagte Leaphorn. «Damit betäubt man wilde Tiere, die für zoologische Gärten bestimmt sind.» Leaphorn knöpfte sein Hemd auf und betrachtete die Wunde. Das Loch in seiner dunklen Haut war winzig. Nur ein kaum wahrnehmbares Tröpfchen Blut kennzeichnete die Stelle. Aber was für ein Serum mochte das sein, das ihm auf diese Weise in die Blutbahn injiziert worden war? Es tat weh, aber er vergaß den Schmerz bei dem Gedanken, was das Zeug, das jetzt in seinen Adern zirkulierte, bewirken könnte. «Druckluft», sagte Leaphorn. «Die Dinger werden mit Druckluft abgefeuert, manchmal auch mit Pulver. Und wenn das Tier getroffen ist, wird im hinteren Teil der Patrone eine zweite kleine Druckladung ausgelöst, durch die die Nadel ins Fleisch getrieben wird.»

«Ein Serum? Was könnte das denn sein?» Susanne starrte ihn schreckerfüllt an. «Was wird das bewirken bei Ihnen?»

Das war eine Frage, die Leaphorn selbst gern beantwortet haben würde. «Wir können wohl davon ausgehen, daß es sich um dasselbe Zeug handelt, mit dem normalerweise Tiere betäubt werden. Wir dürfen also keine Zeit verlieren.» In plötzlich aufsteigender Angst rannte er den Wildpfad hinunter. «Da, in der Felsnische!» rief er und deutete auf eine einigermaßen geschützte Stelle wenige Meter neben dem Pfad. Er ließ sich zu Boden sinken und examinierte in aller Eile die nähere Umgebung. Mit etwas mehr Zeit hätte er einen besser geeigneten Schlupfwinkel finden können, aber jetzt mußte es auch so gehen. Wer immer sie auch suchen mochte, hier würde er sie ohne große Mühe entdecken. Aber die hinter ihnen aufragende Felswand bot zumindest von einer Seite Schutz, nur vor ihnen, zum Wald und zum Hang hin, war alles offen.

«Was haben Sie –»

«Bitte reden Sie jetzt nicht», sagte Leaphorn. «Wir dürfen keine Zeit verlieren.» Er gab ihr seine Pistole. «Ich hab vielleicht noch eine Minute, dann bin ich weg. Bis dahin müssen Sie wissen, wie das Ding funktioniert.» Er zeigte ihr, wie man mit der Waffe zielte, wie sie abgefeuert wurde, und er zeigte ihr auch die Ersatzmunition in seinem Gürtel und wie man den Revolver wieder auflud. «Derjenige, der die Falle aufgebaut hat, wird den Schuß gehört haben. Und wenn nicht, könnte er trotzdem zurückkommen, um nachzusehen, ob noch alles unversehrt ist. Wie auch immer, er wird uns mit Sicherheit finden. Sie müssen also äußerst wachsam sein, Susanne. Wenn er sich blicken läßt, erschießen Sie ihn.» Ein Schwindelgefühl überkam ihn. Er rieb sich die Schläfen, aber der Kraftaufwand kostete ihn schon große Mühe. «Schonen Sie ihn nicht, versuchen Sie ihn zu töten», sagte Leaphorn. «Ich glaube, er ist unzurechnungsfähig.»

Seine Stimme wollte ihm kaum noch gehorchen. «Das Zeug lähmt mich. Aber nach ein paar Stunden wird die Wirkung sicher nachlassen, und dann bin ich wieder okay. Passen Sie auf, daß ich nicht ersticke, wenn ich umkippe – daß ich nicht meine Zunge verschlucke oder so was. Sollte ich sterben, versuchen Sie sich im Schutz der Dunkelheit davonzumachen. Sie müssen zum Highway, Sie werden ihn schon finden...» Er konnte nur noch mit größter Mühe sprechen. Er versuchte seine Beine zu bewegen, aber der von seinem Gehirn ausgesandte Befehl erreichte sein Ziel nicht mehr. «Sie dürfen sich nicht verirren», lallte er. «Der Mond... geht im

Osten auf... im Westen unter. Versuchen Sie...» Seine Zunge versagte ihm den Gehorsam. Sie ließ sich nicht mehr bewegen.

Als er nicht mehr sprechen, nichts mehr tun konnte, befiel ihn panische Furcht, ein Alptraum vom Erstickungstod, von hoffnungslos zerrinnender Lebenskraft. Er kämpfte diese Woge der Angst mit aller Energie nieder und bekam seinen Verstand wieder unter Kontrolle, wenngleich er die Kontrolle über seinen Körper verloren hatte. Er war jetzt ruhig und in der Lage, die Wirkung der Droge zu beobachten. Sie schien inzwischen eine fast totale Lähmung der Muskulatur hervorgerufen zu haben, ohne jedoch seinen Verstand und seine Sinnesorgane außer Kraft zu setzen. Auch seine Lunge arbeitete nach wie vor normal, ebenso wie er seine Augäpfel bewegen konnte. Leaphorn konstatierte all diese Dinge mit einer seltsamen Gelöstheit.

Wie lange würde die Lähmung anhalten? Er erinnerte sich eines Fernsehfilms über eine Tierfangexpedition, bei dem ein Nashorn von solch einem Geschoß getroffen worden war. Was hatten sie noch über die Wirkung gesagt? Sie würde einige Stunden anhalten. Einige? Wieviele waren einige? Und wie wirkte sich das Zeug bei Menschen aus? Und was war das überhaupt für ein Mittel? Spekulationen brachten nichts ein. Er beschäftigte sich mit anderen Gedanken. Wie wunderbar, daß sein Verstand so klar arbeitete. Und wie wunderbar dieser Mond, der in erstaunlicher Größe über dem östlichen Horizont stand. Susanne hatte den Versuch aufgegeben, mit ihm zu reden. Ihr war bewußt geworden, daß er nicht mehr antworten konnte. Sie saß neben ihm, mit dem Rücken zur dunklen Felswand. Erstaunt stellte er fest, daß er sie atmen hören konnte. Mit leichtem Rasseln inhalierte sie die Luft, und wenn sie ausatmete, klang es jedesmal wie ein schwacher Seufzer. Unglaublich, wie präzis er hören konnte. Irgendwo in der Felswand über ihnen bewegte sich ein Nachtvogel. Aus schier endloser Entfernung hörte er von der Mesa herauf das Gekläff eines Coyoten – zweimal nur, und danach leiser sein weinerliches Gewinsel. Und irgendwo vor ihnen, irgendwo hinter dem Farngesträuch und den Wacholderbüschen auf diesem felsigen Berghang, vernahm er die Schritte eines Menschen. Es waren langsame Schritte, Fuß für Fuß behutsam gesetzt – die Schritte eines pirschenden Jägers. Fast beiläufig nur verspürte Leaphorn den Wunsch, Susanne vor der drohenden

Gefahr zu warnen. Das Fehlen jeglicher Furcht versetzte ihn ebenso in Erstaunen wie seine Fähigkeit, mit enormer Präzision Geschehnisse wahrzunehmen, zu hören und zu sehen. Da war dieser Mond, dieser riesige weißgelbliche Mond, der sich allmählich näher an sie heranschob und inzwischen schräg über ihnen stand, prall gefüllt mit gleißender Kälte. Er konnte den Blick kaum noch davon lösen, so groß, so drohend war er. Und dann sagte Susanne etwas zu ihm. Ihr Geflüster hallte wie Donner in seinem Kopf wider. «Mr. Leaphorn, können Sie mich hören? Ich glaube, da ist jemand. Ich glaube, ich höre etwas! Mr. Leaphorn! M-i-s-t-e-r L-e-a-p-h-o-r-n!» Sie legte die Hand auf seine Brust und schob ihr Gesicht ganz nahe an seines, so daß ihr Kopf den Mond verdeckte. Ihre Augen waren angstvoll geweitet, ihr schmales Antlitz verzerrt von Furcht. Und noch mehr Worte hörte er. «Mr. Leaphorn! Bitte sterben Sie nicht!» Keine Angst, mein Kleines, dachte er. Ich werde niemals sterben.

Aber vielleicht mußte er doch sterben. Er konnte die Schritte des Jägers jetzt ganz deutlich hören. Der Mann stand nun hinter den Wacholdersträuchern, deren Farbe der Mond von Grau in Silberweiß verwandelt hatte. Jetzt kamen die Schritte näher. Sie verharrten hinter dem Busch mit dem abgeknickten Zweig. Dort, in der vom Mondlicht aufgehellten Finsternis, war das Gesicht von jenem Wesen, das das Geräusch dieser langsamen, pirschenden Schritte verursachte. Offenbar handelte es sich um einen Vogel. Vielleicht um einen Vogel, der ausgestorben war seit den Tagen des jagenden Folsom-Menschen. Es war viel größer als irgendein wirklicher Vogel, verwirrend in seiner Erscheinung und äußerst böse. Seine Augen starrten rund, ausdruckslos und tot aus einem Gesicht, das gelb und blau war, zur Hauptsache jedoch schwarz. Die Augenhöhlen waren leer, das konnte Leaphorn sehen. Der Schädel des Vogels war hohl. Und was hohl war, mußte tot sein. Und doch bewegte es sich. Der Federwisch oben auf dem hohlen Kopf raschelte, die vom Mondlicht scharf hervorgehobenen Konturen bewegten sich seitwärts bis zum Rand des Buschwerks, nur teilweise verdeckt noch von einem einzelnen Zweig.

Leaphorn hörte, wie Susanne neben ihm tief Luft holte. Sie machte ein Geräusch wie eine Erstickende. Dann hob sie die Hand mit der Waffe. Der Mond explodierte mit ohrenbetäubendem Knall in einem Blitz aus Feuer und Rauch. Pulverqualm stieg beißend in Leaphorns Nase. Das Echo machte die Runde entlang der Steilwände der Mesa. Bumm. Bumm. Bumm. Bumm. Schließlich verflachte der Lärm und mischte sich mit den anderen Geräuschen der Nacht. Der Vogel war nun weg. Leaphorn hörte jetzt nur noch das Weinen. Seine Hand rutschte vom Knie und fiel schlaff auf den felsigen Boden. Für einen Augenblick nur war Leaphorn von dem Wunsch beseelt, die Hand wieder anzuheben und zurück auf sein Knie zu legen. Aber sie lag nur da, als gehöre sie nicht mehr zu ihm, und Leaphorn zog sich von ihr zurück und fiel und fiel und fiel in einen gleißenden Traum, in dem der Mond wieder unversehrt und kalt und starr am Himmel stand.

Viel später wurde er gewahr, daß Susanne den Revolver nochmals abgefeuert hatte. Der Donner war wieder da, der von den Felswänden zurückgeworfen wurde wie ein Ball. Er fror. Seine Hände waren eiskalt. Irgendwie gelang es ihm, einen Laut auszustoßen, etwas wie Seufzen und Stöhnen zugleich. «Es ist alles in Ordnung mit Ihnen», flüsterte Susanne in sein Ohr. «Ihr Puls ist wieder normal. Ich glaube, jetzt wird alles wieder gut.» Sie nahm seine Hand, drehte sie um und blickte auf seine Armbanduhr. «Jetzt sind vier Stunden vergangen, also hat die Wirkung der Droge wohl nachgelassen.» Sie betrachtete ihn aufmerksam. «Sie können mich doch hören, nicht wahr? Himmel noch mal, Sie sind ja ganz steifgefroren. Ihre Hände sind eisig. Ich mach jetzt erst mal ein Feuer.»

Er nahm all seine Energie zusammen, um ein Wort herauszubringen. ‹Nein› wollte er sagen, aber er brachte nicht einmal ein Grunzen zustande. Der farbenfrohe Traum war für einen Moment wie weggewischt, und sein Verstand war frei von Halluzinationen. Sie durfte kein Feuer machen. Der Mann mit den Mokassins lauerte vielleicht immer noch da draußen in der Dunkelheit. Das Feuer würde ihm genügend Licht verschaffen, um auf sie zu schießen. Er quälte sich noch einmal, um einen Laut von sich zu geben, aber Susanne war bereits in der Finsternis verschwunden. Er hörte die Geräusche, die sie machte. Sie sammelte Holz. Der Mond stand jetzt im Süden, schräg über den Klippen der Mesa, so daß die Felsnische jetzt bis zu einem Umkreis von zehn Metern im Schatten lag. Außerhalb der dunklen Zone lag glitzerndes Mondlicht über der Landschaft. Nichts rührte sich. Sein Gehör schien immer noch überdurchschnittlich gut zu funktionieren. Aus weiter Ferne hörte er jetzt wieder das Kläffen des Coyoten. Und dann vernahm er noch ein Geräusch, viel näher. Ein Vogel, eine jagende Eule vielleicht. Der groteske Vogel, den er vorhin in seinen Halluzinationen gesehen hatte, mußte eine Kachina gewesen sein, die Maske einer Kachina. Leaphorn dachte darüber nach und erinnerte sich der Maske. Das Gefieder rund um den Hals, die Adlerfedern oben auf dem Kopf, der lange, spitze Schnabel.

Diese Maske hatte er schon einmal gesehen, im Mondlicht hinter dem Hogan am Jason's Fleece, und dann wieder auf der Friedhofsmauer bei der Zuñi-Mission. Das war der Salamobia, der Krieger mit der Rute aus geflochtenen Palmlilien. Er versuchte sich an die Einzelheiten zu erinnern, die ihm über diese Kachina bekannt waren. Zwei von ihnen waren dabei, wenn das Shalako-Fest gefeiert wurde. Sie tanzten stellvertretend für den Rat der Götter. Aber jeder der sechs Zuñi-Stämme hatte seine eigene Kachina, also mußte es insgesamt sechs geben, somit auch sechs Masken. Und jede davon wurde wie ein Augapfel gehütet von dem Zuñi, der von seinem Stamm dazu bestimmt war, diese Kachina zu personifizieren. Zur Aufbewahrung der Maske diente ein besonderer Raum, und ständig mußten frisches Wasser und Lebensmittel bereitstehen.

Susanne war dabei, das Feuer zu entfachen. Was immer auch geschehen mochte, er konnte es nicht verhindern. Außerdem würde ihm die Wärme guttun. Währenddessen konnte er sich seinen Gedanken hingeben. Über die Masken wollte er allerdings nicht mehr nachgrübeln. Das war sinnlos. Die echten Masken waren sorgfältig abgeschirmt, aber Fälschungen waren durchaus denkbar.

Die Flamme fraß sich knisternd durch die trockenen Zweige und Blätter, die Susanne zu einem Haufen aufgeschichtet hatte. Die Betäubungspatrone war für George bestimmt gewesen. Anscheinend hatte sie ihn nicht töten sollen. Jedenfalls nicht sofort. Warum nicht? Wollte der Unbekannte nur ins Gespräch kommen mit dem Jungen, genau wie Leaphorn?

Und warum hatte George die Gallenblase aus dem Hirschkadaver entfernt? In getrocknetem Zustand konnte man sie als Medizin verwenden, konnte einen Heilprozeß damit herbeiführen. Und wozu hatte er das Fett gebraucht?

Nach der Mythologie der Navajos durften nur jene Lebewesen

gejagt werden, die nicht mit den Ersten Menschen aus der Vierten Welt an die Erdoberfläche geflüchtet waren, und das waren immerhin mehr als sechzig Tierarten. So blieben eigentlich nur das Rotwild, die Antilopen und ein paar Hühnervögel für die Jagd. Die Zuñi-Legende berichtet von dem großen Krieg gegen Chakwena, den Göttlichen Hüter des Wildes. Dieser Krieg wurde erst gewonnen, nachdem der Sonnenvater die beiden Kriegsgötter der Zuñis geschaffen hatte, damit diese die Heerscharen anführen konnten. Viele solcher Vergleiche zwischen den Mythologien der Navajos und der Zuñis hatten Leaphorn und Rounders, sein Schulfreund vom Stamme der Zuñis, damals angestellt. Leaphorn erinnerte sich jetzt mancher Einzelheiten, die ihm inzwischen entfallen waren, und nun wußte er auch wieder, daß er damals schon gestaunt hatte über die abgrundtiefen Unterschiede im religiösen Bereich zweier Nachbarvölker wie den Navajos und den Zuñis.

Und dann war er wieder da, dieser Alptraum, der ihn zuvor schon heimgesucht hatte, nur war er jetzt noch schlimmer. Der Himmel war voll mit den Geistern der Toten. Sie trugen Ledermasken und klapperten mit ihren großen Schnäbeln. Er sah ‹den, der die Götter der Feinde erschlagen hat›, wie er dort oben auf dem Regenbogen im Himmel stand, aber über ihm ragte eine Gestalt mit einem großen blauen Gesicht und einer weißen Stirn in den Himmel hinein, von der Leaphorn irgendwie wußte, daß sie Uyuyewi war, der Kriegsgott der Zuñis, und er spürte, wie eine hoffnungslose Furcht ihm die Kehle zuschnürte. Dann war wieder jenes Gesicht über seinem, das ihm seinen Atem nahm, ihn in sich hineinsog, seinen Lebenshauch stahl, kaum, daß er seinen Mund verließ. Als nächstes spürte er die Hand von Susanne auf seiner Stirn, vernahm ihre Stimme. «Mr. Leaphorn! Alles ist in Ordnung. Jetzt wird alles wieder gut. Sie brauchen keine Angst mehr zu haben.»

Am östlichen Horizont war jetzt ein kaltes graues Licht zu erkennen. Und das Feuer bestand nur noch aus heißer Asche, und Leaphorn hörte einen Befehl aus seinem Unterbewußtsein, der ihn aufforderte, sich näher an die verglimmende Wärme zu schieben, und seine Muskeln gehorchten, und er rückte ein Stückchen näher heran an die Asche, und seine Hand gehorchte auch dem Kommando, seine eiskalte Schulter zu reiben. Leaphorn war plötzlich hellwach, die Halluzinationen gehörten der Vergangenheit an. Susanne lag zusammengekrümmt neben der Feuerstelle, schlafend, mit dem Revolver in der Hand. Leaphorn versuchte seine Beine zu bewegen. Es ging, und eine wilde Freude überkam ihn. Er lebte. Nun versuchte er sich zu erheben, und auch das gelang ihm. Er stolperte zwei Schritte vorwärts und fiel dann gegen die Felswand. Einige seiner Muskeln hatte er schon wieder unter Kontrolle, andere noch nicht. Von dem Lärm, den er bei seiner Rückkehr ins Leben gemacht hatte, war Susanne aufgewacht.

«Heh, Sie sind ja wieder voll da!» Sie hatte Laub im Haar, und ihr Gesicht war von einer Schmutzschicht bedeckt.

Dennoch dauerte es bis zum Sonnenaufgang, bis Leaphorn wieder Herr seiner Muskulatur war. Knapp unterhalb seines Magens, dort, wo ihn die Betäubungspatrone getroffen hatte, war eine rötliche, schmerzhafte Schwellung zu erkennen. Er fühlte sich schwach und ziemlich krank, aber das würde schon vergehen. Eigentlich hatte er sich schon vor Sonnenaufgang auf den Weg zum See machen wollen, um den Anbruch des fünften Tages nicht zu verpassen, jenes Tages, an dem der Geist Ernesto Catas am Seeufer eintreffen würde, damit er sich dem Göttlichen Rat anschließen könnte. Aber für einen Gewaltmarsch war Leaphorn noch nicht kräftig genug, obwohl er sich schon vorwärts bewegen konnte. Also hatten sie weiter ausgeharrt in ihrem Schlupfwinkel oben am Bergsattel, in der Hoffnung, daß George Bowlegs nicht durch die nächtlichen Pistolenschüsse verscheucht worden war und an ihrem Lagerplatz vorbeikommen würde. Aber er kam nicht. Leaphorn übte sich derweil im Gebrauch seiner Gliedmaßen, aber auch seines Verstandes. Und mit seinem Verstand addierte er die Summe der Erkenntnisse und Informationen, die er seit dem Verschwinden der beiden Jungen zusammengetragen hatte. Da waren Dinge, die Pater Ingles von Ernesto Cata erfahren hatte. Dann das seltsame Benehmen von George Bowlegs, die Jagdbräuche der Zuñis, Ted Isaacs Spekulationen darüber, wie die Jäger der Steinzeit ihre Lanzenspitzen angefertigt hatten, und dann noch Halsey und der bleiche junge Mann namens Otis, dessen psychedelischen Alpträume Leaphorn inzwischen sehr viel besser nachvollziehen konnte. Er dachte darüber nach, warum derjenige, der die Falle für George Bowlegs aufgebaut hatte, ein Betäubungsgewehr an Stelle einer Schrotflinte benutzt haben mochte, und er zermarterte sich den Kopf über manch anderes Problem, dessen Lösung er noch nicht kannte. Als er endlich sicher war, daß seine Füße ihm wieder wie immer gehorchen würden, schlug er vor, sie sollten nun aufbrechen, zum toten Hirsch und anschließend zum Auto zurückkehren.

«Wir werden uns mit Fleisch versorgen und vernünftig frühstükken», sagte Leaphorn.

Das taten sie. Und nachdem sie ein Feuer entfacht hatten, an dem sie das Fleisch brieten, suchte Leaphorn noch einmal sorgfältig den Boden rings um den Hirschkadaver ab. Er entdeckte ein kleines Loch, das in nur geringer Entfernung von der Jagdbeute in die Erde gestochen worden war. Darin vergraben fand er einen runden, weichen Klumpen aus Lehm, Blut, Hirschtalg und Fellfetzen – der Jagdfetisch der Zuñis, von dem ihm sein Zimmergenosse Rounder erzählt hatte. Leaphorn trug den Fetisch zum Feuer, setzte sich auf einen Stein und nahm den Klumpen vorsichtig auseinander. Im Innern fand er einen türkisfarbenen Splitter – die abgebrochene Spitze eines Lanzenkopfes aus der Steinzeit. Und er fand ein kleines Stück aus der Schale einer Tiefseemuschel.

17
Freitag, den 5. Dezember, 14 Uhr

John O'Malley legte die Hände mit den Fingerspitzen zusammen und richtete den Blick auf irgendein Ziel im Hintergrund des Zuñi Tribal Courtrooms. «Ich fasse also zusammen», sagte er. «Keine Spur von George Bowlegs. Das heißt, Spuren schon. Nur, wie wir seiner habhaft werden können, das wissen wir immer noch nicht.»

Jetzt sah er Leaphorn voll an und lächelte. «Natürlich hoffe ich, daß Sie Ihren Auftrag noch ausführen werden. Ich bin überzeugt davon, daß dieser Bursche weiß, warum Shorty Bowlegs und Ernesto Cata umgebracht worden sind. Und über diese Kommune kann er uns vermutlich auch einiges erzählen.» Er ließ seinen Blick wieder wandern, und das Lächeln gefror auf seinem Gesicht. «Wir hatten den dringenden Wunsch, uns heute mit ihm zu unterhalten.»

Leaphorn sagte kein Wort.

«Sie vermuten also, daß George Bowlegs noch von jemand anderem gejagt wird», fuhr O'Malley fort. «Kann sein. Ich halte das sogar für wahrscheinlich. Irgendwie erscheint es mir ganz einleuchtend, daß es Leute gibt, die ihn zum Schweigen bringen wollen. Aber es hat den Anschein, als sei der Kerl wahnsinnig schwer zu fassen.» Jetzt lächelte O'Malley wieder. «Und daß Sie in diese Coyotenfalle oder was das war, hineingetappt sind, war wirklich Pech. Wir werden die Patrone behalten und untersuchen. Vielleicht können wir etwas über die Herkunft herausfinden und über den Käufer des Serums.» O'Malley lächelte nun nicht mehr, jetzt grinste er ganz unverhohlen. «Na ja, wenn wir diesen verflixten Fall endlich aufgeklärt haben, werden wir massenhaft Gründe für eine Klageerhebung haben. Da können wir wohl auf die Einzelheiten verzichten, die mit diesem ganz speziellen Angriff auf Ihr Wohlbefinden zusammenhängen.»

O'Malley faltete die Hände jetzt wie zum Gebet. Er stand auf. Das Grinsen war wie weggewischt.

«Mir wäre sehr damit geholfen», sagte Leaphorn hastig, «wenn Sie mir mitteilen würden, was Sie inzwischen alles herausgefunden haben.»

O'Malley schien leicht erstaunt zu sein. «Irgend jemand hat anscheinend herausgefunden, daß Baker vom Rauschgiftdezernat ist», sagte er. Das war alles. O'Malley wollte offenbar nicht mehr von sich geben. Leaphorn wurde von einem unbändigen Zorn gepackt.

«Also schön», sagte er. «Sie glauben demnach, die Kommune ist ein Umschlagplatz für Rauschgift – Heroin oder sonst was. Dann wurden die Morde wohl begangen, um zu verhindern, daß der Laden aufflog?»

O'Malley antwortete nicht.

«Habe ich recht?» bohrte Leaphorn nach.

O'Malley zögerte. Schließlich sagte er: «Es sieht ganz danach aus. Aber wir werden erst mehr wissen, wenn wir George gefunden haben.»

«Habe ich recht mit der Vermutung, daß Baker schon vor den Morden an diesem Fall gearbeitet hat?» fragte Leaphorn. «Wissen Sie demnach genug, um keine Zweifel an Ihrer Theorie mehr aufkommen zu lassen?»

O'Malley grinste wieder. «Davon kann man wohl ausgehen.»

«Was wissen Sie?»

O'Malley wurde ernst. «Es ist allgemein üblich, den auf einen Fall angesetzten Beamten über alles zu informieren, was seinen ganz speziellen Auftrag angeht. Das heißt aber nicht, daß das FBI ihn voll ins Vertrauen zieht, ich meine, was Dinge angeht, die nicht das geringste mit seiner unmittelbaren Arbeit zu tun haben. So kann ich Ihnen im Moment nur sagen, daß wir unheimlich scharf darauf sind, heute noch mit George Bowlegs ins Gespräch zu kommen – aber die Chancen dafür sind wohl nicht sehr groß, oder?»

«Warum denn unbedingt heute?»

«Morgen ist dieses große Shalako-Fest der Zuñis. Da kommen Tausende von Leuten her – Fremde aus allen Teilen des Landes. Wie soll man dabei einen herausfinden, der zu einem ganz anderen Zweck herkommt?»

«Denken Sie an eine ganz bestimmte Person?»

Eine Pause entstand, während O'Malley über die Frage nachdachte. Er öffnete seine Aktentasche und entnahm ihr einen Umschlag mit Fotografien. Ein paar davon waren unscharfe Polizeifotos. Andere waren gestochen scharfe Bilder, die mit einer Teleskopkamera aufgenommen worden waren. Auf einer der Aufnahmen erkannte Leaphorn Halsey, auf einer anderen den bleichen Jüngling, der Otis hieß. Mit den fünf anderen Fotos konnte Leaphorn nichts anfangen. Eines zeigte einen fetten Glatzkopf, ein weiteres einen jungen Mann, der wie ein Indianer aussah und eine Fallschirmjägeruniform trug. Leaphorn nahm dieses Foto in die Hand und betrachtete es.

«Falls Ihnen morgen einer dieser Vögel über den Weg laufen sollte, wünsche ich sofortige Meldung», sagte O'Malley.

«Ist dieser Mann ein Zuñi?»

«Ja. Er hat in Vietnam zu fixen angefangen, und nun handelt er mit dem Zeug, seit er wieder zu Hause ist.»

Leaphorn legte das Bild auf den Schreibtisch zurück.

«Das soll also das Motiv für die Morde sein?» fragte er. «Um Rauschgifthandel abzuschirmen? Haben Sie genug Hinweise, um ganz sicher zu sein?»

«Das haben wir», sagte O'Malley. «Wir sind ganz sicher!»

«Na gut», sagte Leaphorn. «Dann werde ich mich darauf konzentrieren, George Bowlegs für Sie aufzuspüren.»

Pasquaanti war nicht in seinem Büro, aber seine Sekretärin schickte jemanden auf die Suche nach ihm, nachdem Leaphorn ihr klargemacht hatte, daß es wichtig war. Pasquaanti hörte ihm gleichgültig zu, als er ihm von der Kachina berichtete, die er bei der Kommune gesehen hatte, und von den Ambitionen des George Bowlegs, unbedingt ein Zuñi zu werden. Leaphorn erzählte Pasquaanti auch von dem Zettel, den George für seinen Bruder hinterlassen hatte, und von seinen Erlebnissen bei dem Ausflug auf die Mesa. Der Zuñi unterbrach ihn nur ein einziges Mal. Er bat Leaphorn, ihm die Maske zu beschreiben.

«Sie hatte einen dichten Federkranz um den Nacken», sagte Leaphorn. «Schwarz. Vermutlich Krähen- oder Rabenfedern. Dazu einen runden Schnabel, und oben, auf dem höchsten Punkt, ragte ein Federbusch heraus. Dann war da noch ein bestimmtes Muster auf der Wange der Maske. Ich glaube, es war die Maske des Salamobia.»

«Davon gibt es sechs Stück», sagte Pasquaanti. Er zog seinen Füllhalter aus der Tasche und zeichnete eine Figur auf seinen Block. «So wie dies?»

«Ja. Das ist es.»

«Und das Gesicht? Welche Farbe?»

«Es war schwarz.»

Pasquaanti sah plötzlich sehr alt aus. Leaphorn hatte das vorher noch nicht bemerkt.

«Mr. Leaphorn», sagte Pasquaanti. «Ich möchte Ihnen für diese Information danken.»

«Und Sie? Können Sie mir nichts dazu sagen?»

Pasquaanti überlegte einen Augenblick. «Ich kann Ihnen versichern, daß der Salamobia, den Sie gesehen haben, nicht echt war. Schwarz ist die Farbe des Hekiapawa-Stammes. Die Maske ist unter Verschluß, absolut sicher. Genauso ist es mit den anderen Masken. Das können Sie mir ruhig abnehmen.»

«Kann denn jemand eine andere Maske genommen haben?»

«Es gibt zwei Arten von Masken», sagte Pasquaanti. «Die einen sind die eigentlichen Kachinas, in denen der Kachina-Geist lebt. Sie erhalten Nahrung und Wasser und alles, was sie brauchen. Sie sind...» Er schwieg, weil er Zeit brauchte, um den richtigen Ausdruck zu finden. «...heilig», fügte er schließlich hinzu. «Sehr heilig.» Er schüttelte den Kopf. Seine Wortwahl gefiel ihm nicht, erschien ihm ungenügend. «Die zweite Art von Masken ist anders. Sie sind nur ausgeliehen, sie werden immer wieder übermalt und für alle möglichen Kachinas verwendet. In ihnen wohnt kein Geist.»

«Also könnte jemand eine dieser Kachinas genommen und sie so verändert haben, daß sie wie der Salamobia aussah?»

Pasquaanti dachte darüber nach. «Auch bei uns gibt es die Bösen», meinte er. «Ein paar von uns trinken und haben die Unarten der Weißen angenommen. Die taugen nicht viel. Aber was ich nicht glaube, ist, daß ein Zuñi die Maske seiner Familie nehmen und auf diese Weise mißbrauchen würde.»

Die beiden Männer blickten einander schweigend an. Das, was Leaphorn dem Zuñi als tatsächliches Geschehnis geschildert hatte, war eine unerhörte Entweihung. Dazu noch war es auf dem Höhepunkt des liturgischen Jahres der Zuñis vorgefallen – in der Zeit des frommen Insichgehens unmittelbar vor dem Shalako-Fest. Wenn diese Zeremonie nicht ordnungsgemäß durchgeführt wurde, gab es keinen Regen. Die Saat würde nicht aufgehen, und Siechtum und Unheil würden sich über dem Lande ausbreiten.

«Nur eines noch», sagte Leaphorn. «Ich glaube, George Bowlegs ist ganz versessen darauf, ein Zuñi zu werden. Vielleicht ist das gar nicht möglich, aber er besteht darauf. Ich denke, er ist an euren heiligen See gegangen, weil er sich mit dem Rat der Götter auseinandersetzen wollte. Und aus dem, was er seinem kleinen Bruder erzählt hat, kann man schließen, daß er während des Shalako-Festes auftauchen und irgend etwas unternehmen wird. Vielleicht wäre es ganz gut, wenn Sie und Ihre Leute ein Auge auf ihn haben würden.»

«Wird gemacht.»

«Und der Mann, der die Maske getragen hat. Er war gewitzt genug, um herauszufinden, wo er nach George zu suchen hatte. Das könnte ihm auch noch einmal gelingen.»

«Auf den werden wir auch aufpassen», sagte Pasquaanti. Seine Stimme klang grimmig. In Leaphorn rief sie die Erinnerung wach an einen Ausspruch, den er vor vielen Jahren von Rounder gehört hatte: In der Mythologie der Zuñis war für ein Sakrileg nur eine Sühne vorgesehen. Die Todesstrafe.

18
Sonnabend, den 6. Dezember, 16 Uhr 19

Lieutenant Joseph Leaphorn verbrachte den Nachmittag auf der Anhöhe, von der aus man das Dorf der Zuñis von Süden her überblicken konnte. Zur Linken schlängelte sich, für Leaphorn mit dem Fernglas gut zu überblicken, der alte Karrenweg den Zuñi Wash hinaus. Zu seiner Rechten sah er hinunter auf die neu angelegte Reservatsstraße, die zwischen dem Greasy Hill und dem Zuñi-Friedhof verlief und dann, ohne das Dorf zu berühren, in südlicher Richtung weiterführte. Eine von beiden Straßen mußte benutzen, wer auf schnellstem Wege von jenem Höhenrücken, auf dem George Bowlegs seinen Hirsch für das Shalako-Fest erlegt hatte, zum Dorf gelangen wollte. Zwar hatte George, wenn er überhaupt kam, auch noch andere Möglichkeiten, sich dem Dorf zu nähern, etwa wenn er sein Pferd zurückließ und versuchte, sein Ziel per Anhalter über die Asphaltstraße zu erreichen. Doch George Bowlegs abzufangen war nur einer der Gründe, warum Leaphorn sich an diesen Ort zurückgezogen hatte. Hier konnte er in Ruhe nachdenken. Und er hatte noch eine Menge zu überdenken.

Die immer noch schmerzende Schwellung in der Magengegend erinnerte ihn an den rätselhaftesten aller Vorgänge. Warum war diese Falle so aufgestellt worden, daß George zwar darin gefangen, aber nicht getötet werden konnte? Cata und Shorty Bowlegs hatte der geheimnisvolle Täter bedenkenlos umgebracht. Warum nicht auch George Bowlegs?

Unten im Tal war die Nationalstraße 53 mittlerweile vollgepfropft mit Autos, Wohnwagen und Kombis. Die Angehörigen des Volkes der Zuñis waren aus allen Richtungen herbeigeströmt. Um dem großen Fest beizuwohnen, hatten sie die Schulen, auf denen sie ausgebildet wurden, oder ihre Arbeitsstellen bis hin nach Washington und Kalifornien im Stich gelassen. Sie alle zog es in diesen Tagen zurück an ihren Heimatort. Keiner wollte fehlen bei diesem festlichen Treffen der Geister ihrer Vorfahren.

Und mit ihnen kamen die Neugierigen, die Touristen, die angeblichen und die echten Indianerfreunde, die Anthropologen, Studenten, Hippies und zahlreiche andere Indianer, darunter vor allem die

Angehörigen der Brüderstämme vom Volke der Pueblos, aus Acoma, Laguna, Zia, Hopi, Isleta und Santo Domingo. Das waren Männer, die selber Experten für die metaphysischen Vorgänge in der Natur waren, die selber den tanzenden Göttern huldigten und die jetzt kamen, um den altehrwürdigen Zauber ihrer Vettern mitzuerleben. Und dann waren da natürlich noch die Navajos. Mit Frauen und Kindern hatten sie ihre einsam gelegenen Hogans verlassen. Sie waren größer und wirkten irgendwie grobschlächtiger in ihren verwaschenen Jeans, und sie beobachteten das Treiben der Zuñis mit einer Mischung aus Furcht und Verachtung – Furcht vor dem großen Zauber dieser Regenmacher, und mit der Verachtung, die alle Landmenschen für jene hegen, die das Leben in einer Stadt bevorzugen.

Leaphorn seufzte. Normalerweise lebten in Zuñi Village zwischen 3500 und 4500 Menschen. Am heutigen Abend würden sich hier zwischen sieben- und achttausend Leute versammeln. Wie O'Malley gesagt hatte: Ein Fremer, der diese Menschenansammlung dazu benutzte, um Heroin gegen Geld einzutauschen (oder umgekehrt), würde kaum auffallen. Leaphorns Wut über O'Malley war mittlerweile verflogen. Schließlich war O'Malley beim FBI. Offenbar war irgend jemand vom FBI die Akte Halsey in die Finger gekommen, und dadurch war die Kommune schon vor den Morden zum Gegenstand besonderer Aufmerksamkeit für das FBI geworden. Das hatte zur Folge, daß O'Malley sich voll auf die Kommune konzentrierte. Und da O'Malley offensichtlich nicht allzu viel von dem polizeilichen Fachwissen Leaphorns hielt, sah Leaphorn wenig Anlaß, allzu großen Respekt vor dem Können O'Malleys zu entwikkeln. Seine Überlegungen bewegten sich eben auf anderen Gleisen. Warum war zum Beispiel bei der Errichtung der Falle keine Schrotflinte verwendet worden? Und falls keine Schrotflinte greifbar gewesen war, warum hatte der Täter dann kein Zyankali verwendet an Stelle des Betäubungsmittels? Leaphorn fand, so sehr er auch darüber nachgrübelte, keine Antwort auf diese Fragen. Also begann er mit seinen Überlegungen von vorne, von jenem Montag an, an dem er zum erstenmal in Pasquaantis Büro gekommen war.

Unten im Dorf begann es jetzt lebendig zu werden. Entlang der Straße am Zuñi Wash und im alten Dorf standen die Zuschauer inzwischen dicht gedrängt. Leaphorn beobachtete die Vorgänge durch sein starkes Marine-Fernglas. Er sah die Gestalt eines jungen

Burschen, nackt bis auf einen Lendenschurz, der hinter einem Mann mit einem weißen Büffelfell die Fußgängerbrücke überquerte. Der Junge trug eine Maske, die von einer einzelnen Feder gekrönt war. Maske und Körper waren schwarz, gesprenkelt mit roten, blauen, gelben und weißen Tupfen. Der Kleine Feuergott Shulawitsi, der in das alte Dorf kam, um die zeremonielle Inspektion des geheiligten Ortes vorzunehmen, bevor der Rat der Götter in Erscheinung trat. Ernesto Cata war tot, aber der Kleine Feuergott lebte. Der Masken-Clan hatte einen anderen seiner Söhne dazu bestimmt, den unsterblichen Geist darzustellen.

Der Nachmittag verging allmählich. Leaphorn ließ die beiden Straßenzüge nicht aus den Augen. Im Dorf war jetzt noch mehr Betrieb. Der Klang der Trommeln und Flöten drang nur schwach bis zu ihm herauf. Der Einzug des Rates der Götter hatte begonnen. Sie kamen tanzend vom Greasy Hill herunter, vorüber an dem weißgestrichenen Wasserspeicher des Dorfes. Einige von ihnen konnte er durch sein Fernglas erkennen. Den Feuergott mit einem qualmenden Zedernzweig. Den Saiyatasha, den Regengott des Nordens, der wegen des seitlich herausragenden Büffelhorns auch Longhorn genannt wurde. Das war ein kräftiger Mann mit einem weißen Hemd aus Antilopenleder und einem weißblauen Halstuch, einem Bogen in der einen und einer Rassel aus Hirschknochen in der anderen Hand. Hinter ihm kam Hu-tu-tu, der den Regen aus dem Süden brachte und dessen Maske ohne Hornverzierung war. Hu-tu-tu zur Seite gingen die beiden Yamuhaktos, deren runde Augen und Münder den Masken ein kindliches, einfältiges Aussehen verlieh. Dazwischen tanzten zwei Salamobias – sie hatten die gleichen grimmigen Gesichter wie jene, die Leaphorn in seinen Alpträumen kennengelernt hatte. In jeder ihrer Hände trugen sie eine schwere Rute aus Yucca-Blättern. Die Menge hielt sich in respektvoller Entfernung von ihnen.

Die Prozession verschwand im Innern des Dorfes. Unten im Ort hielten zwei Kombis und ein Lieferwagen an der Friedhofstraße, denen mehr als ein Dutzend Männer mit zahlreichen Ausrüstungsgegenständen entstiegen. Mehrere von ihnen trugen Festgewänder und maskenähnliche Umhänge aus weißem Wildleder. Das waren die Shalako-Darsteller und ihr Hofstaat. Sie verzogen sich hinter das Missionsgebäude.

Leaphorn kramte in seiner Tasche und brachte das türkisfarbene Kügelchen, das kleine Stück aus der Schale der Tiefseemuschel und die abgebrochene Lanzenspitze zum Vorschein. Angehörige beider Stämme, der Navajos und der Zuñis, würden diesen Gegenständen rituelle Bedeutung zumessen. Von Wandelbarer Frau hatten die Navajos den Gebrauch von Halbedelsteinen und Muschelschalen bei Zeremonien gelernt, die bei der Heilung von Kranken angewandt wurden. Für George ergaben sie einen hervorragend geeigneten Fetisch für den von ihm erlegten Hirsch, sozusagen als Opfergabe für dessen davonschwebenden Geist. Ebenso natürlich die abgebrochene Lanzenspitze. Leaphorn wußte nicht genau, ob auch die Zuñis den Wert solcher Fundstücke von längst vergangenen Kulturen zu schätzen wußten, aber den Navajos diente jeder Gegenstand, der von den Urahnen stammte, als bestens geeignete Medizin. Als Junge war Leaphorn ständig auf der Suche nach solchen Überbleibseln aus der alten Zeit gewesen. Er fand sie manchmal im ausgewaschenen Kies eines Bachbettes oder auch im vom Regen herabgespülten Geröll am Fuß des Berghangs. Er überließ seinen Fund dann dem Großvater, und der erzählte ihm jedesmal eine neue Geschichte von den Alten, deren Geister die Luft über der Mesa erfüllten. Vielleicht hatte George seine Lanzenspitze auf die gleiche Weise gefunden. Oder aber er hatte sie zusammen mit Ernesto Cata von der Schürfstelle der Anthropologen gestohlen, ohne daß ihr Fehlen von Professor Reynolds oder Ted Isaacs bemerkt wurde. Leaphorn saß regungslos da und sortierte die Ereignisse in chronologischer Reihenfolge, wobei er jedem einzelnen der scheinbar irrationalen Geschehnisse ein plausibles Motiv beizuordnen versuchte. Soviel stand jetzt fest: Das kleine Stück Feuerstein auf seiner Handfläche spielte eine Schlüsselrolle bei der Aufklärung des Falls. Rings um diese Lanzenspitze aus grauer Vorzeit fügten sich die einzelnen Teile des Puzzlespiels nahtlos zusammen und lieferten so das Motiv für den Tod Ernesto Catas. Plötzlich wußte Leaphorn, warum die für George Bowlegs aufgestellte Falle nicht tödlich gewesen war und was sich im Hogan von Shorty Bowlegs ereignet hatte und warum George Bowlegs seinem Bruder etwas von einem läppischen Diebstahl erzählt hatte, den Reynolds und Isaacs nicht wahrhaben wollten. Er wußte jetzt, warum die beiden Morde begangen wurden. Und er wußte auch, daß er es nicht beweisen konnte, vermutlich niemals würde beweisen können.

Von unten aus dem Dorf drang das Geräusch von Trommeln, Rasseln und Hörnerblasen zu ihm herauf. Jetzt kam Shalako, die Kuriere der Götter der Zuñis. Die sechs riesigen Zeremonienmeister. Leaphorn hatte ganz vergessen, wie groß sie waren. Schätzungsweise drei Meter groß bis zu dem Kranz aus Adlerfedern, der ihre vogelähnlichen Köpfe zierte, so groß, daß die Menschenbeine, die diese Ungetüme trugen, geradezu lächerlich dürr und schwach wirkten. Diese riesigen Vögel würden bei Sonnenuntergang den Zuñi Wash überqueren und zu den Hütten geleitet werden, die für sie vorbereitet worden waren. Der heilige Tanz und die feierliche Zeremonie würden weitergehen bis zum Nachmittag des folgenden Tages.

Leaphorn erhob sich, klopfte den Sand von seiner Uniformhose und begann mit dem Abstieg in das Dorf der Zuñis. Es hatte zu schneien begonnen. Schwere, nasse Schneeflocken tanzten herab. Wieder einmal hatte der Shalako die Wolken herbeigerufen, damit sie das Wasser spendeten, das die Bewohner dieses kargen Landes zum Leben benötigten. Leaphorn war bereit, diesen wundersamen Vorgang mit einem kleinen Teil seiner Gedanken gebührend zu würdigen. Der weitaus größere Teil seines Verstandes jedoch trieb ihn zu großer Eile. Gestern noch war dem Mörder an einem lebendigen George Bowlegs gelegen. Aber wenn George Bowlegs heute zum Shalako-Fest kam, dann mußte er sterben.

19
Sonntag, den 7. Dezember, 2 Uhr 07

Eine Stunde nach Mitternacht hatte Leaphorn sich eingestehen müssen, daß er George Bowlegs wohl kaum finden würde. Er hatte unermüdlich das Dorf abgesucht, sich mit den Ellbogen den Weg durch die Menge gebahnt, die sich vor jedem der Zeremonienhäuser staute, und hatte die Gesichter der Einheimischen und der Fremden studiert. Durch den Ablauf des Rituals wurde die Suche außerordentlich erschwert. Traditionsgemäß durften in einem der Häuser jeweils nur zwei der Shalako beherbergt werden. Besondere Hütten waren hergerichtet für Saiyatasha und seinen Rat der Götter, ebenso wie für die zehn Koyemshi, die heiligen Kobolde. Drei dieser Hütten befanden sich im ältesten Teil des Dorfes, auf dem dicht bebauten Hügel oberhalb des Zuñi Wash. Zwei waren auf der anderen Seite des Highways, wo sich einige in jüngster Zeit errichtete Hütten rings um die katholische Schule scharten. Dadurch war die Menge in mehrere große Gruppen aufgeteilt, die ständig hin und her zogen, sich miteinander vermischten und wieder zerteilten. Leaphorn hatte sich mittreiben lassen, hatte die Straßen beobachtet und die Menschentrauben rings um die Fahrzeuge in Augenschein genommen. Da waren die hungrigen Leute vor den Buden, in denen ihnen Lammragout, Pfirsichkompott und Gebackenes aus den Küchen der Zuñis gereicht wurde, und Leaphorn hatte all diesen Leuten ins Gesicht geschaut, aber dieses eine Gesicht, das er auf dem Bild im Jahrbuch der Zuñi-Schule gesehen und sich eingeprägt hatte, das hatte er nicht gefunden.

Einmal war ihm Pasquaanti begegnet. Leaphorn hatte ihn schnell beiseite gezogen und ihm seine Mutmaßungen darüber mitgeteilt, wer den Mord an Ernesto Cata begangen haben könnte. Pasquaanti hatte schweigend zugehört und Leaphorns Erklärungen lediglich mit einem Nicken kommentiert. Später sah Leaphorn Baker, der eine fellgefütterte Jacke trug und am Eingang zu jenem Haus stand, in dem der Rat der Götter tanzte. Er beobachtete einen jungen Mann, der in der Seitentür eines Wohnwagens stand und sich mit einem Mädchen unterhielt, das in eine dicke Indianerdecke gehüllt war. Leaphorn wollte zu Baker gehen, ihn an seiner warmen Jacke packen und ihm alles erzählen, was er über George Bowlegs wußte, und ihm sagen, er solle seinen Auftrag vergessen und ihm bei der Suche nach dem Navajo-Jungen helfen. Baker war genau der richtige Mann dafür. Aber Leaphorn verscheuchte den Gedanken wieder, bevor er ihn in die Tat umsetzen konnte. Baker würde doch nur sein einfältiges Grinsen aufsetzen und sich in jedem Falle weigern.

Als Leaphorn sich um ein Uhr morgens das Eingeständnis abrang, daß er den Jungen wohl kaum finden würde, stand er auf der Zuschauergalerie eines der Shalako-Häuser auf dem Hügel. Seine Augen brannten von Tabakqualm, Überanstrengung und verbrauchter Luft. Er hatte sich mühselig durch die Menge der Neugierigen durchgekämpft bis zu einem breiten Fenster, von dem aus er die Gesichter der Menschen sehen konnte, die auf langen Bänken im tiefer gelegenen Hauptraum saßen und den tanzenden Göttern zuschauten. Er hatte jedes der Gesichter gemustert – ohne Erfolg. Jetzt stand er gegen die Galeriebrüstung gelehnt und gönnte seinen strapazierten Muskeln einen Augenblick der Entspannung. Er war unsäglich müde. Fast direkt unter ihm, etwas zur Linken, stand ein hölzerner Altar. Daneben waren die Trommler und Flötisten postiert, deren rhythmische Klänge sich ständig veränderten und niemals wiederholten. Unten auf der für diesen Zweck abgesenkten Tanzfläche bewegte sich der Shalako, der so groß war, daß er sich dem im ersten Stock auf der Galerie stehenden Leaphorn fast Auge in Auge gegenüber befand. In diesem Moment schnappte der lange Schnabel zu – mehrere Male hintereinander klapperten die beiden Schnabelhälften in perfekter Übereinstimmung mit dem Rhythmus der Musik. Der Shalako machte ein Geräusch, das wie der klagende Schrei des Uhus klang, und seine furchterregenden weißgeränderten Augen starrten sekundenlang direkt in die Augen Leaphorns. Der Polizist war doppelt beeindruckt – einmal von der bewundernswerten Technik der schnabelklappernden Maske und ihres Trägers, zum anderen von dem zu irdischem Leben erweckten Shalako, dem Kurier zwischen den Göttern und den Menschen, der die Felder fruchtbar machte und den Regen über die Wüste niedergehen ließ, wenn die Zuñis ihn zu Hilfe riefen, und der an diesem hohen Feiertag erschienen war, um sich von seinem Volk ehren und speisen zu lassen. Jetzt tanzte er, verneigte sich mit spielerischer Leichtigkeit vor seinen Bewunderern, ließ den Federschopf auf seinem Vogelkopf schwirren und schwingen und stieß dazu die schauerlichen Töne des gefiederten Nachtgetiers aus. Und mit dem Shalako tanzten seine Gehilfen, umsprangen ihn, wiegten ihre verkleideten Körper im Rhythmus der Musik. Seine Gehilfen, das waren die Mudheads, die das Böse repräsentierten und die dennoch zu den Angesehensten der verschiedenen Bruderschaften dieses Volkes gehörten.

Leaphorn beobachtete sie beim Tanz. Trotz der kalten Witterung und des Schneetreibens draußen waren sie nackt bis auf einen schwarzen Lendenschurz, ein Halstuch, die Mokassins und die Masken. Ihr Tanz war von verblüffender Perfektion, jeder Schritt genau einstudiert, jede Bewegung ihrer Oberkörper in ausgewogenem Gleichmaß. Ein volles Jahr hindurch hatten sie geübt, freigestellt größtenteils von der täglichen Arbeit, erhalten wärenddessen von ihren Angehörigen.

Leaphorn musterte noch einmal die Gesichter der Zuschauer. Unter ihm befanden sich nur Frauen – Zuñis in ihren Festgewändern, ein paar Navajos, ein blondes Mädchen mit einem Gesicht, das gezeichnet war von bleierner Müdigkeit. Rechts von Leaphorn hatten sich zwei junge Navajo-Männer bis an das Fenster durchgedrängt und diskutierten über einen jungen weißen Mann, der seine langen Haare mit einem Stirnband zurückhielt und der einen schweren silbernen Concho-Gürtel trug.

«Ob das wohl ein echter Indianer ist?» fragte der eine. «Sieht aus wie ein Albino. Frag ihn doch mal was in der Sprache der Navajos!» Er sprach absichtlich so laut, daß der weiße Mann ihn verstehen konnte.

«Ich glaube, das ist ein Apache», sagte der andere Navajo. «Der sieht zu sehr wie ein Indianer aus, um ein Navajo zu sein.»

Leaphorn sah, daß sie beschwipst waren. Nicht volltrunken, aber doch angeheitert genug, um die Grenze zwischen Frotzelei und Beleidigung nicht mehr zu wahren. Wenn er nicht so unendlich müde und außerdem anderweitig beschäftigt wäre, würde er sich die beiden vorknöpfen und an die frische Luft befördern. Statt dessen beschloß er, sich selbst von hier zu entfernen, denn offensichtlich hielt George Bowlegs sich nicht in diesem Gebäude auf. Kaum hatte er diesen Beschluß gefaßt, entdeckte er den Jungen.

George Bowlegs befand sich auf der anderen Seite der Tanzfläche, oben auf der Zuschauergalerie. Er schien auf irgendeinem Podest zu stehen, vielleicht auf einem Stuhl, so daß er über die Köpfe der vor ihm stehenden Menschen hinwegschauen konnte. Der Junge blickte ziemlich genau zu Leaphorn herüber, aber nur, weil sich zwischen ihnen der Shalako bewegte. George starrte wie hypnotisiert auf die Tanzenden; in seinen Augen war ein Abglanz von Faszination und auch des Absonderlichen, das diesen Jungen beseelte. Von Leaphorn trennte ihn nur die Breite des Tanzraumes.

Leaphorn kämpfte sich heraus aus der Menschentraube am Fenster und zwängte sich zwischen den Neugierigen hindurch, die den äußeren Gang bevölkerten, jenen Gang, der die beiden Zuschauergalerien miteinander verband. Er bewegte sich so schnell er konnte vorwärts, ohne Rücksicht auf die Leute, denen er auf die Füße trat, die er grob zur Seite stieß und die wütend hinter ihm herfluchten. Er brauchte volle zwei Minuten, bis er sich durch den Verbindungsgang gekämpft hatte und endlich jenen Eingang erreichte, der zu der zweiten Zuschauergalerie führte. Auch hier war alles voller Menschen. Endlich befand er sich auf der rechten Galerie. Eine Navajo-Frau stand auf dem Stuhl, der zuvor George Bowlegs als Podest gedient hatte. Leaphorn stieß die Leute zur Seite, starrte in ihre Gesichter. Der Junge war nicht mehr da.

Draußen wird er sein, dachte Leaphorn. Er muß hinausgegangen sein.

Draußen schneite es heftig. Leaphorn stellte seinen Jackenkragen hoch, während sich seine Augen an die veränderten Lichtverhältnisse gewöhnten. Angestrengt blinzelte er in die weiß durchsetzte Dunkelheit hinaus. Eine Gruppe von Engländern, laut und betrunken, kam um die Ecke herum und auf den Eingang zu, vor dem Leaphorn stand. Und jemand anders – eigentlich war es nur die Andeutung einer Bewegung – verschwand in der schmalen Gasse zwischen dem Shalako-Haus und einem Wohnhaus. Leaphorn folgte halb laufend. In der Gasse herrschte tiefste Finsternis. Leaphorn rannte bis zu ihrem Ende und blieb dann stehen.

Die Gasse mündete in die unbeleuchtete Plaza unmittelbar oberhalb der Missionskirche. Eine schmächtige Gestalt überquerte ohne Hast den Platz. Leaphorn verharrte an der Hausecke und blinzelte in das Schneetreiben hinein. War diese Gestalt dort George? Während er noch darüber nachsann, begann eine Serie von Ereignissen, deren Ablauf Leaphorn später nicht mehr aus dem Gedächtnis rekonstruieren konnte. Zunächst erklang in der Finsternis einer anderen Gasse ein pfeifendes Geräusch, fast ein Heulen – ähnlich dem, das der Shalako beim Tanz auszustoßen pflegte. Die Gestalt auf dem Platz blieb stehen, drehte sich um und rief mit jubelnder Stimme etwas, das sich so ähnlich anhörte wie das Wort «Ja!» in der Sprache der Navajos. Und Leaphorn stand für eine kleine Zeitspanne unentschlossen an der Hausecke. Wieviel Zeit er in diesem Moment auch vergeudete – zwei Sekunden oder auch fünf –, es war genug Zeit, um dem Leben von George Bowlegs ein Ende zu setzen.

Leaphorn setzte sich genau in dem Augenblick in Bewegung, in dem die Gestalt des Jungen in der dunklen Gassenmündung verschwand. Jetzt rannte Leaphorn, so schnell er konnte. Seine Stiefel schlitterten über den nassen Schnee, und er stürzte schwer auf die Hände. Und als er sich wieder aufgerappelt hatte, waren weitere zwei Sekunden verloren. Jetzt hörte er ein Geräusch, genaugenommen ein doppeltes Geräusch. Wumm-Krach. Es war laut und doch gedämpft. Er zog seinen Revolver aus dem Halfter, während er lief. In der Einmündung der Gasse blieb er abrupt stehen. Er wußte plötzlich, daß er zu spät kam. Er war zu spät gekommen. George Bowlegs lag auf der Seite, ein paar Schritt nur im Innern der Gasse. Leaphorn kniete neben dem Jungen nieder. Und dann hörte er ein neues Geräusch. Diesmal war es ein dumpfer Schlag, gefolgt von einem unterdrückten Schrei und dem Getrappel von Füßen und danach von tiefer Stille. Leaphorn ging vorsichtig weiter in die Gasse hinein. Jetzt konnte er nichts mehr hören und nichts mehr sehen. Er zog die Taschenlampe aus der Jackentasche. Vor ihm im Schnee erkannte er die Abdrücke eines einzelnen Stiefelpaares. Dann, ein Stückchen weiter vor dem leeren Eingang eines verlassenen Hauses, entdeckte er eine große Anzahl von Fußspuren und, etwas weiter entfernt im Schnee, einen Federschmuck. Es war der Federbusch vom Kopf des Salamobia.

Leaphorn ließ den Lichtkegel weiterwandern, in die Gasse hinein. Die Stiefelabdrücke endeten hier. Wer immer sie hinterlassen hatte, mußte entweder selbst in das Gebäude hineingegangen oder von anderen hineingeschleppt worden sein. Leaphorn leuchtete in den Eingang hinein. Auf dem Lehmboden waren frische Schneespuren zu erkennen. Ein Teil davon war durch das geborstene Dach hereingeweht, der Rest war von Menschenfüßen hereingetragen worden. Er ließ das Licht herumwandern, sah nichts und rannte zurück auf die Straße und zu der Stelle, wo George Bowlegs lag. Er kniete nieder im Schnee und preßte sein Gesicht gegen das des Jungen in der Hoffnung, einen Hauch von Atem zu spüren. Ich will den heiligen Hauch deines Lebens einatmen, dachte Leaphorn. Aber der heilige Hauch war längst verflogen.

Schneeflocken tanzten gemächlich im Strahl der Taschenlampe, ließen sich auf das Haar des Jungen nieder, verfingen sich in seinen Wimpern und schmolzen auf seinem noch warmen Gesicht. Leaphorn drehte den schlaffen Körper behutsam auf den Rücken und

tastete die Taschen der zerschlissenen Jacke ab. In der Seitentasche fand er das Klappmesser, ein Zehn-Cent-Stück, ein paar Eßkastanien, ein zusammenklappbares Vergrößerungsglas und eine kleine, aus einem Türkis geformte Figur eines Bären. Das Vergrößerungsglas kannte Leaphorn schon. Er hatte es in Shorty Bowlegs' verwüstetem Hogan gesehen. George hatte offenbar auf dem Rückweg von der Mesa in das Zuñi-Dorf bei der leerstehenden Hütte seines toten Vaters haltgemacht. Er hatte das in die Wand geschlagene Loch gesehen und gewußt, daß sein Heim nun ein Totenhogan war, und er hatte sich verlassener gefühlt als zuvor. Jetzt erst bemerkte Leaphorn den Federschmuck. George mußte ihn in der Hand gehalten, dem anderen entgegengestreckt und angeboten haben. Und als ihn die Kugel traf, war der Junge auf den Federschmuck gefallen. Er war wunderschön angefertigt, das die Federn haltende Weidengeflecht bunt bemalt, die blau-gelben Singvogelfedern säuberlich aneinandergereiht. Und am Weidengeflecht mit einem Lederriemen befestigt war ein in seiner Ebenmäßigkeit perfekter Lanzenkopf aus der Steinzeit. Dieser war nicht abgebrochen, seine schlanke Form parallelgeschiefert, ein Relikt aus einer sieben- bis achttausendjährigen Vergangenheit – eine Opfergabe für die Götter.
Leaphorn zog seine Jacke aus und breitete sie behutsam über das Gesicht des Jungen. Von irgendwoher aus der Dunkelheit jenseits der Plaza hörte er für einen Augenblick Trommelklang und Flötenmusik. Jemand hatte in einem der Shalako-Häuser die Tür geöffnet und wieder geschlossen. Hinter sich vernahm Leaphorn gedämpftes Stimmengemurmel. Drei in Mäntel gehüllte Gestalten eilten über die Plaza und verschwanden in der Gasse, aus der Leaphorn gekommen war. Keiner schien den Schuß gehört zu haben. Keiner außer denen, die den Killer gepackt und in das leere Haus geschleppt hatten. Leaphorn ging zurück zu der Stelle, wo er die Fußabdrücke im Schnee gesehen hatte. Gegen die Hauswand gelehnt betrachtete er die Spuren. Der Killer war davongerannt. Er trug Stiefel, Größe 44, schätzte Leaphorn. Vielleicht auch noch etwas größer. Vielleicht hatte er nach dem Abfeuern seiner Waffe Leaphorn gesehen. Aber als er an dieser Haustür vorübergekommen war, hatte etwas, hatte irgend jemand ihn aufgehalten. Leaphorn starrte auf den niedergetrampelten Schnee, aber schon verschwammen die Konturen der Abdrücke unter den frisch fallenden Flocken.

Leaphorn nahm sich viel Zeit im Innern des Gebäudes. Für ihn gab es keinen Grund mehr zur Eile, und so sondierte er in aller Ruhe, was die Schneespuren ihm zu verraten hatten. Drei Personen waren es gewesen, und sie trugen Mokassins an den Füßen. Von der Gasse herein bis in das Innere des Hauses fand er Schleifspuren, die von Stiefeln herrührten. Die Mokassins hatten den Schnee durch zwei leerstehende Räume getragen, hatten Spuren in einem dritten, unüberdachten Zimmer hinterlassen und waren dann über eine teils eingestürzte Mauer auf die Straße zurückgekehrt. Hier ließen die tiefen Abdrücke darauf schließen, daß zwei der Männer eine schwere Last mit sich geschleppt hatten. Leaphorn folgte den Spuren etwa fünfzig Meter weit. Die Abdrücke waren bald kaum noch zu erkennen, und er verlor die Spur ganz, als sie die häufig befahrene asphaltierte Dorfstraße überquerte. Er wurde bei seiner Suchaktion nur noch von sehr wenig Neugier beflügelt. Alles war zu einem Ende gekommen.

Nachdem er zurückgekehrt war zu der Stelle, an der George Bowlegs gestorben war, stand er lange über den Leichnam gebeugt und sah auf den toten Jungen herab. Schließlich bückte sich Leaphorn, schob die Arme unter Nacken und Knie des Jungen und hob ihn auf. Wahrscheinlich verstieß er damit wieder gegen O'Malleys eherne Prinzipien, aber er brachte es nicht übers Herz, den Jungen hier in der eisigen Kälte allein liegen zu lassen. Er ging die Gasse hinunter auf die Plaza zu, und während er die Leiche fast fest an sich gedrückt hielt, wunderte er sich über das geringe Gewicht des Knaben. Und dann traf ihn die bittere Ironie dieses Augenblicks, und er blieb stehen. Er wollte George Bowlegs nach Hause bringen. Aber wo war das Zuhause dieses Jungen, der ausgezogen war, um den Himmel für sich zu erobern?

20

Sonntag, den 7. Dezember, 9 Uhr

Etwas stimmte nicht mit der Temperatur in Ted Isaacs' Wohnwagen Marke Eigenbau. Es war weder warm noch kalt; vermutlich deshalb, weil der Propangasofen die Temperatur nicht vernünftig auszugleichen vermochte. Kein Wunder, denn draußen fegte ein wilder Schneesturm über die Mesa, und seine böigen Ausläufer packten und schüttelten den Campingwagen, pfiffen durch die Ritzen und Risse und krochen an Leaphorns schneebedeckten Stiefeln und seinen Hosenbeinen hoch.

«Also heute hab ich bestimmt keinen Besuch mehr erwartet», sagte Isaacs. «Aber ich freu mich, daß Sie gekommen sind. Wenn der Sturm nachläßt und die Straßen wieder passierbar sind, fahr ich zu der Kommune rüber und schau mal nach Susie. Können Sie mir vielleicht sagen, ob...»

«Sie ist nicht mehr in der Kommune», sagte Leaphorn. «Halsey hat sie rausgeschmissen. Donnerstag war sie mit mir unterwegs und hat mir bei der Suche nach George Bowlegs geholfen, und danach habe ich sie nur noch einmal gesehen. Das war gestern gegen Mittag auf der Polizeistation in Zuñi. Die Bundespolizei hat sie verhört.»

«Wo ist sie jetzt?» fragte Isaacs.

«Das weiß ich nicht.»

«Mein Gott!» entfuhr es Isaacs. «Ich hoffe, sie ist nicht irgendwo da draußen in dem Schneesturm.» Er sah Leaphorn ängstlich an. «Sie weiß doch gar nicht, wo sie hin soll.»

«Ja», sagte Leaphorn. «Um Ihnen das klar zu machen, war ich vor ein paar Tagen schon mal bei Ihnen.» Er war wütend, und er sah nicht ein, warum er sich zurückhalten sollte. «Hier, ich bringe Ihnen etwas.» Er holte die abgebrochene Lanzenspitze aus der Jackentasche hervor und reichte sie Ted Isaacs.

«Parallelgeschiefert», sagte Isaacs. «Wo haben Sie das gefu...» Mitten im Satz drehte er sich zu dem Aktenschrank um, riß eine Schublade heraus und wühlte darin herum. Als er sich wieder an Leaphorn wandte, hielt er ein weiteres Stück Feuerstein in der Hand.

«George Bowlegs hatte es bei sich», sagte Leaphorn. «Er hat einen Hirsch geschossen und die abgebrochene Lanzenspitze neben dem Kadaver vergraben. So eine Art Jagdfetisch als Opfergabe für die Götter.»

Isaacs starrte ihn an.

«Paßt es zusammen?» fragte Leaphorn. «Es paßt, nicht wahr?»

«So sieht es aus.» Der Anthropologe legte die beiden Stücke auf den weißen Tisch – den Schnipsel, den er aus dem Umschlag im Aktenschrank genommen hatte, und das Stückchen Feuerstein, das Leaphorn mitgebracht hatte. Beide Teile waren aus rosa gestreiftem versteinertem Holz. Isaacs schob die beiden Teile mit den Fingerspitzen zusammen. Sie paßten haargenau.

Isaacs blickte auf. Sein Gesicht war verzerrt. «Mensch!» sagte er. «Wenn Reynolds herausfindet, daß der Junge das geklaut hat, bringt er mich um.» Er schwieg und dachte nach. «Aber wie ist er an das Stück herangekommen? Ich habe ihn niemals hier auf der Schürfstelle graben lassen. Und aussortieren durfte er auch nichts. Er kann doch gar nicht...»

«Er hat es von Cata bekommen», sagte Leaphorn. «Ernesto Cata hat es aus der Kiste auf Professor Reynolds' Lieferwagen gestohlen, zusammen mit ein paar anderen Fundstücken. Das habe ich Ihnen ja schon bei meinem letzten Besuch erzählt. Und einen Teil von den gestohlenen Steinen hat er George gegeben.»

«Aber Reynolds hat doch behauptet, daß nichts fehlt», sagte Isaacs fassungslos. «Einen Augenblick», fuhr er fort. «Er kann es gar nicht aus der Kiste auf dem Lieferwagen gestohlen haben. Reynolds kann gar nicht im Besitz dieser Stücke gewesen sein!» Wieder hielt er inne, dachte angestrengt nach. Plötzlich sah er aus, als sei ihm schlecht geworden.

«Eigentlich hätte er sie nicht auf dem Lieferwagen haben können», sagte Leaphorn. «Aber er hatte sie trotzdem. Reynolds hat die Schürfstelle gesalzen. So nennen Sie das doch, oder? Gesalzen. Na, jedenfalls hat er dieses Zeug hier verscharrt, damit Sie es finden.»

«Das kann ich nicht glauben», entfuhr es Isaacs. Er ließ sich schwer auf den wackeligen Stuhl fallen. Sein Gesichtsausdruck verriet, daß er sehr wohl daran glaubte. Er blickte an Leaphorn vorbei auf einen Trümmerhaufen aus allen Idealen, Träumen, Hoffnungen seines Lebens.

«Ernesto hat diesen läppischen Diebstahl genau im falschen Augenblick begangen», sagte Leaphorn. «Dadurch hat er Reynolds ganz schön in Verlegenheit gebracht. Der Professor hatte sich einen ganzen Vorrat von den Feuersteinen zugelegt, die der Folsom-Mensch so sehr zu schätzen wußte. Das war ja nicht besonders schwierig. Und dann hat er die Beweismittel für seine Theorie zubereitet. Ich nehme an, er hat ein paar Enden und Ecken, Bruchstücke also, aus den parallelgeschieferten älteren Fundstücken angefertigt. Und dann hat er aus der gleichen gestreiften Gesteinsmasse einige rohe, unfertige Stücke herausgesucht und ein bißchen nach der Art der Folsom-Menschen bearbeitet. Diese Stücke mußten ja nicht perfekt sein, sie waren ja nach seiner Theorie damals auch nicht fertig geworden. Sie sagten ja schon, daß sich das feine Zeug nicht fälschen läßt. Aber alles, was er brauchte, waren die rohen, unfertigen Stücke.» Leaphorn schwieg, um Isaacs Gelegenheit zu einer Antwort zu geben. Aber Isaacs saß nur da und starrte die Wand an. «Wer weiß, vielleicht hatte Reynolds sogar recht mit seiner Theorie», fuhr Leaphorn fort. «Sie klingt ja ganz plausibel. Aber so lange wollte er wohl nicht warten, bis er alle Beweise in den Händen hielt. Die Kritiker hatten mit ihrem Geschwätz seinen Stolz verletzt, und er wollte sie so schnell wie möglich zum Schweigen bringen.»

«So wird es sein», sagte Isaacs.

«Wie er es gemacht hat, weiß ich nicht so genau. Vielleicht hat er sich eine Sonde angefertigt, mit der er die Feuersteinstücke in den Erdboden gesteckt hat, bis er auf die harte Steinschicht stieß, bis zu der Sie auf alle Fälle graben würden. Im voraus ging das nicht, denn er mußte das gefälschte Zeug genau dort placieren, wo Sie bei Ihrer Schürfarbeit auf die echten Stücke stoßen würden.»

«Ja», sagte Isaacs. «Er kam hier immer bei Tagesende an, bei Anbruch der Dunkelheit, und dann haben wir gemeinsam die Stücke examiniert, die ich an dem Tag gefunden hatte. Und während ich das Abendessen zubereitete, ist er mit der Taschenlampe hinausgegangen und hat die Fundstelle noch einmal untersucht. Dabei hat er es dann gemacht. Und darum schien auch alles so wunderbar exakt zueinander zu passen.» Isaacs schlug sich mit der flachen Hand vor die Stirn. «Lieber Gott! Es war alles perfekt. Niemand konnte auch nur den leisesten Zweifel hegen.» Er sah Leaphorn an. «Und dann hat Ernesto Cata ein paar von den falschen Stücken geklaut. Und danach hat Reynolds den Jungen wohl umgebracht, oder?»

«Glauben Sie, das war ein ausreichendes Motiv für ihn, um den Jungen zu töten?» fragte Leaphorn, den dieses Problem schon seit einer Weile beschäftigte.

«Selbstverständlich», sagte Isaacs. «Aber klar! Nachdem er wußte, daß ihm einige seiner Steine abhanden gekommen waren und nur Cata der Dieb gewesen sein konnte, hatte Reynolds vermutlich gar keine andere Möglichkeit.» Isaacs war restlos überzeugt von der Täterschaft des Professors, und er war jetzt bemüht, auch bei Leaphorn die letzten Zweifel zu beseitigen. «Sie könen ja nicht wissen, was für ein schweres Vergehen es ist, eine Schürfstelle zu salzen. Himmel noch mal, das ist unausdenkbar! Diese ganze Wissenschaft basiert darauf, daß jeder, der sich damit beschäftigt, über jeden Zweifel erhaben ist. Wenn das hier bekannt wird, ist Reynolds für alle Zeiten erledigt. Schlimmer noch – niemand wird mehr etwas mit ihm zu tun haben wollen, keines seiner Bücher wird mehr gelesen oder zitiert, kein Mensch wird ihm je wieder über den Weg trauen.» Isaacs sackte in sich zusammen unter der Last seiner eigenen Erkenntnisse. «Es ist, als ob...» Er konnte den Satz nicht beenden, ihm fehlten die passenden Worte.

Als ob man einen Mord begangen hat, dachte Leaphorn. Vielleicht noch schlimmer, zumindest aus der Sicht von Isaacs. Noch schlimmer als drei Morde. Aus der Sicht des jungen Wissenschaftlers war Mord ein Nebenprodukt der eigentlichen Tat und sollte nur zu deren Vertuschung dienen. Sozusagen zur Reinhaltung des Namens von Reynolds.

«Es ist einfach unfaßbar», sagte Isaacs völlig gebrochen. «Wie sind Sie nur darauf gekommen?»

«Wissen Sie noch, daß Sie mir erzählt haben, wie Sie diese genau zueinander passenden Bruchstücke gefunden haben? Sie lagen dicht nebeneinander, und das hat mich gestört. Wenn man an einem solchen Feuerstein stundenlang herumschabt und schließlich bricht er einem zwischen den Fingern entzwei, dann wird man wahrscheinlich die Bruchstücke wütend in die Gegend schleudern und nicht sorgsam zu Boden fallen lassen. Zumal wenn einem so ein verflixtes Pech zum wiederholten Male widerfährt.»

«Darüber habe ich mich auch schon gewundert», sagte Isaacs. «Allerdings habe ich mir nicht gestattet, ernsthaft darüber nachzugrübeln.»

«Als Reynolds den kleinen Cata vom Lieferwagen verscheucht hat, muß er gleich hinterher in der Kiste nachgesehen haben. Dabei hat er dann festgestellt, daß ein paar von seinen falschen Beweisstücken fehlten.» Leaphorn zog die unzerbrochene Lanzenspitze aus der Tasche und gab sie Isaacs. «Dieses Stück hier haben sie auch geklaut, und vermutlich noch ein paar andere Sachen. Daß Cata überhaupt in den Besitz dieser Steine gekommen war, war schon schlimm genug. Aber wirklich fatal war der Zeitpunkt des Besitzwechsels. Was wäre geschehen, wenn Cata die Reue gepackt und er Ihnen seine Beute zurückgebracht hätte? Sie hätten nach der Herkunft der Sachen gefragt, und damit wäre alles ans Licht gekommen. Oder aber, wenn diese Fundstelle bekannt geworden wäre, und Reynolds wußte, das würde geschehen – dann hätte Ernesto Cata sicherlich nicht geschwiegen, schon alleine, um sich wichtig zu machen mit dem Besitz der Raritäten, über die alle Welt redete.»

«Also zog er aus, um Ernesto zu töten», sagte Isaacs. «Nun, das klingt plausibel.»

«Ach, ich glaube, er wollte die Steine nur unter allen Umständen von dem Jungen zurückhaben. Er fertigte sich eine Kachina-Maske an, damit Ernesto ihn nicht erkennen konnte, und außerdem wollte er ihm Angst einjagen, um ihn zur Herausgabe der Beute zu bewegen. Aber der Junge versuchte davonzulaufen, als er die Maske sah.»

«Wenn Sie den Professor noch nicht verhaftet haben – er wollte an diesem Wochenende nach Tucson. Montag wollte er wieder hier sein.»

«Er war nicht in Tucson. Nachdem er Ernesto umgebracht hatte, fand er heraus, daß der Junge nur einen Teil der Diebesbeute bei sich hatte. Die für Reynolds gefährlichsten Stücke fehlten. Und dann bekam er heraus, daß George Bowlegs mit Cata zusammen hier draußen gewesen war. Also blieb nur die Möglichkeit, daß George die fehlenden Stücke hatte, vor allem dies allerwichtigste hier.» Leaphorn wies mit dem Zeigefinger auf die abgebrochene Lanzenspitze. «Sie hatten bereits den unteren Teil gefunden, und George war im Besitz der Spitze. Er mußte also unbedingt George finden und sicherstellen, daß er das fehlende Stück auch wirklich zurückerhielt, bevor er den Jungen tötete. Reynolds hatte ja jetzt zusätzlich zu dem Schwindel mit den gefälschten Fundstücken noch einen Mord zu vertuschen. Deshalb trug er die Kachina-Maske, als er sich in der Nähe der Kommune herumtrieb, um herauszufinden, ob George dort war. Wenn jemand Reynolds dabei erblickte und auch erkannte, war das überaus gefährlich. Sah jedoch jemand eine Kachina und erzählte das weiter, dann würde ihm kein Mensch glauben. Alle würden ihn für verrückt, betrunken oder abergläubisch halten.»

«Aber George hat er nicht zu fassen bekommen, nicht wahr?» sagte Isaacs plötzlich. «Er hat George nicht geschnappt, oder?»

«Gestern abend», sagte Leaphorn. «Gestern abend hat er ihn umgebracht. Fast hätte er ihn schon in der Nacht auf Freitag erwischt. Aber nachdem George nach Zuñi zurückgekommen war, wo er uns leicht in die Hände fallen konnte, blieb Reynolds keine Wahl mehr – er mußte den Jungen umbringen. George war unser einziger Zeuge, und wenn Reynolds ihn zum Schweigen brachte, dann war es nicht so schlimm, wenn wir die Lanzenspitze in die Finger bekamen. Wir könnten, glaubte er, trotzdem nichts beweisen.»

«Dann werden Sie dies Zeug hier brauchen», sagte Isaacs und schob die abgebrochene Lanzenspitze mit dem Zeigefinger zu Leaphorn hinüber. «Das ist doch immerhin etwas. Bestimmt genügt das, um ihn zu überführen.»

«Wir werden ihn niemals finden», sagte Leaphorn. «Versuchen Sie, das so zu sehen: Es gibt ein altes Gesetz, das Vorrang hat vor dem Strafgesetzbuch der Weißen. Dieses Gesetz lautet: ‹Du sollst niemals die Heiligen Kreise der Zuñis stören›.» Leaphorn erklärte Isaacs die Bedeutung der Fußabdrücke vor dem verfallenen Haus. «Ich glaube kaum, daß es jemals ans Tageslicht kommt, was mit Reynolds geschehen ist. In ein paar Tagen wird irgendjemand den verlassenen Lieferwagen finden. Danach wird eine Vermißtenanzeige erstattet, und das ist dann das letzte, was die Welt über den großen Wissenschaftler Reynolds erfährt.»

Er schob die Lanzenspitze wieder zu Isaacs hinüber.

«Ich brauche das nicht mehr», sagte er. «Das FBI hat sich des Falls angenommen, und das FBI ist völlig desinteressiert an Anthropologie und am Aberglauben der Indianer. Sie kümmern sich nicht um abgebrochene Lanzenspitzen und ähnliche Dinge. Für die gibt es eine ganz andere Lösung dieses Falls.«

Isaacs legte die abgebrochenen Lanzenspitzen auf die Fläche seiner linken Hand. Dann sah er Leaphorn fragend an.

«Machen Sie, was Sie wollen», sagte Leaphorn. «Ich bin fertig mit dieser Geschichte. Ich hatte nur einen kleinen Nebenjob, und den habe ich total vermasselt. Mein Job war, George Bowlegs zu finden. Das ist mir zwar gelungen, aber leider zu spät. Dem FBI-Mann habe ich vergangene Nacht erzählt, was ich gesehen und was ich gehört habe. Meine Vermutungen habe ich ihm nicht mitgeteilt. Er hat mich nicht danach gefragt, und ich habe es ihm nicht gesagt.»

«Damit wollen Sie andeuten, daß außer Ihnen, Reynolds und mir kein Mensch weiß, daß die Fundstelle gesalzen worden ist», sagte Isaacs. «Und Sie meinen, Reynolds sei tot...»

«Ich meine, daß ich keine Zeit mehr verlieren darf, weil ich dringend zum Gemeindehaus von Ramah muß, um mich dort mit dem Ratenkauf eines Lieferwagens zu beschäftigen.»

Isaacs starrte ihn immer noch sprachlos an.

«Was ist mit Ihnen?» fragte Leaphorn ungeduldig. «Können Sie meinen Ausführungen nicht folgen?» Er nahm die Lanzenspitze von der Handfläche des Wissenschaftlers herunter, hielt sie zwischen die verchromten Zangen eines kleinen Schraubstocks an der Seite des Tisches und drehte die Zangen mit zwei schnellen Umdrehungen zusammen. Das Stückchen Feuerstein zerfiel zu Staub. «Was ich damit sagen will, ist, wieviel bedeutet Ihnen Ihre Berühmtheit, Ihr Glück, ein Job an der Universität? Vor ein paar Tagen noch war das alles für Sie von größerer Bedeutung als Ihr Mädchen. Wie steht es jetzt damit? Ist Ihnen das alles jetzt die eine oder andere kleine Lüge wert? Ich denke, niemand wird auf die Idee verfallen, daß diese Schürfstelle gesalzen wurde, es sei denn, Sie erzählen es herum – und selbst dann wird man Ihnen vermutlich nicht glauben. Wer, zum Teufel, wird denn glauben, der große Chester Reynolds habe sich dazu verstiegen, eine Schürfstelle zu spicken? Mir jedenfalls, einem simplen Navajo-Polizisten, nimmt das bestimmt keiner ab.» Leaphorn blies den Steinstaub von seinen Fingerspitzen. «Noch dazu, wo ich nicht den kleinsten Beweis in Händen halte.»

Joe Leaphorn öffnete die Tür des Wohnwagens und trat hinaus in den Schnee. «Ich will versuchen, noch ein bißchen mehr darüber herauszufinden, was im Herzen eines Weißen vor sich geht», sagte er. «Für Sie war der Ruhm und alles, was damit zusammenhing, wichtiger als Ihr Mädchen. Jetzt bin ich gespannt, was Sie noch alles für diesen beschissenen Ruhm aufgeben werden.»

Er hatte seinen Kombi am Rande des Highways zurückgelassen.

Der Motor war noch warm und sprang sofort an. Die Schneeketten machten ein schepperndes Geräusch, als der Reifen über ein Stück schneefreien Asphalts rollte. Er hatte vor, einen kleinen Umweg über die NM 53 und die Nationalstraße 40 zu riskieren – nur für den Fall, daß Susie dort irgendwo am Straßenrand stand, um von einem Autofahrer mitgenommen zu werden. Dann würde er sie bis Gallup mitfahren lassen und ihr den Zehn-Dollar-Schein geben, den er noch in der Tasche hatte. Und eventuell würde er sich eines Tages dazu aufraffen, O'Malley einen Bericht zuzuschicken, in dem er nachlesen konnte, wer Ernesto Cata umgebracht hatte. Aber ob Joseph Leaphorn das wirklich tun würde, war äußerst fraglich.

GOLDMANN

Frauen lassen morden

»Marlowes Töchter« (Der Spiegel) *schreiben Spannung mit Pfiff, Intelligenz und dem sicheren Gefühl dafür, daß die leise Form des Schreckens die wirkungsvollere ist.*

Robyn Carr, Wer mit dem Fremden schläft 42042

Melodie Johnson Howe, Schattenfrau 41240

Doris Gercke, Weinschröter, du mußt hängen 9971

Ruth Rendell, Die Werbung 42015

Goldmann · Der Taschenbuch-Verlag